La travesía de Teresa

Michael Wright

ISBN: 978-1-7364114-8-3 (sc)

ISBN: 978-1-7364114-9-0 (e)

La portada del libro se diseñó utilizando gráficos proporcionados por www.canva.com, excepto la imagen del tren de carga. La imagen del tren de carga proviene de Creative Commons, utilizada con permiso de la siguiente manera:

"Los migrantes centroamericanos encuentran cuartel en el sur de México." de Peter Haden tiene licencia CC BY 2.0. Para ver una copia de esta licencia, visite https://creativecommons.org/licenses/by/2.0/

Debido a la naturaleza dinámica de Internet, cualquier dirección web o vínculo contenido en este libro puede haber cambiado desde su publicación así que puede que no sean válidos.

Esta es una obra de ficción. Todos los personajes, eventos, organizaciones, y retratados en esta novela son productos de la imaginación del autor o se utilizan de forma ficticia.

Agradecimiento

Agradezco a la señora Dora Sorrel por las extensas entrevistas que me concedió sobre su experiencia como inmigrante indocumentada que viajó en el tren de carga mexicano, conocido como la bestia, y que la trajo a los Estados Unidos desde la República de Honduras.

Le doy gracias a Dios por la bendición que es la Reverenda Ana Andújar Vélez para mí. Como pastora, me daba retroalimentación tan valiosa sobre mi traducción de mi novela al español, idioma que no es mi lengua materna. Aún más importante recibía comentarios de una pastora que no solo sabe la importancia de la buena escritura sino también que sabía asesorarme sobre la validez teológica de lo que expresan ciertos personajes en la novela.

Gracias a la señora Jill Braun por su ayuda de desarrollar el bosquejo para la novela, que, en muchos casos, contribuyó los títulos de los capítulos.

También estoy agradecido a la señora Sandra Hall y la señora Connie Lemon por sus valiosos comentarios y sugerencias para mejorar el manuscrito de la novela antes de su publicación.

Agradezco especialmente al señor Tom Laputka, quien leyó el manuscrito cuatro veces y brindó muchos más comentarios y sugerencias que cualquier otra persona. La novela es una historia mucho más convincente debido a sus recomendaciones valiosas.

La vida en el barrio

La Señorita Teresa Amador se sentaba descalza frente a la choza que era su hogar en uno de los barrios más pobres de Tegucigalpa, la capital de Honduras, un país donde muchos vivían con menos de un dólar al día. Uno de los países más pobres del hemisferio occidental, dos tercios de los ciudadanos de esta nación centroamericana viven en la pobreza. Honduras también se encuentra entre los países más violentos del mundo.

Teresa estaba sentada en un taburete hecho con la parte superior de un barril de metal, con tres bloques de cemento para sostenerlo. Un toldo tambaleante protegió a Teresa del chubasco que apenas escampaba. La lluvia aumentó la humedad intensa y creó condiciones muy bochornosas.

Uno de los muchos perros callejeros mestizos del vecindario se sentaba a su lado. Teresa acariciaba al animal esquelético y hambriento, y la perra meneaba la cola para expresar su feliz exuberancia. Cuando Teresa se detuvo, la perra le dio un codazo con su nariz, rogando más de su tierno toque. Debido a las frecuentes visitas de la perra, Teresa la nombró Manchita, que aludía a las diferentes manchas de color que tenía. Manchita siempre venía a buscar refugio durante las lluvias casi diarias. Por lo tanto, casi siempre estaba empapada cuando llegaba, lo que empeoraba su hedor feo.

A las 8:30 de la mañana, la temperatura era de 30 grados. El 100 por ciento de humedad la hacía sentir como a mediados de los 32. Las nubes de cúmulo, como castillos de helado, ya subían cada vez más alto en el cielo, con la amenaza de aguaceros más fuertes por la tarde, típico del clima hondureño en septiembre. Mientras Teresa se sentaba, afeitaba la corteza de varios trozos de yuca, que sería la única comida del día que su familia comería más tarde. Debido al clima caluroso y húmedo de septiembre, este pequeño trabajo físico la bañaba en sudor, y usaba de vez en cuando un trapo que tenía a su lado para secarse la frente.

Teresa y su familia toleraban, al igual que sus vecinos, el hedor pútrido que emanaba de la basura en la calle fangosa, y que aplastaba los agradables aromas combinados de las hogueras de leña y el tentador aroma de cortes baratos de carnes asadas como chicharrones, mondongo, y patitas de cerdo. Sin embargo, en algunas ocasiones, estos aromas tentadores superaban el hedor habitual para despertar el apetito de los empobrecidos y hambrientos residentes del barrio.

Teresa oía música de salsa, merengue, y mariachi de varias radios en la vecindad; un sonido combinado atormentador, que competía además con los frecuentes sonidos molestos de las bocinas de los carros. También se escuchaba, con cierta frecuencia, el fuerte estruendo de los escapes sin silenciadores de grandes autobuses escolares de segunda mano, utilizados para transporte público–autobuses que empequeñecían la choza donde vivían Teresa y su familia. Toda esta bulla producía una orquesta caótica. Y más, esta bulla se intensificaba como un crescendo musical fuera de lugar cuando los conductores de autobús aceleraban sus motores diesel para cambiar de marcha. De vez en cuando los ensordecedores sonidos de las bocinas de aire de los autobuses ahogaron todos los demás sonidos para interrumpir esta orquesta enloquecedora con una grosera actuación en solitario. Los vapores de diesel de los autobuses eran solo una mejora mínima con respecto al hedor de la basura, pero desagradable de todos modos. Vendedores ambulantes empujaban sus coloridos pero destartalados carritos de un lado a otro en la calle. Sus voces estridentes agregaron un elemento coral desagradable y extraño a la orquesta caótica mientras gritaban lo que vendían: plátanos, yuca, guineos, sandías, raspados, escobas, pescado.

Aparte de los coloridos carritos de la calle, el único color en el barrio venía de los autobuses, pintados de rojo, blanco y azul y el vibrante color verde de las palmeras, los cítricos, y otras plantas tropicales. De lo contrario, las paredes sin pintar de las chozas no aportaron ningún color.

Teresa cantaba con la música de mariachi en una de las radios de los vecinos, y de repente Manchita llamó su atención cuando las orejas de la perra se subieron. La perra levantó la cabeza y lanzó un gruñido gutural.

Enrique, miembro de la pandilla Mara Salvatrucha, se acercó a Teresa. Ella conocía a Enrique y su familia durante toda la vida. Mientras que antes era un joven muy querido, ahora, con las manos, los brazos, y la cara cubiertos de tatuajes, se había convertido en un pandillero cruel y despreciado. Mara Salvatrucha era una de las dos pandillas principales que dominaban el barrio. La otra pandilla rival, cuyo territorio estaba calle abajo, y visible desde la choza de Teresa, era Barrio 18. Había una franja de tierra, considerado territorio neutral, que separaba el territorio de cada pandilla.

La violencia y la extorsión de estas pandillas producían un terror que reinaba en todo el barrio. La pandilla Mara Salvatrucha, famosa por su crueldad, también es conocida como MS-13. La pandilla se originó en Los Ángeles, California entre inmigrantes de El Salvador. Después de sus deportaciones de Estados Unidos a El Salvador, la membresía en las pandillas se extendió a Honduras y otros países centroamericanos. La pandilla Barrio 18 tiene orígenes parecidos en Los Ángeles.

Enrique, con ojos que reflejaban maldad y una voz amenazadora, dijo, "Quiero ver a tu hermano."

El gruñido de la perra se hizo más amenazador, y ella mostró sus colmillos.

Teresa levantó la vista de su trabajo y trató de ocultar el desdén que sentía por los pandilleros cuando respondió, "Mi hermano no está aquí."

Enrique exigió, "Dime dónde está. Quiero hablar con él."

"¿Por qué no lo dejas en paz, Enrique? No quiere unirse a ninguna pandilla."

"¡Oh! Tal vez tú y yo deberíamos salir a pasear."

Teresa subió la nariz, levantó el labio superior como si oliera un olor fétido, y dijo, "¿Y por qué querría hacer eso?"

"Porque quiero que lo hagas." Y Enrique la agarró del brazo.

La perra detonó un gruñido feroz y profundo, y se lanzó para atacarlo. Enrique luchó con la perra y cayó al suelo. Manchita hundió los dientes en su brazo. Gritando del dolor, sus ojos se abrieron alarmados.

Enrique gritó, "¡Carajo! ¡Quítala de encima! ¡Sácala de encima de mí!"

Teresa sonó tres veces con las manos y gritó "Manchita," y la perra soltó el brazo de Enrique. Pero Manchita siguió mostrando sus colmillos feroces, se agachó en posición de ataque, y gruñó, lista para atacar a Enrique nuevamente.

Enrique, con el brazo sangrando, miró a Teresa y dijo con voz gruñona, "Te arrepentirás de esto."

Teresa lo miró con una mueca de desprecio, y dijo, "Me agarraste del brazo, y la perra me protegió. Conseguí que la perra se detuviera, ¿y ahora me amenazas? ¿Qué tipo de animal eres?"

Enrique no respondió a su pregunta, pero dijo con tono amenazador, "Dile a tu hermano que lo estoy buscando."

"¿Por qué no nos dejas en paz? Enrique, te conozco. ¿Te gusta siquiera ser parte de tu pandilla?"

Enrique miró al suelo. Esta última pregunta produjo una mirada de desilusión en su cara. Teresa empapó el trapo que tenía a su lado en un charco de agua, y se lo ofreció para su brazo sangrante. Sorprendido por el acto de bondad de Teresa, Enrique la miró como si fuera un niño maltratado. Se envolvió el brazo con el trapo, no dijo nada más, se levantó, y se marchó.

Teresa, asustada por esta confrontación, demoraba un buen rato antes de dejar de temblar. Temía que la pandilla seguiría acosando a su hermano, José.

Un adolescente despreocupado, José trabajaba para ayudar a mantener a su familia. Le gustaba jugar al fútbol, y era popular entre las chicas. El mal era tan ajeno a su naturaleza como a un pájaro cantor. No tenía ningún deseo de unirse a ninguna pandilla.

Teresa entró en la choza oscura, que era la casa de su familia. La casa no tenía electricidad ni agua corriente. Las linternas de queroseno eran su única fuente de luz. Tenían una radio de transistores que funcionaba con pilas, y que los entretenía con música y noticias. En ocasiones, la emisora transmitía mensajes de familiares para miembros de sus familias en el barrio.

La choza consistía en una estructura de madera, con paredes de cartón, algunas tablas de madera en bruto, y un techo de hojalata ondulada. Las manchas de agua en las paredes revelaron que el techo tenía goteras. La familia tuvo que reemplazar el cartón con cierta frecuencia. Cuando fuera posible, adquirieron más tablas de madera para reemplazar las paredes de cartón.

Teresa vivía con sus padres y dos hermanos, José, de 18 años, y Pepe, de 6. Como la mayoría de las familias de este barrio, estaban desnutridos, con bajo peso, y algo atrofiados en su crecimiento, lo que los hacía más cortos que el promedio.

Las sábanas, que colgaban del techo, dividían el interior de la choza en tres cuartos. En una pared había una fotografía enmarcada, en blanco y negro, manchada de agua, con la imagen de Susana y Pedro, los padres de Teresa, tomada en el día de su boda. Una mesa tambaleante con cuatro sillas eran los únicos muebles. Sobre la mesa, un vaso contenía flores silvestres de color carmesí, que Teresa recogió más temprano en la mañana, el único color notable en el cuarto.

Hamacas colgaban de la estructura de madera de la choza, donde los padres de Teresa dormían por la noche. Teresa y sus dos hermanos dormían sobre alfombras andrajosas que cubrían el piso de tierra. La choza ocupaba un lugar precario en la orilla de un pequeño arroyo, que fluía detrás de la choza y era su fuente de agua para bañarse y para lavar la ropa. El piso de la choza no estaba nivelado y estaba inclinado hacia el arroyo. El agua para consumir provenía de un pozo común. Compartían un retrete de hueco con sus dos vecinos, y cocinaban sus comidas en una estufa de leña detrás de la choza.

Una tetera silbó, y Teresa la sacó de la estufa de leña y procedió a hacer una jarra de limonada. Más temprano, Teresa cosechó los limones del limonero al lado de la choza de la familia. Era necesario hervir el agua porque el agua del pozo no era potable.

Su principal fuente de ingresos provenía de la venta de burritos, que todos los miembros de la familia, con excepción de Pepe, vendían en la pequeña zona comercial del barrio, considerada como territorio neutral por las pandillas. Los burritos consistían en dos tortillas de maíz, arroz y frijoles, chorizo de cerdo, rodajas de plátano, un huevo cocido, y queso. Envolvían los burritos en hojas de plátano y los llevaban en grandes bandejas, que balanceaban sobre sus cabezas. Susana, la madre de Teresa, caminaba cojeando, lo que la hacía tambalearse de un lado a otro. La bandeja se balanceaba sobre su cabeza y tambaleaba con ella, pero Susana raras veces tenía que agarrar la bandeja para que no se cayera.

Un coro de gallos, que sonaba por todo el barrio, despertaba a la familia a las cuatro de la mañana, y los impulsaba a preparar los burritos para las ventas del día. Hacían ventas hasta las diez de la mañana. Alguien tenía que estar disponible para proteger la choza en todo momento, y hoy le tocaba a Teresa vigilarla.

Pedro, el padre de Teresa, trabajaba en proyectos de construcción en ocasiones, los cuales contribuían más ingresos y aportaron dinero para comprar más tablas para reemplazar las paredes de cartón de su choza. Ahorraron parte de este dinero para la medicina que tomaba Susana, la madre de Teresa, para controlar su diabetes. Pedro era un esposo y padre cariñoso. A pesar de la falta de educación formal, Teresa lo admiraba y confiaba en sus sabios consejos, que él daba libremente.

La falta de dinero fue un tema frecuente que provocó peleas entre Pedro y Susana, pero nunca se acostaron para dormir antes de hacer las paces. El amor que se tenían el uno al otro era una fuente de seguridad muy importante para sus hijos.

~ * ~

Susana vendió la mayoría de sus burritos. A las 9:30, apareciendo de la nada, la rodearon tres chicos y dos chicas, de entre 12 y 15 años. Uno de los chicos la agarró por detrás y le puso un cuchillo contra las costillas. Susana gritó, y los peatones se acercaron para ayudarla.

El chico con el cuchillo gritó, "¡Aléjense o la cortaré!"

Una de las chicas metió la mano en la blusa de Susana y robó las 75 lempiras que ganaba de sus ventas. Setenta y cinco lempiras son aproximadamente 3 dólares estadounidenses. Los otros chicos robaron la bandeja con los burritos restantes, y luego todos huyeron. El asalto ocurrió en cuestión de segundos.

Temblando, Susana regresó a casa y, desesperada, le dijo a Teresa, "Me robaron los burritos, mi bandeja, y el dinero que ganaba."

Sabiendo lo tanto que valía cada Lempira, Teresa se mordió el labio inferior, y las lágrimas brotaron de sus ojos. Abrazó a su madre y trató de consolarla. Todavía temblando, Susana se sentó y Teresa le trajo un vaso de la limonada que había preparado antes. Al mirar la cara de su madre, vio a una mujer que parecía mucho mayor que era. Ambos sintieron la frustración de sus esfuerzos inadecuados y sus medios inalcanzables para ir más allá de su subsistencia, y su existencia precaria.

Tales robos eran demasiado comunes.

Las ganancias de la venta de burritos apenas proporcionaron dinero suficiente para poner comida en la mesa. El ingreso familiar era de unos 2.500 lempiras mensuales o 100 dólares estadounidenses. Eran pobres, pero no los más pobres que vivían en el barrio. Sus comidas típicas consistían en uno o dos de las siguientes cosas: frijoles, tortillas de maíz, yuca, chayotes, chiles, o aguacates, junto con café. La carne era un lujo raro. Los días en que no vendían todos sus burritos, los compartían entre los miembros de la familia, lo cual era un lujo ocasional. Hoy no había nada que compartir y, hasta ahora, no había dinero tampoco.

Eran las 10:30 ahora, y tanto Pedro como José llegaron y se enteraron de los ladrones que atacaron a Susana. Enfadado, Pedro pudo ver el dolor en los ojos de Susana. Pedro y José lograron vender todos sus burritos. Pepe había ido con José. Todos se sentaron juntos a la mesa para desayunar yuca hervida, café, y limonada.

Mientras terminaban su desayuno, escuchaban sirenas a todo volumen que los asustaron y aumentaron en intensidad cuando los carros de policía llegaron a su barrio. Salieron y vieron con horror y consternación mientras los agentes de policía metían en una bolsa para cadáveres el cuerpo del hijo de sus vecinos, decapitado y embarrado de fango, víctima de un ataque de pandilleros. Su única ofensa fue negarse a ser miembro de la pandilla. Los padres del joven clamaron de desesperación, y la familia de Teresa intentaba en vano consolarlos. Otro suceso demasiado frecuente.

Teresa se volvió hacia su hermano José y le dijo, "Enrique vino a buscarte hoy más temprano. Necesitas tener cuidado."

La cara de José palideció, y su corazón dio un vuelco cuando escuchó esto, y la familia también se estremecía al escuchar la noticia.

Al reflexionar sobre los insidiosos esfuerzos de Enrique para reclutar a José para que se uniera a su pandilla, y alarmado por los acontecimientos del día, Pedro, con una expresión de preocupación en su cara, exclamó, "José, estoy seguro de que sabes que unirse con una pandilla sería algo de lo que te arrepentirías. Como familia, debemos cuidarnos unos a otros y estar alerta a las amenazas de los pandilleros en cualquier momento. Siempre debemos estar listos para defendernos. Siempre que sea posible, también debemos estar dispuestos a ayudar a nuestros vecinos. Y debemos reconocer que vivimos con el peligro continuo de la violencia de las pandillas. No hay nada más que podamos hacer."

Con desdén en su voz, José respondió, "No te preocupes, papá. No quiero unirme nunca a ninguna pandilla."

Después del desayuno, Susana y Teresa lavaron los platos en el arroyo detrás de su choza. No hubo mucha conversación. La visión espantosa de la policía metiendo al hijo muerto de los vecinos en una bolsa para cadáveres quedó grabada en sus mentes. Recordando la visita anterior de Enrique enfureció a Teresa, y detestaba la idea de que, debido a las amenazas de las pandillas, José pudiera caer en la engañosa trampa de pertenecer a la pandilla Mara Salvatrucha, a pesar de su resistencia.

Con profunda melancolía, Teresa contempló su desesperada situación y la de su familia. Soñaba con estudiar para ser maestra o enfermera, pero el costo de esa educación estaba fuera de su alcance. Además, a los once años, vendía burritos para ayudar a su familia a ganarse la vida. Así qué, ni siquiera terminó la escuela primaria. Su sueño de convertirse en maestra o enfermera era tan esquivo como una burbuja de jabón que rebotaba en el arroyo detrás de la choza.

~ * ~

Los viernes, a las cinco de la tarde, Teresa iba a la Iglesia Católica de San Tomás, donde se reunía con Raúl. Seis parejas, entre ellos Raúl y Teresa, ensayaban tres bailes folclóricos hondureños llamados la mazurka, el pereke, y el jarabe yoreño.

Antes de partir para la iglesia, Teresa se quitó su vestido andrajoso y se puso un vestido rojo de segunda mano, el más bonito que tenía. Al mirar su imagen en un espejo que colgaba de la pared exterior en la parte trasera de la choza, se cepilló el cabello descuidado, que parecía al cabello de una muñeca Barbie abandonada, enredada con otros juguetes en una caja de cartón olvidada. Con su figura esbelta y femenina, su cara bonita, y su tez clara de color canela, se veía hermosa después de quitarse los enredos de su cabello largo, negro, y ondulado.

Teresa, como la mayoría de las mujeres hondureñas, era mestiza, cuyos antepasados recientes eran de ascendencia española e indígena. Mirando su reflejo en el espejo, puso sus manos en sus caderas y sonrió mientras pensaba, *Me gusta el aspecto de esta mujer linda que veo en el espejo.* Descalza la mayor parte del tiempo, se ponía su único par de zapatos viejos, que solo usaba cuando iba al centro o a la iglesia.

Antes de que comenzara la práctica de baile, todas las parejas se pusieron sus ropas festivas y tradicionales, que los miembros de la iglesia les confeccionaron. Llevaban estas prendas cuando realizaban sus bailes. Las faldas anchas de las mujeres incluían dos volantes, o anchas tiras ornamentales, de material recogido y cosido a mano en la falda, acentuadas con ribetes trenzados en zigzag. También llevaban blusas, adornadas con diseños bordados, que combinaban con el color de sus faldas. La falda de Teresa era de un vivo azul cobalto. Los volantes de la falda eran blancos, adornados con trenzas de color azul cobalto.

Los hombres vestían camisas y pantalones blancos adornados con colores que concordaban con los vestidos de las mujeres con las que bailaban. Los pantalones incluían un cinturón de tela del mismo color. Raúl era el compañero de baile habitual de Teresa.

La práctica esta noche se concentró en el baile jarabe yoreño, que era el favorito de Teresa. La música de baile grabada contó con el alegre sonido tropical de marimbas con tambores rítmicos. Las claves produjeron un sonido rítmico y fuerte, escuchado por encima de todos los demás instrumentos.

El jarabe yoreño es un baile deslumbrante y coqueto de origen colonial. El baile comienza cuando las mujeres, bailando hacia atrás, rechazan los avances de los hombres, cada una moviendo la cabeza de un lado a otro y agitando el dedo índice para decir que no. Pero pronto, las mujeres toman la iniciativa en el baile, y los hombres fruncen sus ceños y actúan como si hubieran perdido el interés. Luego las mujeres coquetean hasta convencer a los hombres de bailar con ellas.

A Teresa le gustaba coquetear con Raúl y lo hacía bien. Extendió su falda ancha en manera parecida a un pavo real cuando extiende sus plumas, y agitaba la falda de una manera enérgica y sensual. Meneando los hombros de un lado a otro, miró a Raúl por el rabillo del ojo y le dirigió una sonrisa atrevida. A Raúl le encantaba la forma en que ella le tentaba a él.

Después de cumplir la práctica, el sacerdote de la iglesia, el padre Santiago, anunció que pronto habría una competencia a nivel nacional para seleccionar el mejor grupo de danza folclórica del país. Dijo, "Creo que nuestro grupo de baile es tan bueno que sugiero que debemos participar en la competencia. ¿Qué opinan?"

Teresa preguntó, "Así que, ¿Cree que somos lo suficientemente talentosos para competir con todos los grupos de baile en el país?"

"No solo creo que son lo suficientemente talentosos para competir, creo que podrían ganar la competencia."

Leticia Santos, la mejor amiga de Teresa, puso los ojos en blanco. "Eso hay que ver."

El padre Santiago respondió, "Subestiman su talento. Debemos intentarlo."

Animados, todos se miraron entre sí con júbilo y Raúl dijo, "Yo si estoy dispuesto. Vamos a intentarlo."

El padre Santiago dijo, "Si no tienen nada más que decir, presentaré nuestra solicitud."

Después de la práctica, Raúl invitó a Teresa a un helado en una cafetería cercana. Para Teresa, esta cita semanal fue el punto culminante de su espartana vida de subsistencia.

Mientras comían su helado, Raúl, que no estaba tan empobrecido como Teresa, comentó, "Anticipo con ganas el próximo festival de la iglesia. Hace tiempo que no presentamos nuestros bailes. Y me siento entusiasmado también por la competencia de la que habló el padre Santiago."

Teresa lamió su cuchara para saborear un último sorbo de su helado y respondió con entusiasmo, "Yo también. No aguanto las ganas para ambos eventos."

"¿Cómo está tu familia?"

"Luchando por arreglárselas como de costumbre. Un pandillero vino a buscar a mi hermano. Quieren que sea parte de su pandilla, y algunos maleantes le robaron a mi mamá a principios de la semana."

Raúl tocó la mano de Teresa, la miró a los ojos, asintió con la cabeza, y respondió, "La pandilla Barrio 18 también me ha molestado. Sabes, tu hermano debe tener cuidado."

"Lo sabemos bien. Ese mismo día en que robaron a mi madre, y después de terminar la comida del día, observamos mientras la policía recuperaba el cuerpo decapitado del hijo de nuestros vecinos. Las pandillas se están volviendo más agresivas y las cosas están empeorando. Tengo miedo."

Raúl acompañó a Teresa casi hasta su casa. Solo podían estar juntos en territorio neutral. Así que, Teresa no podía entrar en territorio de Barrio 18 y Raúl no podía entrar en territorio de Mara Salvatrucha. Tanto la iglesia como la cafetería estaban en territorio neutral. Por eso, cada uno llegó a sus hogares respectivos, justo antes del anochecer, para limitar el riesgo de encontrarse con pandilleros.

A la mañana siguiente, Teresa tomó su turno para vender burritos. Después de vender el último burrito, fue a la estafeta de correos y recogió una carta de la hermana mayor de Susana, Norma, quien emigró a los Estados Unidos hace algunos años. Vivía en Los Ángeles con su esposo, Pablo. Aunque eran indocumentados, lograron comprar una casa y Pablo trabajaba como camionero. Tenían dos hijos adultos. Ya que nacieron en los Estados Unidos, sus dos hijos eran ciudadanos estadounidenses, y ambos estaban casados y tenían sus propios hijos.

Después de leer la carta, Susana fue a una tienda cercana y compró una tarjeta telefónica para llamar a su hermana. Sus oportunidades de hablar eran poco frecuentes, y saborearon momentos tan preciosos para comunicarse por teléfono.

Susana comentó, "Hemos sufrido serios problemas con las pandillas en los últimos meses. Un pandillero mató al hijo de nuestros vecinos, y ellos encontraron su cuerpo decapitado hace unos días. Un pandillero también se acercó a Teresa y quiso hablar con José. Teresa se negó a cooperar con él. Están tratando de reclutar a José para afiliarse con la pandilla. El pandillero también le hizo pasar un mal momento a Teresa. Como si eso no fuera suficiente, cinco adolescentes me asaltaron y me robaron."

"Susana, escúchame. Vemos noticias en la televisión aquí en Los Ángeles sobre la violencia de las pandillas que es tan común allí. Vemos todo este mal en nuestra propia sala. Creo que deberíamos pensar en traer a Teresa, José, y Pepe aquí."

Susana puso los ojos en blanco. "No tengo idea de cuánto costaría algo así, pero nunca podríamos alcanzar tal viaje."

"Bueno, somos familia. Pablo y yo hemos hablado de esto, y podemos ayudarte con el dinero. Así que, creo que deberíamos actuar pronto. ¿Por qué no empiezas a hacer planes? Te amamos. Por favor, ten cuidado. Piénselo bien, y avíseme cuando estés lista."

Después de colgar, Susana sintió una esperanza de que sus hijos pudieran escapar de su desesperada situación, pero se emocionó con la idea de ver a sus hijos irse de casa con la posibilidad muy real de que no los volvería a ver nunca más.

Impuestos de guerra

El sábado siguiente, Teresa y su familia asistieron a una misa temprana en la iglesia. Era costumbre que la misa del sábado ocurriera a las siete de la noche. Pero hoy, la misa ocurrió a las cuatro de la tarde porque la iglesia patrocinó un festival, que comenzaría después de la misa. Un aguacero fuerte, muy típico de esta parte de la temporada de lluvias, tamborileó sobre el techo de hojalata de la iglesia, lo que creó un rugido reverberante y dificultó apreciar lo que sucedía durante la misa. Cuando terminó la misa, la lluvia había cesado también, pero las condiciones ahora eran sofocantes y bochornosas.

Algunos hombres de la iglesia se habían ofrecido como voluntarios para asar un par de puercos, que comenzaron antes del amanecer. Se cooperaban para hacer girar a los puercos en asadores sobre dos fogatas. Una carpa los protegía del sol y la lluvia durante el día. Los miembros de la iglesia ahora se reunieron alrededor de la carpa. Los hombres empezaron a trinchar los puercos asados, y el sabroso aroma del puerco asado acarició las narices de todos y les hizo la boca agua.

Mientras servían las porciones, cada persona recibió una porción de puerco suculento y chicharrones crujientes. Todas las mujeres de la iglesia trajeron platos para compartir con los demás. Opciones incluían plátano horneado, maíz en mazorca, y yuca, así como también sandía, flan, y tres leches.

José quedó en casa para mantener una presencia ahí. Por eso, Susana preparó un plato para llevárselo. Después de la comida, todos cantaron feliz cumpleaños a Teresa, quien celebró su cumpleaños de 23 años. Pedro y Susana abrazaron a su hija. Raúl, el compañero de baile de Teresa, también la abrazó, pero no con tanta pasión como lo haría si mamá y papá no estuvieran presentes.

Teresa y Raúl se unieron al grupo de danza folclórica de la iglesia para presentar sus bailes, que era la parte más entretenida de la noche. Cada una de las seis parejas de baile vestía sus trajes tradicionales únicos, que presentaban un color diferente para cada pareja: rojo, azul, verde, naranja, morado, y amarillo. El traje de Teresa floreció con su vívido azul cobalto, y la prenda blanca de Raúl complementó su extravagante vestido con detalles en azul cobalto también. Los seis bailarines parecían figuras en una caja de música de carrusel en miniatura, bailando al ritmo de la animada música folclórica hondureña. Los movimientos sincronizados del grupo de baile crearon un efecto caleidoscópico, hipnótico, y colorido bajo las luces brillantes que iluminaban el área de baile al aire libre.

Cuando terminaron su presentación, Pedro volvió a abrazar a Teresa y le dijo, "Hija mía, creo que tú y Raúl eran los mejores bailarines del grupo. Estoy muy orgulloso de ti."

Como nunca se cansaba de la aprobación de su padre, los ojos de Teresa se llenaron de lágrimas, y ella sonrió. "Gracias, papá."

Después, Raúl tomó a Teresa de la mano y corrieron a un lugar apartado de la muchedumbre, donde se dieron un tierno beso a escondidas, donde mamá y papá no podían verlos.

Los hombres formaron dos equipos para un partido de fútbol, mientras que el parloteo continuo de las mujeres compitió con los grandes altavoces, que hizo escuchar a todo volumen la música latinoamericana.

Se consideraba que la iglesia estaba en territorio neutral entre los territorios de las pandillas Mara Salvatrucha y Barrio 18. Así que, había amigos que solo podían visitarse en ocasiones limitadas porque vivían en diferentes territorios de las pandillas, y se aprovechaban de esta oportunidad para disfrutar de su compañía. Este fue el caso de Teresa y su amiga Leticia.

Teresa preguntó, "Entonces Leticia, ¿qué hay de nuevo contigo?"

Leticia arqueó las cejas, negó con la cabeza, y respondió, "La semana pasada, tres mujeres jóvenes de nuestro barrio, amigas mías, desaparecieron. Sus familias presentaron denuncias de personas desaparecidas a la policía, pero no han encontrado a ninguna de las mujeres. La policía cree que se han convertido en víctimas del tráfico de personas. Sospechan que la pandilla Barrio 18 las envió a México, y estoy muy preocupada por ellas. El rumor es que las pandillas han obligado a las mujeres a prostituirse. Me preocupo de que también puedan acosar me a mí."

Temblando al pensar que podría convertirse en una víctima del tráfico de personas, y con una expresión de ansiedad en su cara, Teresa respondió, "¡Qué triste! No hace mucho, un pandillero vino a buscar a mi hermano. Cuando le dije que mi hermano no estaba en casa, me agarró y quiso que fuera con él. Por suerte mía, Manchita, una perra callejera que me visita en nuestra choza, estaba acostada a mi lado, y atacó al pandillero en mi defensa. Gritó pidiendo ayuda y conseguí que la perra se detuviera. El pandillero se fue con el brazo sangrando."

"Tuviste suerte de tener la perra contigo."

Teresa también le contó a Leticia sobre los maleantes que le robaron a su madre.

~ * ~

Mientras se desarrollaba el festival, un pandillero golpeó la puerta de la choza de la familia. José, el hermano de Teresa, tembló al abrir la puerta, y se encontró cara a cara con un pandillero tatuado, quien llegó a extorsionar los pagos semanales que exigía la pandilla, pagos conocidos como impuestos de guerra.

"Estoy aquí para cobrar 100 lempiras," dijo. (Aproximadamente 4 dólares estadounidenses)

"Solo puedo darte 65 en este momento; eso es todo lo que tengo."

Agarró a José por la camisa y lo acercó a su cara. El aliento del pandillero olía a cerveza rancia. "Será mejor que no me mientas.

Regresaré la primera parte de la semana para el resto. Recuerda, es plata o plomo."

Los pandilleros cobraron impuestos de guerra en todo el barrio. Muchos se quejaron a la policía, que no hizo nada porque recibían sobornos de las pandillas.

Durante la semana, el pandillero regresó, agarró a José en la calle, y exigió 135 lempiras, 35 adeudadas de la semana anterior y 100 adeudadas por la semana actual.

Solo dos semanas después, pandilleros de la Mara Salvatrucha atacaron a los pandilleros del Barrio 18, quienes invadieron su territorio donde intentaron cobrar impuestos de guerra. Había disparos que retumbaron y resonaron en todo el barrio donde vivía Teresa, y los sonidos de las sirenas se intensificaron al acercarse los carros de la policía. Los residentes se asomaron por las rendijas de sus puertas para ver qué estaba pasando, con los ojos congelados por el miedo, incapaces de apartar la mirada por mucho que quisieran. Cinco pandilleros murieron por heridas de bala: tres de la pandilla Mara Salvatrucha y dos de la pandilla Barrio 18. La policía arrestó a varios pandilleros, pero los residentes sabían que la corrupción policial aseguraría que los pandilleros pronto volverían a las calles.

~ * ~

La competencia de danza nacional se acercaba. Teresa y Raúl, con otros miembros de su grupo de danza folclórica, trabajaron para perfeccionar sus presentaciones en preparación para su participación en la competencia. Además de sus prácticas rutinarias los viernes, también empezaron a practicar los sábados por la tarde.

Un día Pedro, el padre de Teresa, escuchó un fuerte golpe en la puerta. Cuando abrió la puerta, tuvo que lidiar con otro pandillero, quien exigió los impuestos de guerra de esa semana.

Pedro dijo, "Ha sido una mala semana. Ganamos muy poco dinero, y gasté lo que tenía en la medicina de mi esposa."

El pandillero le advirtió, "Regresaré mañana, y me pagarás."

Pedro extendió las manos con desesperación, "Mañana es muy pronto. No puedo tenerlo para entonces."

El pandillero agarró a Pedro por la camisa, con ojos de maldad, y los dientes apretados. "Dije, volveré mañana."

Al regresar al día siguiente con otros dos pandilleros, nuevamente exigieron el pago. Pedro estaba solo en la choza. Petrificado, su cuerpo se puso tenso y, temblando, tartamudeó, "Lo siento. No tengo dinero en este momento. Por favor, dame un poco más de tiempo."

Enfurecidos, lo arrastraron a la calle y lo golpearon. Dos lo sujetaron mientras el otro lo pateaba en la ingle y lo golpeaba en la cara y el estómago varias veces. Los golpes lo dejaron inconsciente y lo dejaron sangrando y tirado en la calle fangosa. Los vecinos llamaron a la policía, pero los pandilleros huyeron antes que llegaran. Los vecinos ayudaron a Pedro a entrar en su choza y le brindaron los primeros auxilios que podían.

Después de la venta de burritos del día, Teresa llegó con Susana, su madre, y se sorprendieron al encontrar a Pedro, con la cabeza entre las manos, sentado en el piso de su choza. Su ropa estaba sucia y ensangrentada; su camisa estaba rota. Corrieron a su lado, y él levantó la cabeza, lo que reveló su cara hinchada y manchada de sangre. Tenía un ojo cerrado por la hinchazón. Su cara reflejaba la rabia y la desesperación de lo que le pasó.

Susana clamó, "¡Dios mío! ¿Qué sucedió?"

Pedro les contó los detalles sangrientos. Teresa y Susana limpiaron y vendaron sus heridas, pero pasarían algunos días antes de que la hinchazón de su cara desfigurada disminuyese.

Mientras la familia comía los burritos que no se habían vendido en una cena poco común, escucharon con desesperación y consternación a un comentarista de noticias en la radio que dijo:

Anoche, dieciocho adolescentes en toda la capital fueron asesinados por pandilleros. Honduras posee la vergonzosa distinción de tener la tasa de homicidios más alta del mundo, y la violencia de las pandillas es el principal culpable. Es común que los hondureños se despierten y encuentren cadáveres grotescos y mutilados en las calles donde viven. Muchos hondureños se despiertan de su sueño nocturno debido a los tiroteos y las sirenas, que son un suceso frecuente en sus barrios. Nuestra gente vive con el terror omnipresente a la extorsión cuando los pandilleros vienen a cobrar el "impuesto de guerra."

Estas palabras evocaron en la mente de la familia Amador el cuerpo decapitado del hijo de su vecino, el reciente tiroteo en su barrio, y la golpiza de la que Pedro se recuperaba porque no podía pagar los impuestos de guerra.

Susana arqueó las cejas hacia arriba, y se estiró para apagar la radio, pero Pedro la detuvo. Asintiendo con un labio tembloroso, dijo, "Quiero escuchar lo que este comentarista tiene que decir."

Los pandilleros reclutan a adolescentes para que se unan a sus pandillas y secuestran a mujeres jóvenes y las obligan a prostituirse, con la amenaza de muerte si se niegan. Sin embargo, la afiliación con una pandilla es atractiva para muchos porque las actividades de las pandillas pagan mejor que muchos trabajos legítimos, si es que esos trabajos estén disponibles. Pero la afiliación con una pandilla es una trampa atroz, y la mayoría de los miembros pagan con sus vidas si intentan escapar.

Al escuchar esto, a Teresa se le llenaron los ojos de lágrimas al recordar las palabras de Leticia, su mejor amiga, quien habló de las mujeres de su barrio que desaparecieron y el miedo aterrador de que puedan estar vendiendo sus cuerpos en contra de su voluntad como prostitutas. En su mente, era claro que su familia era un blanco fácil para estas pandillas despiadadas, y vivían con esta amenaza omnipresente.

Se reporta con cierta frecuencia que pandilleros se juntan para violar a una mujer repetidas veces. Y la mayoría de tales víctimas de violación no sobreviven. Y más mujeres mueren a manos de las pandillas que hombres. Los pandilleros no solo matan a sus víctimas. Primero las torturan. La policía encuentra víctimas muertas, a las que les faltan las uñas, las extremidades cortadas, los dientes rotos, y partes del cuerpo quemadas.

Los miembros de la familia Amador sacudieron la cabeza, consternados porque conocían a personas que soportaban tales torturas.

Dos de las principales industrias de Honduras son el tráfico de drogas y el tráfico de personas. Y el tráfico de personas se ha vuelto más lucrativo que el tráfico de drogas. Debido a la corrupción, es demasiado común que la policía se hace de la vista gorda. Y los hondureños deben soportar los delitos contra la propiedad, lo que hace que sea más caro poseer y mantener sus propiedades. Reina el mal.

Una vez más, la familia Amador sacudió la cabeza con desesperación, sabiendo que la policía corrupta no estaba del lado de las personas respetuosas de la ley.

Casi la mitad de nuestros niños no pueden obtener una educación secundaria, y, cuando van a la escuela, los padres se preocupan de que quisas no regresen a casa. El sesenta y seis por ciento de nuestra población vive en la pobreza extrema y tiene hambre. Muchos de nuestros conciudadanos solo pueden permitirse una comida al día. El desempleo está muy extendido. Es común que cientos de personas hagan fila para solicitar un solo trabajo de salario mínimo. Señor presidente, tiene un trabajo serio que hacer.

Los comentarios tan tristes de este radio locutor produjeron un silencio sombrío entre la familia Amador. Reconocieron que lo que decía este comentarista, y lo que acababa de pasar con Pedro, describía muy bien la vida miserable que estaban viviendo.

Al día siguiente, los pandilleros regresaron como habían amenazado. Pedro les dijo, "Miren, no tengo nada de dinero. ¡Por favor, que me dejen en paz!"

Enfurecidos, los pandilleros se lo llevaron a rastras. Tres días después, los vecinos encontraron su cuerpo mutilado, apenas reconocible, y lo llevaron a la choza de la familia Amador. Teresa y su familia clamaron de angustia. Su clamor desgarrador atrajo a más vecinos, que intentaron consolarlos, pero sus esfuerzos fueron inútiles.

Habiendo escuchado los gritos espeluznantes de otras víctimas que habían sido torturadas por pandillas, los miembros de la familia Amador se quedaron sin aliento de horror, sabiendo que Pedro había soportado un destino parecido. La tortura tan común que el comentarista de radio describió la noche anterior fue una imagen vívida del infierno que sufrió Pedro antes de que finalmente cerrara los ojos en la muerte. Dos vecinos usaron una manta para cubrir el cadáver grotesco de Pedro, pero ahora las imágenes en sus mentes eran aún peores que la realidad. Las emociones abrumaron a Susana y se sintió tan angustiada que se desmayó. La cara de Pepe se puso pálido, y Teresa lo llevó afuera donde vomitó.

Al día siguiente, muchos amigos y vecinos se unieron a una procesión para llevar a Pedro a su lugar de descanso final en el cementerio, que estaba a solo dos cuadras de la choza de la familia Amador. El sacerdote, el padre Santiago, citó el Salmo 23 y aseguró a los asistentes sobre la bendita esperanza de la vida eterna. Una amiga de la familia cantó el *Ave María*. Todos los miembros de la familia Amador vestían de negro, y Susana vestía un velo negro también. José, Teresa, y su hermano menor, Pepe, todos buscaban el toque de su madre, y ella ansiaba el toque de ellos también.

El ambiente se volvió cada vez más sombrío a medida que los recuerdos de Pedro se desarrollaban en sus cabezas como viejas películas en blanco y negro. Los recuerdos de Susana comenzaron con el dulce amor de su compromiso para casarse, su boda, y el nacimiento de sus hijos. Para Pepe, fue la piñata que Pedro trajo a casa por su sexto cumpleaños, para que él y sus amigos pudieran golpearla con palos hasta que se derramara los caramelos en el piso para que todos los recogieran. José recordó la bicicleta de segunda mano que Pedro trajo a casa por su cumpleaños. Teresa recordó su quinceañera, que marcó su transición de niña a mujer. Y luego recordaba las palabras recientes de cariño de su padre, al cumplir los 23 años, y su expresión de orgullo después de su actuación en el baile folclórico.

Los dolientes, con hombros temblorosos y sollozos profundos, produjeron una abundancia de pañuelos empapados de lágrimas. A pesar de los esfuerzos del padre Santiago por concentrarse en el dolor y la esperanza del cielo, el insidioso deseo de venganza invadió los corazones de Susana, Teresa y José con malicioso gusto. La desesperación fue abrumadora. Tales funerales eran muy comunes.

Al salir del cementerio, Susana resolvió enviar a sus hijos a Estados Unidos. Mientras comían la única comida del día, Susana les dijo a Teresa y José con una vacilación reacia, "La última vez que hablé con Norma, mi hermana en Los Ángeles, California, ella sugirió que ustedes dos y Pepe deberían emigrar a los Estados Unidos. Y eso es lo que debemos hacer."

Teresa tocó la mano de su madre. "¿Por qué haríamos tal cosa y dejarte aquí para defenderte sola?"

"Si se vayan ustedes tres, las cosas si serán difíciles aquí. Pero no puedo soportar eso de enterrarlos a ustedes también. El hecho es que aquí es demasiado peligroso."

José respondió, "Pero tú también estás en peligro. Tengo miedo. Ya que papá no está, temo por ti."

Susana respondió, "Como viuda y estando sola, tal vez los pandilleros me dejen en paz."

El terror dominaba las caras de sus hijos y Teresa preguntó, "¿Cómo podríamos alcanzar un viaje así a Estados Unidos?"

"Tu tía Norma se ha ofrecido a pagar el viaje."

José preguntó, "¿Cómo te cuidarás?"

"Seguiré vendiendo mis burritos. Cuando consigan trabajo en los Estados Unidos, tal vez puedan enviarme algo de dinero de vez en cuando."

Teresa y José comentaron al unísono, "¡Por supuesto que haríamos eso, mamá!"

Una larga pausa los atormentó, y todos contemplaron con pavor y dolor la difícil decisión de separar a su familia.

Susana, con voz deprimida, dijo, "A mi modo de ver, tenemos dos malas opciones: Una, que se queden y soporten la pobreza extrema y la creciente violencia de las pandillas; o dos, que hagan el viaje peligroso a los Estados Unidos. A pesar del peligro, y, aunque la amenaza de deportación es una realidad potencial, y existe una alta probabilidad de que sus esfuerzos fracasen, no hay duda. La mejor de nuestras dos malas opciones es arriesgarse y migrar a los Estados Unidos."

Aunque estuvo de acuerdo con la decisión de su madre, Teresa se sentía algo avergonzada de su egoísmo, porque se preocupó de perderse el concurso de danza que con tantas ganas anticipaba. Y sus ojos se llenaron de lágrimas al pensar que tendría que despedirse de Raúl y terminar su relación con él, sabiendo que muy probablemente no volvería a verlo. Dudó en mencionarlo, pero comentó, "¿Podemos al menos esperar hasta después del concurso de danza antes de hacer algo como esto?"

Entendiendo la rara oportunidad que representaba el concurso de danza para su hija, y notando su renuencia a mencionarlo, Susana respondió, "Teresa, creo que no tengas por qué preocuparte. Eso no debería ser ningún problema. Para tal viaje, anticipo que necesitaremos algo de tiempo para alistarnos. Pues tu tía, Norma, y yo tendremos que resolver los detalles de un en viaje bastante complicado."

~ * ~

El concurso de danza, organizado por el Concurso Proyección Folclórica Jade, atrajo a 30 grupos de danza folclórica de ciudades y pueblos a través de Honduras. Grupos talentosos llegaron al Teatro Nacional Manuel Bonilla en Tegucigalpa para competir por los mejores premios durante tres sábados consecutivos. La mayoría de los grupos estaban formados por bailarines que provenían de familias prósperas. A pesar de sus pobres recursos, el grupo de baile de la Iglesia Católica San Tomás, en el que compitieron Teresa y Raúl, fue el mejor competidor después del segundo sábado. Y Teresa y Raúl fueron sus mejores intérpretes. La alegría y la energía con la que bailaban hicieron que el público se pusiera de pie con un caluroso aplauso y vítores entusiastas, que reverberaron por todo el teatro.

El viernes antes del último día de la competencia del sábado, Teresa fue a la iglesia para la práctica de baile semanal normal.

Cuando el padre Santiago la vio llegar, la hizo a un lado. Después de una pausa para respirar profundamente, le dijo con una expresión sombría en la cara, "Lamento mucho decirte que hemos perdido a Raúl. Los pandilleros del Barrio 18 lo torturaron y lo mataron cuando se negó a unirse a su pandilla."

Teresa estalló con un grito desgarrador, "¡No!" Y sollozó con amargura y dolor. "Lo amaba mucho. ¿Por qué Dios no nos protege?"

Mientras se aferraba al padre Santiago, él respondió, "Ojalá pudiera darte una buena respuesta. Todo lo que puedo decir es que no debemos perder la fe en que Dios algún día nos dé la paz."

Al acostarse en la noche, Teresa lloró hasta quedarse dormida. Sin embargo, el sábado Teresa insistió en asistir a las festividades del último día. Aunque fuera posible que bailara, eso era lo último que quería hacer, dado el devastador estado emocional de Teresa. Y de todas formas no había pareja de baile que ocupara el lugar de Raúl.

Debido a la mejor actuación del grupo de la Iglesia Católica de San Tomás, gran número de residentes del barrio asistieron para ver el final. Los organizadores del evento se enteraron de la trágica muerte de Raúl a manos de las pandillas. Dado que el grupo de baile de la iglesia ahora estaba incompleto, algunos opinaban que su grupo debería ser descalificado, pero los organizadores se negaron a hacer eso.

Dos grupos de baile compitieron por el primer premio: el grupo de Teresa y un grupo de la ciudad de San Pedro Sula. Las actuaciones de ambos grupos resultaron muy por encima de los otros competidores.

El teatro se quedó en silencio mientras los jueces deliberaban. Cuando anunciaron su decisión, los residentes del barrio de Teresa estallaron en vítores y aplausos, con lágrimas en los ojos de muchos, mientras celebraban la victoria de su barrio de ganar el primer premio. La madre de Raúl, con lágrimas en su cara, le dio a Teresa una fotografía de su hijo, y una multitud del barrio la levantó y la llevó al escenario del teatro para unirse a su grupo de baile ganador.

Equipos de televisión y reporteros de periódicos captaron la imagen de la cara manchada de lágrimas de Teresa, mientras abrazaba la foto de Raúl. Rodeada de los miembros de su equipo de baile, fue, para Teresa, un momento agridulce, mucho más amargo que dulce.

Cuando el autobús regresó a la iglesia católica de San Tomás, Teresa regresó sola a su choza. Con el corazón roto, lloró en todo el camino. Lamentaba no poder participar con su grupo hasta el final, pero gran parte de su dolor fue por la muerte de Raúl y Pedro, su padre, quienes perdieron la alegría de la victoria en el concurso de danza. Teresa lamentó especialmente con profundo dolor eso de no oír a su padre expresar su aprobación con las palabras, "Bien hecho, hija mía." En su mente, dudaba que alguna vez volviera a bailar.

Comienza el viaje

Después de vender sus burritos, Susana compró una tarjeta telefónica y llamó a su hermana Norma. Con un pañuelo para secarse las lágrimas, la voz de Susana tembló cuando le contó a Norma sobre la trágica muerte de Pedro. Luego agregó, "Y los pandilleros también torturaron y mataron a Raúl, el novio de Teresa, cuando no quería unirse a su pandilla."

Norma respondió, "Lamento tanto oír eso. ¿Has pensado más en enviar a tus hijos a los Estados Unidos?"

"Los pandilleros están amenazando a José, tratando de obligarlo a unirse a su pandilla. Y también se han enfrentado a Teresa. Tengo tanto miedo. Si aún están dispuestos a ayudarnos, he decidido enviarlos. ¿Qué necesitamos hacer?"

"Conozco a una amiga que acaba de hacer este viaje en el tren de carga mexicano, conocido como la bestia. Viajó con su esposo y su hijo, y me dice que el costo era más o menos 150.000 lempiras para traerlos aquí, que son unos 6.000 dólares en moneda estadounidense. El mayor costo es para los intermediarios, conocidos como coyotes, que hacen posible viajar y evadir a los funcionarios de inmigración, quienes enviarían a Teresa y a sus hermanos de regreso a Honduras si los descubran. Este será un desafío financiero para nosotros, y reitero que este viaje es peligroso. Pero creo que vale la pena."

Susana exclamó, "¡150.000 lempiras! Eso es mucho dinero. ¿Por qué no podemos simplemente ponerlos en un avión o un autobús?"

"En la mayoría de los casos, crea lo o no, la bestia es la opción más confiable."

"¿Cómo podría ser eso?"

"Bueno, en primer lugar, un viaje en avión es más barato que en autobús porque en avión uno puede llegar a Estados Unidos en un día. El viaje en autobús dura varios días. Por lo tanto, uno tiene otros gastos de viaje, además del costo de los boletos de autobús, como comida, y alojamiento."

"En segundo lugar, Teresa y sus hermanos nunca podrían obtener una visa para ingresar legalmente a los Estados Unidos. Para obtener una visa, los viajeros deben demostrar que tienen intereses vinculantes que los obliga a regresar a sus países de origen. Tales intereses vinculantes incluyen dinero en el banco y propiedades. Y ambos sabemos que no tienes ninguno de estos. Por eso viajar directamente a los Estados Unidos no es una opción. Nada más se puede llegar a la frontera entre México y Estados Unidos, y eso nos lleva al punto número tres."

Como dije antes, no importa cómo se viaje para llegar a la frontera, aún tendrá que pagarles a los coyotes para cruzar la frontera entre México y Estados Unidos. Solo ese costo será el gasto más grande para Teresa y sus hermanos, y oscilará entre 4.000 y 10.000 dólares. Así que viajar en la bestia es la opción más barata, razón por la cual tantos migrantes se montan en la bestia.

Susana reflexionó sobre lo que dijo Norma y se le llenaron los ojos de lágrimas. "Entiendes, no hay forma de que pueda reembolsarte."

"No te preocupes por eso. Como te dije antes, Pablo y yo somos conscientes de como la violencia de las pandillas en Honduras se ha escalado, y hemos hablado de esto durante buen rato. Proporcionaremos el dinero."

Susana respondió, "Tengo miedo de mandarlos con tanto dinero."

"Esto es lo que haremos. Te enviaremos 2.000 dólares para comenzar. Cuando necesiten más dinero, Teresa tendrá que comprar una tarjeta telefónica en el camino y llamarnos para que podamos mandarles fondos adicionales."

Sollozando, la voz de Susana volvió a temblar cuando respondió, "Norma, no sé cómo agradecerte. Pero está bien. Hagámoslo."

Tomó algún tiempo de prepararse para su partida. Entre otras cosas, obtuvieron pasaportes para Teresa, José, y Pepe, y recibieron los 2.000 dólares de Norma.

Susana compró dos cinturones para esconder dinero y les explicó a Teresa y José, "Cada uno de ustedes debe poner la mitad del dinero en estos cinturones. Todos los días, deben sacar solo el dinero suficiente para los gastos del día. De esa manera, si les roban, los ladrones solo obtendrán el valor en efectivo de un día."

Planearon partir durante la primera semana de diciembre.

En la iglesia, Teresa se reunió con su amiga, Leticia, para decirle que ella y sus hermanos planeaban viajar a Estados Unidos.

Leticia preguntó, "¿Están planeando viajar en la bestia?"

Teresa ladeó la cabeza. "¿Es ese el tren de carga que va desde el sur de México hasta la frontera con Estados Unidos?"

Leticia asintió. "Sí. No solo se le llama la bestia, sino que también se le llama el tren de la muerte."

"Bueno, ese es nuestro plan. ¿Por qué se llama el tren de la muerte?"

Con las cejas levantadas y la frente arrugada, Leticia abrazó a Teresa y luego, con las manos en los hombros, la miró. "Te mantendré en mis oraciones. Sabes que hay muchas historias trágicas sobre personas que han intentado hacer este viaje antes. Algunos se caen de la bestia y quedan mutilados o muertos. Otros se convierten en víctimas de la violencia de las pandillas. Es una forma peligrosa de viajar."

Teresa respondió con una sonrisa temblorosa, "No creo que tengamos otra opción. Entiendo que es la única opción viable para los inmigrantes indocumentados que quieren cruzar la frontera para los Estados Unidos."

Con la boca entreabierta y asintiendo con la cabeza mientras escuchaba, Leticia luego dijo, "Mi amiga, te recomiendo que comiences a tomar píldoras anticonceptivas antes de comenzar tu viaje. Se cuentan muchas historias sobre mujeres que fueron violadas durante su viaje."

Al escuchar esto, el corazón de Teresa dio un vuelco, y ella respondió, "Ahora me tienes aún más preocupada."

Leticia dijo, "Si fuera yo, aún iría a pesar de los riesgos. También hay otros peligros. Pero en estos días, diría que el peligro de quedarse aquí es aún más grande. Como bien sabes, la violencia de las pandillas es cada vez peor."

Las palabras de Leticia hicieron que Teresa reflexionara mucho sobre su decisión de hacer este viaje. Con todos los demás preparativos necesarios, nunca compró píldoras anticonceptivas.

~ * ~

Diciembre llegó antes de que se dieran cuenta. El lunes, Teresa convirtió 500 dólares en 3,500 quetzales guatemaltecos. El martes partieron a las cuatro de la mañana y se dirigieron a la estación de autobuses Empresa de Transportes Cristina. Sus pasajes de autobús costaron 375 lempiras. El autobús saldría de Tegucigalpa para San Pedro Sula justo antes del amanecer. Cada uno llevaba una mochila con una muda de ropa, un abrigo, un par de zapatos extra, y artículos de tocador mínimos.

Teresa, José, y Pepe sollozaron cuando se despidieron de su madre, sabiendo que era muy probable que no volvieran a ver jamás a su madre.

Susana, también con lágrimas en los ojos, abrazó a sus hijos y les dijo, "Cuídense. Rezaré por ustedes todos los días. Por favor, escríbanme cuando puedan."

Teresa dijo, "Te amamos, mamá. También oraremos por ti. Qué tú también te cuides."

Subieron al autobús y el autobús partió. Una soledad devastadora invadió el corazón de Susana mientras veía el autobús doblar una esquina y desaparecer.

El viaje a San Pedro Sula tomó más de cinco horas, y llegaron justo antes del mediodía. San Pedro Sula, la segunda ciudad más grande de

Honduras, después de Tegucigalpa, se encuentra entre las ciudades más violentas del mundo, solo superada por Caracas, Venezuela.

Después de pagar 150 lempiras por un almuerzo en un quiosco, Teresa, José, y Pepe tomaron otro autobús por 117 lempiras, que los llevó a Corinto, un pueblo cerca de la frontera con Guatemala, un viaje de dos horas. Al llegar se encontraron con un grupo de unos 100 hondureños que también planeaban cruzar la frontera con Guatemala. Sintieron cierta sensación de seguridad al ser parte de este grupo. La frontera estaba a poco más de una milla de Corinto.

Cuando comenzaron a caminar, las 100 personas se estiraron en una larga caravana. Los migrantes se separaron en grupos más pequeños. No estaba claro si los 100 migrantes se reagruparían más tarde o intentarían abrirse camino con estos grupos más pequeños.

Llegaron a la frontera alrededor de las tres de la tarde. Allí se encontraron con un mar de unos mil migrantes que esperaban a ver a un solo agente de control fronterizo. Nadie podía cruzar la frontera hacia el pueblo de El Cinchado, en Guatemala, hasta que recibieran una visa de este agente de control fronterizo. Además de los hondureños, había salvadoreños, nicaragüenses, y algunas otras nacionalidades también. Todos estaban cansados, hambrientos, y no de buen humor. Las temperaturas de la tarde eran sofocantes, hacía mucha humedad, y el calor corporal de la multitud empeoraba aún más las condiciones. El mal olor corporal ahora sería una parte continua de su viaje en este calor tropical.

Pepe se durmió en los brazos de Teresa, y ella y José se turnaron para llevarlo en sus brazos. Pasaron la noche haciendo fila. Atrapados en esta multitud de personas durante tantas horas, pronto bebieron toda el agua de las botellas de plástico que llevaban. José llevó las tres botellas a un arroyo para volver a llenarlas dos veces antes de que se acercaran a la oficina de inmigración de Guatemala.

Pepe había sido muy paciente y se había portado bien hasta ahora. Después de estar despierto por un par de horas, comenzó a llorar, y se acercó a Teresa, quien lo recogió nuevamente. Preguntó, "¿Cuándo vamos a comer? Tengo hambre, y quiero sentarme."

Teresa le dio de beber un poco de agua y le dijo, "Lo siento, Pepe. Todos deben mostrar su identificación antes de poder continuar hacia Guatemala. Ya casi llegamos, por lo que no debe de tomar tanto tiempo más."

Era casi mediodía cuando se reunieron con el agente de la patrulla fronteriza. Mostraron sus pasaportes, completaron sus trámites, pagaron la tarifa requerida, y recibieron sus visas de viaje para Guatemala.

Cuando entraron en Guatemala, varios camiones de plataforma con barandillas esperaban en las afueras de El Cinchado para brindar transporte a los migrantes que pudieran pagar. Los hombres, conocidos como coyotes, trabajaron con la multitud para venderles un puesto en uno de los camiones.

Teresa le preguntó a uno de los coyotes, "¿Cuánto cuesta conseguir un puesto en un camión?"

"Ciento cincuenta y cinco quetzales, por persona."

Después de pagarle al coyote 465 quetzales, Teresa, José, y Pepe compitieron con varios otros que lucharon para subir a uno de los camiones, donde tuvieron que pararse en la plataforma del camión. Antes de subir al camión, lograron volver a llenar sus botellas con agua, pero el almuerzo en San Pedro Sula fue la última vez que comieron.

El camión arrancó, obstaculizado por el mar de migrantes que partían de la frontera a pie. Muchas familias caminaron con sus hijos pequeños. Si bien casi todos estaban cansados y hambrientos, muchos cantaban canciones patrióticas, mientras caminaban, incluido el himno nacional de Honduras. Muchos se detuvieron y tomaron el tiempo para orar antes de continuar. Los migrantes al frente de la manada llevaban una gran pancarta que mostraba la bandera hondureña. Los que venían de El Salvador, Nicaragua, y otros países no estaban tan entusiasmados, ya que llevaban mucho más tiempo viajando. Su próxima parada sería Morales, Guatemala, a 56 kilómetros de distancia. Para los que caminaban, el viaje tomó 14 horas. Una vez que los camiones se separaron de la multitud de migrantes, el tiempo de viaje fue de aproximadamente 1,5 horas.

Solo había espacio para estar de pie en la plataforma del camión, y el camino de tierra estaba lleno de polvo y boquetes. Este viaje sería como un largo paseo con zapatos apretados. Hacía calor. Los migrantes iban apiñados con un espacio mínimo para moverse, por lo que había poco riesgo de caerse. El polvo cubría los cuerpos de las personas y su sudor pronto convirtió el polvo en una pasta fangosa en su piel, como mantequilla de maní sobre una tostada caliente. También soportaron los sofocantes humos de diesel del camión, combinados con el desagradable olor corporal de todos.

Debido a las temperaturas abrasadoras, la alta humedad, la falta de sueño, casi sin comida durante el último día o más, esperando a pie en la fila durante largas horas, y ahora parados en la plataforma de este camión, todos estaban agotados, doloridos, e irritables. Casi no se produjo ninguna conversación. Los boquetes empujaron a todos a lo largo del camino sinuoso e hicieron que el avance del camión fuera lento. Cuando el camión chocó contra un boquete grande, José perdió el equilibrio y chocó contra otro migrante.

Enojado, el hombre empujó a José contra otros migrantes, lo que provocó más enojo, y dijo, "¡No dejes que eso vuelva a pasar!"

José respondió, "Lo siento."

El migrante lo miró fijamente, y lo maldijo.

Víctor, otro migrante que era un hombre grande y musculoso, le dijo, "Fue un accidente, el hombre se disculpó, déjelo en paz."

Ambos discutieron y Víctor agarró al otro hombre por el cuello y le dijo, "O te calmas ahora o te sacaré de este camión. ¿Lo entiendes?"

Hubo algunos resentimientos, pero el hombre se calmó.

José le dijo a Víctor, "Gracias, señor."

Cuando estaban a medio camino para Morales, un enjambre de avispas atacó a los migrantes como aviones de combate en una pelea de perros, y les infligió múltiples picaduras. Atrapados sin salida, todos gritaron del dolor, y trataron en vano de evadir las avispas. Pepe, y otros, sufrieron una fuerte reacción alérgica a las picaduras de avispas, y en poco tiempo se enfermaron.

Llegaron a Morales algo de las 2:30 de la tarde. Después de estar de pie durante más de veinticuatro horas, sin comida, todos se apresuraron a bajarse del camión. Tuvieron la suerte de que su camión llegó antes que los demás. Teresa vio un pequeño hotel llamado Pensión del Peregrino y le dijo a José, "Mientras busco un médico para Pepe, deberías ver si puedes conseguirnos una habitación en ese hotel."

Si bien los tres sufrieron picaduras de avispa, Pepe estaba bastante enfermo, con síntomas parecidos a los de la gripe. Teresa le puso la mano en la frente y notó que tenía fiebre. Vio a un policía y, con cierta inquietud, le preguntó, "¿Dónde puedo encontrar un médico para mi hermano?"

Al ver que el niño estaba apático, el policía dijo, "Ven conmigo. Te llevaré a ver al médico de nuestro pueblo."

Cuando llegaron, Teresa agradeció al policía por su ayuda y amabilidad.

Mientras tanto, José les consiguió una habitación en el hotel por 365 quetzales. Era un hotel muy espartano ubicado cerca de la terminal de autobuses. Tuvo la suerte de conseguir una de las últimas habitaciones. Muchos tuvieron que buscar un lugar afuera para pasar la noche.

José le explicó a la recepcionista que Teresa, su hermana, llevó a su hermano al médico y le dijo, "Por favor, avísele en qué habitación estoy cuando lleguen."

La habitación tenía poca gracia y era oscura. Los únicos muebles eran una cama y un tocador con un espejo rajado. Una sábana manchada cubría el colchón hundido, y no había almohadas. La habitación no tenía baño, y tenía un olor a humedad, con moscas muertas en el borde de la ventana. Las llamativas cortinas verdes con flores naranjas contribuían el único color en la habitación. Había baños comunitarios, separados para hombres y mujeres, en cada uno de los dos pisos del hotel.

José se dio una ducha y se cambió de ropa.

El médico examinó a Pepe y le quitó varios aguijones de avispa. Luego le explicó a Teresa, "Te daré unas aspirinas, que deberían bajarle la fiebre, y te daré un antibiótico para tratar la infección causada por las picaduras de avispa. Pepe necesita beber mucha agua. Debe tomar una aspirina cada cuatro horas y el antibiótico dos veces al día. Necesita tomar el antibiótico hasta que se acabe. ¿Tienes alguna pregunta para mí?"

"¿Podrá viajar mañana?"

"La aspirina debería bajarle la fiebre mañana por la mañana. Si ves que no tiene fiebre, si podrá viajar, y también puede dejar de tomar la aspirina."

En cuanto Teresa y Pepe llegaron a la habitación, se ducharon y se cambiaron de ropa. Como no habían comido durante casi dos días, los tres se sintieron debilitados por el hambre que se les intensificaba, debido al aroma de la comida preparada que los atrajo mientras corrían hacia la cafetería del hotel.

Después de esperar para conseguir una mesa, José dijo, "Nunca pensé que sentarse en una silla pudiera ser una experiencia tan maravillosa."

Teresa respondió, "¡No es broma!"

Una mesera se acercó a su mesa, les dio menús, y dijo, "Lo único que tenemos ahora es arroz con pollo."

José examinó el menú y respondió en broma, "En ese caso, creo que elegiremos el arroz con pollo. Y tráiganos tres Coca Colas, por favor."

Teresa se sorprendió al ver que José todavía tenía algo de sentido de humor.

La mesera se rio y dijo, "Ya que no hay otra opción, buena elección."

Cuando la mesera trajo la comida, Teresa preguntó, "¿Qué tenemos que hacer para conseguir un autobús para El Ceibo?"

La mesera explicó, "Soy de El Naranjo, que está cerca de El Ceibo. Me quedo con mi tía cuando vengo aquí los lunes a trabajar y regreso los viernes. El autobús que se coge aquí va a El Naranjo. Puede reservar asientos en el autobús ahora, pero le costará más. Cuando el autobús se acerque a El Naranjo, verá donde la carretera se divide en dos, con una señal que indica el camino para la frontera mexicana y que apunta a la izquierda. Querrá bajarse del autobús allí en lugar de ir a El Naranjo, que es donde va el camino a la derecha. Después de bajarse del autobús, encontrarán autobuses frecuentes, que salen de El Naranjo y van a El Ceibo. Por lo tanto, no deberían tener problemas para tomar uno de esos autobuses."

"Gracias."

A la mesera le agradaba José, y, con una sonrisa amable, le preguntó, "¿De dónde eres?"

José respondió, "Tegucigalpa, Honduras."

"Entonces, sospecho que están tratando de llegar a los Estados Unidos."

"Ese es el plan."

"¿Cómo les ha ido hasta ahora?"

"No hemos dormido durante casi dos días. Durante esos dos días, no comimos nada hasta ahora, y tuvimos oportunidades mínimas para sentarnos durante las últimas veinticuatro horas. Viajamos parados en un camión lleno de otros migrantes, nos picó un enjambre de avispas, y nos cubrió una capa de polvo, que se mezcló con nuestro sudor, y se convirtió en fango. Y esta es nuestra primera comida en Guatemala. Créame. Es bueno escuchar tu voz amigable."

La mesera sonrió con simpatía y dijo, "Espero que tengas mejor suerte en el futuro. Tengo entendido que viajar por México es peligroso."

José le devolvió la sonrisa y dijo, "Gracias. Por favor, que ores por nosotros."

La mesera asintió con la cabeza. "Sí. Haré eso."

La cena les costó 138 quetzales, y Teresa pagó la cuenta.

Se sintieron mucho mejor después de la comida, fueron a la estación de autobuses y pagaron 120 quetzales para reservar asientos para el autobús a El Naranjo.

La señora de la taquilla explicó, "Les recomiendo que tomen el autobús que sale a las diez de la mañana. Los primeros autobuses están tan llenos de gente que hay poca probabilidad de que consigan asientos.

Para conseguir asientos en el autobús de las diez en punto, deben hacer fila antes de las nueve en punto, aunque hayan reservado sus puestos en el autobús."

Teresa preguntó, "Entonces, ¿por qué pagamos más por puestos reservados?"

"Si no pueden subir al autobús de las diez, tendrán prioridad para el próximo autobús."

Teresa respondió, "Está bien. Gracias."

De regreso al hotel, Teresa lavó su ropa sucia y maloliente en el baño común de mujeres. Colgó la ropa mojada en la endeble barra de la cortina en la habitación. Teresa y José, que nunca habían dormido en una cama, probaron la cama en la habitación del hotel, pero no pudieron dormir hasta que optaron por dormir en el piso con Pepe, que era más cómodo para ellos.

Despertaron a la mañana siguiente renovados. La fiebre de Pepe era normal.

Teresa dijo, "José, deberíamos desayunar bien. Quién sabe cuándo volveremos a comer."

Muchos migrantes se apiñaron en la cafetería. Por eso, tuvieron que esperar una mesa. La misma mesera les atendió.

Ella los saludó, pero miraba a José cuando dijo, "Buenos Días. Parece que durmieron bien."

José le sonrió, asintió con la cabeza, y respondió, "Sí. Nos sentimos mucho mejor. Gracias."

Cuando la mesera trajo la comida, Teresa le pidió a José, "Por favor, da gracias por nuestra comida."

José oró, "Querido Dios, te damos gracias por esta comida, con la que nos has bendecido. Por favor, protégenos mientras viajamos y te rogamos para que Pepe se recupere de sus picaduras de avispa. Ayúdanos a honrarte en todo lo que hacemos, Amén."

Para el desayuno, comieron huevos, jamón, y tortillas y disfrutaron de jugo de naranja y café. La cuenta llegó a 66 quetzales.

Justo antes de las nueve de la mañana, se pusieron en fila para abordar el autobús, una fila que se alargaba minuto a minuto. Cuando llegó el autobús, la fila se extendía hasta el punto en que muchos de los que esperaban tomar este autobús se sentirían decepcionados, incluso aquellos que hicieron reservaciones.

Cuando subieron al autobús, no había asientos. Un hombre le ofreció a Teresa su asiento.

Teresa sonrió y dijo, "Gracias, señor."

Ella se sentó, y Pepe se sentó en su regazo.

El autobús partió a las diez en punto hacia El Naranjo, a 160 kilómetros de distancia, un viaje de 4 horas. El camino sinuoso estaba en mal estado con muchos boquetes y mucho tráfico. El conductor del autobús tenía que esperar por oportunidades poco frecuentes para rebasar semirremolques que andaban lentamente en la carretera de dos carriles. Cuando tenía una oportunidad de rebasar, la lenta aceleración del autobús hizo que los pasajeros oraran, y apretaban el asiento frente a ellos, mientras observaban a los vehículos que se aproximaban corriendo hacia el autobús. Los vehículos que se aproximaban tenían que reducir la velocidad para evitar un desastre. Y los pasajeros suspiraron aliviados cuando el autobús volvió a su carril a tiempo para evitar un choque. Mientras viajaban, el autobús se detenía de vez en cuando en pueblos a lo largo del camino, donde los guatemaltecos se bajaban. Así que, al cabo de un rato, José logró conseguir un asiento detrás de Teresa y Pepe.

Mientras viajaban, vieron a muchos pequeños grupos de migrantes hacer este viaje a pie, un viaje que les llevaría unos dos días.

José le comentó a Teresa, "Gracias a Dios que pudimos subir este autobús."

Como recomendó la mesera en Morales, se bajaron del autobús cuando vieron el letrero oxidado con palabras casi ilegibles que decían *Frontera Mexicana*. Como explicó la mesera, el letrero mostraba una flecha que apuntaba a la carretera de la izquierda. Después de dejarlos, el autobús avanzó por la carretera a la derecha hacia El Naranjo. Muchos otros esperaban en la carretera para tomar otro autobús a El Ceibo, un pequeño pueblo guatemalteco en la frontera entre Guatemala y México. Luego de que se acercaran dos autobuses desde El Naranjo, llenos de otros migrantes, se dieron cuenta de que era inútil esperar que pudieran tomar un autobús, y se unieron a otros migrantes que caminaban por la carretera, que los llevaría a El Ceibo, cuatro horas a pie.

De camino a El Ceibo, se encontraron con Rodolfo Emanuel, quien también era de Honduras. Les preguntó, "¿Es este su primer viaje para los Estados Unidos?"

Teresa respondió, "Sí. ¿Y tú?"

"Este es mi cuarto intento."

José preguntó, "¿Has llegado a Estados Unidos?"

"Sí. Llegué una vez. Pero me atraparon justo después de cruzar la frontera, y las autoridades de inmigración me deportaron. Las dos primeras veces me quedé sin dinero, y tuve que regresar a Tegucigalpa."

"Entonces, ¿Ahora lo estás intentando de nuevo?"

Rodolfo se encogió de hombros y explicó, "Tenía una novia en Tegucigalpa, y estaba a punto de proponerle matrimonio. Pero ella me traicionó. Así que sí. Lo estoy intentando de nuevo."

Después de El Ceibo, su próxima parada sería Tenosique, México, y Teresa preguntó, "¿Cuánto tiempo se tarda en llegar a Tenosique?"

"Si tienen que caminar, doce horas. Si pueden conseguir un aventón, dos horas."

"¿Hay autobuses disponibles?"

"Es posible tomar un autobús, pero difícil. Su mejor opción es encontrar a un Coyote que pueda ayudarles a conseguir puestos en un camión. De lo contrario, es muy probable que tengan que caminar."

José suspiró y se quejó. "¡Otro camión! Y tú, ¿Qué vas a hacer?"

"Trataré de conseguir un puesto en un camión, pero estaré preparado para caminar si sea necesario. Llegaremos a El Ceibo más o menos a las seis de la tarde. Por eso, deberían planear pasar la noche allí."

Se detuvieron en un arroyo para llenar sus botellas de agua, y José preguntó, "¿Dónde podemos conseguir un hotel para pasar la noche en El Ceibo?"

"Yo diría que hay muy poca posibilidad de que eso suceda. Tendremos que encontrar un lugar afuera para dormir."

No gustándole su respuesta, Teresa inclinó la cabeza y preguntó, "¿Qué pasa si seguimos caminando?"

Rodolfo respondió, "No les recomiendo viajar de noche. Estarían prácticamente a solas, lo que les haría vulnerables a las pandillas. Estarán mucho más seguros si pasan la noche en El Ceibo. ¿Y por qué querrían caminar doce horas toda la noche cuando pueden viajar en un camión por la mañana, que puede llevarlos a Tenosique antes que caminando? Podemos viajar juntos si quieren. Será más seguro de esa manera. Cuanto más se adentren en México, más probable es que tengan que lidiar con las pandillas."

José preguntó, "¿Qué pasa cuando llegamos a Tenosique?"

"Tendremos que cruzar el río Usumacinta. Desde allí, es un corto paseo para la estación de ferrocarril donde conocerán la bestia."

Cuando llegaron a El Ceibo, los cuatro fueron a cenar a un pequeño restaurante. Todos rezaron juntos para dar gracias por la comida. Teresa pagó 180 quetzales. Rodolfo pagó la comida suya.

Mientras comían, Teresa preguntó a la mesera, "¿Cuál es el lugar más seguro para pasar la noche aquí?"

Reconociendo que eran migrantes, respondió, "Hay una iglesia cerca. Muchos migrantes pasan la noche en la propiedad de la iglesia."

Rodolfo comentó, "Ojalá hubiera sabido esto durante mis primeras llegadas aquí."

Cuando llegaron a la iglesia, había más de cien migrantes allí.

Rodolfo comentó, "Creo que este sea el lugar más seguro que encontraremos."

Muchos migrantes se apretujaron en la propiedad de la iglesia abarrotada. Los voluntarios fueron amables, y les dieron a los migrantes una comida escasa. Dormían en el suelo. Por la mañana, los voluntarios de la iglesia entregaron a los migrantes bolsas que contenían tacos con frijoles, queso, y una naranja.

Una voluntaria dijo, "Por favor, escriban sus nombres en este libro de registro. Incluyan el país de donde vinieron y el nombre y la dirección de un ser querido que sabe que están haciendo este viaje."

Teresa preguntó, "¿Por qué quieres esta información?"

La voluntaria puso su mano sobre el hombro de Teresa y dijo, "Entiendes que este viaje que están haciendo es peligroso, ¿Verdad? Muchos no logran cumplirlo. Demasiados mueren a manos de pandillas o accidentes. Si les pasa algo, y sus seres queridos tratan de averiguar qué pasó, al menos podrán saber que pasaron por aquí."

Teresa se quedó mirando al vacío cuando escuchó esta inquietante explicación, y su mano temblaba mientras apuntaba la información para ella, José, y Pepe. Luego dijo, "Gracias."

"De nada. Buena suerte."

Rodolfo preguntó, "¿Dónde podemos cambiar nuestro dinero por pesos mexicanos?"

La voluntaria respondió, "Hay un banco al final de la calle, que abre a las nueve de la mañana. Ellos pueden ayudarte."

"Gracias."

La voluntaria respondió, "Que vayan con Dios."

A la mañana siguiente, después de que Teresa y Rodolfo regresaron del banco, todos cruzaron la frontera hacia México, y esperaron unas dos horas para pasar por la estación de inmigración de la frontera.

Los coyotes pronto llegaron y ofrecieron transporte para quienes pudieran pagar 1.200 pesos por persona. Teresa, José, Pepe, y Rodolfo se encontraron en otro camión de plataforma. Otra vez, solo había espacio para estar de pie.

Su camión partió a las 11:30 de la mañana y llegó, a Tenosique a las dos de la tarde. Rodolfo hizo algunas averiguaciones y descubrió que el próximo tren no llegaría hasta dentro de dos días. Dijo, "Aquí hay un centro de refugiados para migrantes, operado por la Iglesia Católica. Se llama La Casa del Migrante. Si tienen espacio, nos darán comida y alojamiento."

Teresa respondió, "¡Que bien! Vamos a ver si tienen espacio para nosotros."

El abarrotado centro de refugiados tenía un espacio mínimo para más migrantes, pero los admitieron.

Poco después de su llegada, los voluntarios de la iglesia les sirvieron frijoles y arroz con tortillas y les dieron jugo de naranja para beber. Mientras terminaban de comer, Teresa preguntó, "¿Cómo cruzamos este río del que nos hablaste?"

Rodolfo respondió, "La mayoría de la gente cruza en balsas. Cuesta 600 pesos por persona. Las balsas están construidas con dos grandes cámaras de aire, diseñadas para ser utilizadas en los neumáticos de tractores grandes. Las cámaras de aire están atadas con madera, que forma la plataforma en la que los migrantes cruzan el río. El propietario de la balsa la impulsa y la dirige con un palo largo."

La iglesia celebró una breve misa para los migrantes, a la que asistieron Teresa, José, Pepe, y Rodolfo, junto con muchos otros migrantes. En la antigua y pintoresca iglesia, una banda de mariachis tocaba y cantaba algunas canciones sagradas, y el sacerdote, un hombre alegre y ligeramente obeso, rezaba por los migrantes.

Teresa, José, Pepe, y Rodolfo estaban agradecidos de poder quedarse en el centro de refugiados, pero el lugar estaba abarrotado, caluroso, y ruidoso durante el día. Las comidas eran espartanas pero adecuadas. Los voluntarios repartieron alfombras en las que los migrantes dormían por la noche. Mientras estaban allí, Teresa y Rodolfo fueron a un banco cercano para convertir más dinero en pesos mexicanos. Pepe hizo algunos amigos, y se lo pasó bien jugando al fútbol con ellos en un campo al otro lado de la iglesia.

Pasaron dos días en el centro de refugiados. Muchos de los migrantes eran padres que viajaban con sus hijos. Casi todos los migrantes huían de la pobreza y la violencia de las pandillas en sus respectivos países. El sacerdote y los voluntarios hicieron todo lo posible para mostrar bondad y compasión a todos. Este centro de refugiados también pidió a los migrantes que dejaran sus nombres junto con los contactos familiares en sus países de origen.

A la mañana siguiente, llenaron sus botellas de agua y todos recibieron una bolsa de comida. Teresa, José, Pepe, y Rodolfo guardaron la comida y el agua en sus mochilas y subieron a una balsa, luego de pagar 2.400 pesos, que los llevó al otro lado del río Usumacinta. Aparte de mojarse los pies cuando el agua bañó la plataforma de madera contrachapada de la balsa, el cruce del río transcurrió sin incidentes. A las nueve de la mañana, se dirigieron a la estación de tren. La bestia aún no había llegado.

La bestia

Rodolfo explicó, "No podremos subir la bestia en esta estación de ferrocarril. La policía nos arrestará si nos quedamos aquí. Necesitamos caminar a lo largo de los rieles del tren por unos dos kilómetros. Los coyotes negociarán con el conductor para reducir la velocidad del tren para que tengamos la oportunidad de subir a bordo. Por lo tanto, deben estar preparados para subir abordo cuando el tren ya está en marcha."

"Llegará el momento en que el tren acelerará. Por lo tanto, deben subir a bordo lo antes posible. Muchos pierden sus extremidades o sus vidas cuando intentan abordar cuando el tren se mueve demasiado rápido. La tentación puede ser abrumadora cuando te das cuenta de que vas a perder el tren, y ves que estás a punto de separarte de tu familia."

Con una mirada de perplejidad en su cara, Teresa preguntó, "¿Por qué nos arrestaría la policía? Todo el mundo sabe que los migrantes están viajando en la bestia."

"Como es de esperar, es ilegal que las personas viajen en un tren de carga porque es peligroso. Por eso existen trenes de pasajeros para que las personas puedan viajar con comodidad y seguridad. También es ilegal sobornar al personal del tren para reducir la velocidad. Por eso, la policía patrulla esta estación de pasajeros con fines policiales. Así que, los migrantes deben abordar el tren después de que salga de la estación, donde la policía se hace de la vista gorda."

José comentó, "Pero es mucho más peligroso abordar un tren cuando está en marcha que subirlo cuando está parado en la estación."

Rodolfo se encogió de hombros y respondió, "Bastante irónico, ¿Verdad? Al hacerse de la vista gorda, la policía tampoco detiene a los migrantes cuyo objetivo es la entrada ilegal a Estados Unidos. Todo es una fachada. La policía puede decir que están haciendo cumplir la ley, patrullando la estación de tren. Y los migrantes pueden abordar el tren después de que salga de la estación, donde la policía no los verá. Muchas estaciones a lo largo del camino no atienden a los pasajeros. La policía no patrulla esas estaciones, por lo que no será necesario en esas ocasiones abordar el tren cuando está en marcha."

Mientras caminaban a lo largo de los rieles del tren, vieron a muchos otros migrantes. Parecía haber varios centenares de ellos. Después de todo, el tren no apareció, así que pasaron la noche al aire libre. Podían ver numerosos insectos que volaban y pululaban alrededor de luces instaladas en la parte superior de dos postes cercanos que sostenían cables eléctricos. Aunque la temperatura era agradable, se produjo un chubasco después de la medianoche. Con la ropa mojada, todo el mundo se estremecía de frío durante las primeras horas de la mañana, a pesar de que la temperatura era más o menos 15 grados.

Para empeorar las cosas, todo el mundo sufrió numerosas picaduras de garrapatas. Rodolfo y Teresa se esforzaban por estar cerca el uno del otro, y Rodolfo sacó una camisa de mangas largas de su mochila y la puso sobre los hombros de Teresa. José podía ver el inicio de una relación entre los dos.

A las ocho de la mañana, los coyotes se acercaron a cada migrante, y recolectaron 5.000 pesos por persona. Después de pagar, Teresa calculaba que ella y José todavía tenían un poco más de 26.000 pesos, unos 1.000 dólares estadounidenses.

El tren de la muerte, también conocido como la bestia, llegó a las once de la mañana. La bestia rebasaba a los migrantes, produciendo ráfagas fuertes de aire que los azotaban. Al ver cuán grandes eran las ruedas, y sabiendo que tenían que subir abordo mientras la bestia estaba en marcha, Teresa y José se quedaban intimidados de miedo. Y de conocer la reputación de esta bestia, Teresa y José se estremecían al contemplar los peligros que yacían en el camino.

Pepe exclamó, "¡Teresa, tengo miedo!"

La voz de Teresa tembló mientras intentaba asegurarle, "No te preocupes. Estaremos bien."

Esperaron unas cuatro horas a que la bestia saliera de la estación. Mientras esperaban, conocieron a dos adolescentes mayores que también eran de Honduras: Marcos y Timoteo. Estaban rezando juntos.

Marcos preguntó, "¿Por qué no se unen a nosotros como equipo?"

Rodolfo les dijo a Teresa y José, "Esa es una buena idea. Hay seguridad en los números."

Así que todos acordaron permanecer juntos.

Rodolfo explicó, "José, cuando escuches venir el tren, tienes que estar listo para subir al peldaño de la escalera de un vagón, y debes elegir la escalera en el borde de ataque del vagón. Teresa, mientras avanzas por el costado del tren, debes levantar a Pepe lo antes posible para que José pueda agarrarlo. Pepe, cuando José te agarre, debes abrazarlo lo más fuerte posible. ¿Puedes hacer eso?"

Pepe asintió con la cabeza y respondió, "¡Si!"

Rodolfo se volvió hacia Teresa, "Después de que le entregues a Pepe a José, debes estar preparada para agarrarte a la siguiente escalera disponible, de modo que todos puedan estar juntos en el mismo vagón." Anticipando que estarían subiendo a un vagón de carga, Rodolfo continuó. "José, cuando subas a la cima del vagón, alguien debería estar disponible para agarrar a Pepe, para que luego puedas treparte. ¿Alguien tiene alguna pregunta?"

Muy nerviosos y con la frente arrugada, Teresa, José, y Pepe menearon la cabeza para decir, "No."

Cuando la bestia salió de la estación, Teresa y José pronto podían escuchar el rugido de las tres locomotoras de la bestia y el siniestro sonido retumbante de la larga fila de vagones mientras la bestia avanzaba por los rieles. El suelo bajo sus pies comenzó a temblar. Sus corazones comenzaron a acelerarse de miedo. Su travesía sobre la bestia estaba a punto de comenzar.

Cuando vieron aparecer las locomotoras del tren, el faro brillante de la locomotora delantera parecía como un ojo malvado de un monstruo de hierro, que los miró sin parpadear. Esta visión intimidante los hizo sentir como pulgas diminutas a punto de montar en el lomo de un perro enorme y bravo.

Las locomotoras pasaron. José se agarró de la escalera de una góndola, y Teresa, según las instrucciones de Rodolfo, se movió por el costado del tren y levantó a Pepe para que José pudiera agarrarlo. Más migrantes siguieron a José por la misma escalera. Teresa continuó avanzando, y siguió a otros migrantes para agarrarse de la siguiente escalera de la góndola y subir a la cima. José llegó a lo alto de su escalera y pidió ayuda. Un hombre se apresuró a acudir en su ayuda, y tomó a Pepe de los brazos de José. Otro ayudó a José a treparse por la pared y entrar en la góndola.

La bestia comenzó a acelerarse. Teresa, que fue la última en agarrarse de la escalera, temblaba al enfrentarse a la precaria necesidad de treparse para arriba mientras la bestia seguía ganando velocidad. El aumento de la velocidad también aumentó el movimiento de lado a lado de la góndola. Aferrarse a la escalera oxidada y ver los rieles pasar rápidamente bajo sus pies, la hizo apretar los dientes y se quedó paralizada, incapaz de vencer su miedo. Otros dentro de la góndola la agarraron de las manos y la ayudaron a cruzar el borde de la pared para entrar en la góndola. José se dirigió a la parte trasera con Pepe para unirse con Teresa. A ambos les costaba la respiración, y pasaron un buen rato antes de disminuirse su tembladera.

Mientras tanto, Rodolfo se había trepado al siguiente vagón, un vagón de carga. En lugar de subir a la parte superior del vagón, cruzó hacia la góndola en el acoplamiento que los conectaba, algo peligroso que hacer. Subió la escalera y se bajó al interior de la góndola, donde se encontró con Teresa, José, y Pepe. Rodolfo también temblaba de miedo.

La mayoría de los migrantes eran lo suficientemente altos como para ver por encima de la pared de la góndola. La góndola estaba llena de muchos migrantes, y casi todos estaban de pie porque tenían curiosidad por ver el paisaje en el camino. Estar de pie fue un desafío debido al movimiento continuo de lado a lado de la góndola. Luego apreciaron la oportunidad de sentarse, pero pronto les resultó incómodo sentarse en el piso duro e irregular, y hecho de acero. Muy poca gente estaba hablando. Las preocupaciones en sus mentes no se prestaban para charlas ociosas. Pero hablar también fue un desafío debido al fuerte estruendo de la bestia. La mayoría de las caras reflejaban, no solo preocupación, sino también fatiga y desesperación.

Rodolfo preguntó, "¿Están bien?"

José y Teresa respondieron, "Tan bueno como se puede esperar."

Además de esta góndola, los migrantes se establecieron en varios otros vagones. Muchos se sentaban encima de vagones de carga. Desde el interior de la góndola, era difícil saber cuántos migrantes abordaron la bestia porque los vagones de carga eran mucho más altos que la góndola.

Durante las horas de la tarde, la temperatura estaba en los 32 grados. La góndola de acero absorbió cantidades masivas de calor, por lo que la temperatura dentro de la góndola fue quizás más cercana a los 43 grados. Con todos apiñados, sus cuerpos generaban aún más calor, y las condiciones eran insoportables. Todos consumieron la mayor parte del agua que traían, y era claro que pronto se quedarían sin nada. La mayoría no tocó las bolsas de tacos, frijoles, queso, y la naranja que recibieron en el centro de refugiados de migrantes. Nadie sabía cuándo tendrían su próxima oportunidad de conseguir más comida.

Pronto la monotonía de viajar en góndola producía aburrimiento, y Teresa comenzaba a reflexionar sobre todo lo que había sucedido hasta ahora en la locura de este viaje. Recordó el comentario de Rodolfo, de que era ilegal montarse en esta bestia, y le molestaba que nunca había hecho nada ilegal en su vida hasta ahora. Contemplaba que todavía tendría que hacer aún más cosas ilegales al llegar el momento de cruzar la frontera para los Estados Unidos. No solo se arrepintió de haber hecho algo ilegal, también se arrepintió con remordimiento el dejar a su madre atrás, donde ella, una viuda solitaria, estaba indefensa contra la violencia de las pandillas, y lamentaba que ella y sus hermanos tuvieran que hacer este viaje arduo y peligroso.

Recordaba un momento de su juventud cuando se trepó a un árbol alto, que era para ella una diversión que le atrajo como un desafío tentador. Pero luego, mirando hacia abajo y viendo lo alto que estaba, el miedo se apoderó de ella cuando el viento hizo que el árbol se balanceara de un lado a otro. Y ella temblaba mientras hacía el descenso lento, rama por rama, para bajarse del árbol. Este viaje fue así. Comenzó como un desafío, pero ahora el miedo a lo desconocido comenzaba a afligirla. Se dio cuenta de que ella y sus hermanos habían llegado al punto de no volver, y se resignó a que la única opción era seguir adelante.

Rodolfo sorprendió a todos e interrumpió los pensamientos de Teresa, cuando gritó, "¿Cuántos aquí son de Honduras?"

Gritó lo más fuerte posible para ser escuchado por encima del rugido de la bestia.

La mayoría de la gente levantó la mano.

"¿Cuántos hay de Guatemala?"

Muchos otros levantaron la mano.

"¿El Salvador?"

Un número significativo levantó la mano.

"¿Nicaragua?"

Algunas manos.

"¿Costa Rica?"

Pocas manos.

"¿Panamá?"

Dos manos.

"¿Colombia?"

Tres manos.

"¿Quiénes no han levantado la mano?"

Se levantaron cinco manos.

"¿Así que de dónde son?"

Tres respondieron, "¡Cuba!"

Los dos últimos respondieron, "¡Perú!"

Rodolfo preguntó, "¿Cuántos de ustedes están huyendo de un pueblo donde han perdido a sus seres queridos debido a la violencia de las pandillas?"

Casi todas las caras reflejaban desesperación, y lucharon por contener las lágrimas cuando levantaron la mano.

"¿Cuántos preferirían quedarse en sus propios países si no fuera por la violencia?"

Una vez más, casi todos levantaron la mano.

"¿A quién le gustaría compartir un buen recuerdo de su país?"

Teresa levantó la mano, y, al ser reconocida, dijo, "Soy de Honduras, y me encantaba bailar los bailes folclóricos de nuestro país con mi novio, Raúl. Ahora tengo que vivir con el recuerdo de que los pandilleros lo torturaron y lo mataron."

Otro dijo, "Soy de El Salvador, y extrañaré ser miembro de nuestro equipo de fútbol."

Una mujer dijo, "Soy de Guatemala, y nadie hace mejores chicharrones que mi madre."

Un hombre se puso de pie con lágrimas corriendo por su cara y dijo, "Dejé a mi esposa y dos hijos atrás. Espero poder conseguir un buen trabajo y enviarles dinero desde Estados Unidos. Para mí, ver crecer a mis hijos es lo más preciado del mundo, y me temo que no llegaré a ver eso."

Muchos otros también compartieron sus recuerdos agridulces. Todos reconocieron muchas cosas buenas de sus diferentes países, cosas que tenían en común, cosas de las que dejaron atrás.

Rodolfo dijo entonces, "Supongo que todos nos dirigimos a Estados Unidos. Mientras viajamos juntos, enfrentaremos momentos peligrosos y arriesgados. Algunos de nosotros no lograremos cumplir este viaje. Es posible que algunos de nosotros lleguemos a morir. Sugiero que todos comencemos a mirarnos a nosotros mismos como los compatriotas que seremos cuando lleguemos a los Estados Unidos. Y como compatriotas, espero que todos nos unamos para apoyarnos mutuamente de ahora en adelante. ¿Hay alguien aquí que diría una oración por nosotros?"

Timoteo se puso de pie y dijo, "Oremos. Querido Dios, aquí somos extraños, pero enfrentamos un desafío común. Nuestros recursos son muy insuficientes. Pero, en la medida de lo posible, ayúdenos a apoyarnos y defendernos unos a otros. La mayoría de nosotros, querido Dios, hemos dejado atrás a familiares y amigos, personas que amamos, pero que tal vez nunca volvamos a ver. Oramos para que bendigas a los que quedaron atrás, y que los protejas de la crueldad y la violencia de las pandillas. Te rogamos que nos ayudes a tener éxito mientras buscamos una vida nueva y mejor. Que no vacilemos en nuestra fe en ti, y que nos ayudes a honrarte en todo lo que hacemos. Amén."

Aún entre los hombres más machistas, no hubo ningún ojo seco entre los migrantes en la góndola. Antes de la oración de Timoteo y las cosas que dijo Rodolfo, todos se sentían indefensos. Pero ahora, había una sensación de camaradería unificadora.

Teresa admiraba a Rodolfo por mostrar su capacidad de liderazgo, y se alegraba por su amistad.

Fin de semana en Villahermosa

La bestia llegó a Villahermosa el viernes a las seis de la tarde y no partiría hasta el lunes. Todos se bajaron de la bestia y se dirigieron a un arroyo cercano donde llenaron sus botellas de agua. La mayoría comía toda la comida que recibían del centro de refugiados y, por lo tanto, poca gente tenía algo que comer, y, por eso, casi todo el mundo tenía hambre. Teresa, José, y Rodolfo decidieron ir al centro de la ciudad por la mañana. Muchos de los migrantes tenían muy poco dinero. Por eso, ir al centro no era un lujo que pudieran permitirse. Sin embargo, muchos otros planearon ir también. Como todavía tenían algo de comida disponible, Marcos y Timoteo le dieron a Teresa algo de dinero, y ella prometió traerles más comida.

Rodolfo les susurró a Teresa y José, "Intentaré despertarlos antes del amanecer. Si podemos adelantarnos antes que todos los demás, tendremos una ventaja cuando lleguemos al centro."

Se hizo de noche y la gente durmió donde quiera a lo largo de los rieles de ferrocarril. Pepe se quedó cerca de Teresa. José, Rodolfo, Marcos, y Timoteo encontraron lugares cercanos para poder vigilar a Teresa y Pepe. Las temperaturas nocturnas bajaron a 10 grados, y Pepe y Teresa se abrazaron para protegerse del frío. José y los demás compañeros no tuvieron tanta suerte. Aunque Teresa, José, y Pepe usaban sus abrigos, tenían frío porque no estaban acostumbrados a las temperaturas más bajas de la latitud más al norte de México.

Rodolfo se levantó alrededor de las 4:30 de la mañana del sábado y despertó a Teresa, José, y Pepe. Lo antes posible, partieron y se dirigieron al pueblo, siguiendo una señal que decía *Centro*. Los gallos de toda la zona comenzaron a cantar. Después de unos treinta minutos, un taxi se acercó a ellos, y el conductor ofreció llevarlos al centro por 75 pesos. (Aproximadamente 3 dólares estadounidenses) José se sentó en el asiento delantero. Teresa se sentaba entremedio de Pepe y Rodolfo en el asiento de atrás. El mal olor de los cuatro reveló que necesitaban bañarse. Mientras el taxi avanzaba hacia el centro, Rodolfo tomó la mano de Teresa entre las suyas. Teresa lo miró, sonrió, se acercó a él, y apoyó la cabeza en su hombro. A pesar de que los dos olían mal, no se daban cuenta.

José le preguntó al taxista, "¿Cómo te llamas?"

"Benigno. ¿De dónde eres?"

"Somos todos de Honduras. Mi nombre es José. En la parte de atrás están mi hermano pequeño, Pepe, Teresa, mi hermana, y Rodolfo, nuestro amigo."

Rodolfo preguntó, "Benigno, ¿hay algún lugar donde podemos bañarnos?"

Benigno hizo una pausa y miró a Rodolfo por el espejo retrovisor. "Mi familia tiene una finca cercana. Si están dispuestos a ayudar con un poco de trabajo, estoy bastante seguro de que mi papá les dejará asearse."

Rodolfo les dijo a Teresa y José, "Me parece una buena oferta. ¿Qué opinan?"

Teresa respondió, "No hay problema."

El viaje a la finca duró veinte minutos. Benigno entró a la casa y habló con su padre. Cuando regresó, dijo, "Mi papá dice que pueden pasar la noche aquí, si no les importa dormir en el granero. ¿Tienen hambre?"

José respondió, "Hemos comido muy poco desde ayer temprano."

"¿Por qué no se acomodan en el granero, y le diré a mi mamá que les prepare el desayuno?"

Teresa, José, Rodolfo, y Pepe encontraron lugares en el granero donde dormirían por la noche.

Después de unos treinta minutos, Benigno regresó con una bandeja de comida. Su desayuno consistió en jugo de naranja, huevos, chicharrones, yuca, tortillas, y café, que devoraron en poco tiempo.

Luego, Benigno dijo, "Síganme. Les mostraré el trabajo que hay que hacer."

Los llevó a un campo de maíz y les dijo, "Solo queremos que cosechen maíz."

Les dio canastas, y los cuatro trabajaron hasta el mediodía cuando Benigno vino a buscarlos.

"Me sorprende la cantidad de maíz que lograron cosechar. Gracias."

Rodolfo respondió, "No. Te damos las gracias a ti."

"Vengan conmigo. Les mostraré dónde pueden bañarse."

Los llevó a un pequeño cobertizo donde había ducha. Teresa se bañó primero y luego los demás. Cuando terminaron, se reunieron en el porche frente a la casa.

Rodolfo comentó, "No estoy acostumbrado de oler cuerpos limpios. Todos huelen fresco y casi dulce." Volviéndose hacia Teresa, le dijo, "Y tú te ves hermosa."

La timidez de Teresa la hizo sonrojar. Se cubrió la cara con una mano y respondió, "Tú también te ves bastante bien."

A pesar de su arduo trabajo, todos se sintieron renovados.

Ahora que estaban limpios, Benigno los invitó a su casa, y Ana, la madre de Benigno, les sirvió el almuerzo. La casa era espaciosa y limpia. Si bien no fue tan impresionante para Rodolfo, cuya familia era más próspera, Teresa, José, y Pepe encontraron el hogar maravilloso.

Jorge, el padre de Benigno, dijo, "Bienvenidos a nuestra casa. Tengo entendido que han viajado aquí desde Honduras."

José respondió, "Si señor. Ha sido un viaje largo."

Teresa agregó, "Gracias, señor, por abrirnos su casa. Mis hermanos y yo nunca habíamos estado en una casa tan bonita."

Ana dijo, "Gracias. Cuéntanos sobre su viaje."

Al escuchar los detalles sobre su arduo viaje hasta el momento, Ana preguntó con los ojos húmedos, "¿Cuándo tienen que irse?"

Rodolfo respondió, "Tenemos que volver a la bestia mañana, no más tarde que las seis de la tarde. Anticipamos que la bestia parta el lunes por la mañana temprano."

Jorge dijo, "Bueno, quiero que se relajen durante el resto del día. Así que, por favor, siéntanse como en casa. Nuestra casa es suya. Mañana Benigno se encargará de que vuelvan a la bestia."

Los cuatro estaban abrumados con gratitud. Teresa dijo, "Gracias, señor. No tiene idea de cómo apreciamos su amabilidad para con nosotros."

Ana preguntó, "¿Quieren ir a la iglesia con nosotros mañana por la mañana?"

Los cuatro respondieron, "¡Claro!"

Después del almuerzo, Teresa, José, Pepe, y Rodolfo fueron al granero, y todos durmieron la siesta.

La temperatura de la tarde era sofocante. Después de la siesta, todos se reunieron en el porche frente a la casa, y Ana trajo limonada helada. Teresa, José, Pepe, y Rodolfo se sintieron bien descansados, y, a medida que la tarde pasaba al atardecer, una brisa fresca los acarició y los revivió aún más.

Para la cena había chorizos, mazorcas de maíz, y tortillas; y tomaron más limonada helada. Pepe también tomó su última pastilla para acabar con el antibiótico. No hubo más síntomas de las picaduras de avispa que había sufrido.

Teresa ayudó a Ana a fregar los platos y dijo, "Ana, no tienes idea de lo maravillosa que es tu generosidad para con nosotros. En nuestra vida en Honduras, fue un lujo tener más de una comida al día."

Ana le entregó un plato a Teresa para que la secara, y le pidió, "Háblame de tu familia."

"El nombre de mi mamá es Susana. Después de que los pandilleros mataron a Pedro, mi padre, mi mamá decidió que mis hermanos y yo estaríamos más seguros si nos fuéramos de la casa. Mi tía, Norma, y su esposo, Pablo, viven en los Estados Unidos, y están proporcionando el dinero para pagar nuestro viaje a los Estados Unidos."

Ana abrazó a Teresa y le preguntó, "Así que, ¿Son todos miembros de la misma familia?"

Teresa secaba los cuchillos, tenedores, y cucharas y los colocaba en su gaveta. "No. José y Pepe son mis hermanos. Conocimos a Rodolfo durante nuestro viaje. Él ha hecho este viaje antes, y nos ha sido de gran ayuda. Es un buen hombre."

"Me parece que sientes algo por Rodolfo."

"Me gusta mucho, y yo también le agrado a él."

"¿Hay algo más que eso?"

"No lo sé. Eso espero."

Cuando terminaron de limpiar la cocina, se reunieron con los hombres en el porche. La brisa del anochecer era agradable y la temperatura también. Jorge y Benigno tocaron sus guitarras mientras veían la puesta de sol.

A la mañana siguiente, después del desayuno, todos fueron a la Iglesia Católica de Santa Ana.

Esta iglesia le recordó a Teresa la última vez que estuvo en la iglesia de su barrio para practicar con el grupo de danza folclórica, cuando el padre Santiago le dio la noticia de que la pandilla Barrio 18 había matado a Raúl. Esto le trajo recuerdos dolorosos, lo que enarcó las cejas y la impulsó a secarse las lágrimas de los ojos con la manga de su blusa. A pesar de su melancolía, estaba contenta de ir a la iglesia con esta familia, que había sido tan buena con ella y sus hermanos.

Después del almuerzo, Teresa lavó la ropa de todos. Descansaron durante la tarde, sabiendo que pronto estarían de nuevo viajando en la bestia. Después de la cena, Ana les dio comida para llevar. Había suficiente para ellos y sus dos compañeros, Marcos y Timoteo. Teresa, José y Rodolfo agradecieron nuevamente a Jorge y Ana por su amabilidad, y Benigno los llevó de regreso a la bestia.

Al llegar, encontraron a sus dos compañeros, Marcos y Timoteo. Teresa les dio su parte de la comida que trajeron y ambos se alegraron de recuperar su dinero. Tenían muy poco para comer el sábado y domingo, y estaban agradecidos por la comida que Teresa les dio.

Rodolfo y Teresa pasaron la velada juntos. Por un corto tiempo, estuvieron limpios y renovados. Disfrutaron de su conversación juntos, y sus sentimientos mutuos se profundizaron. Poco después de la puesta del sol, Teresa se reunió con José y Pepe. Durmieron a lo largo de los rieles de ferrocarril, y se despertaron justo antes del amanecer. La temperatura de la mañana estaba en los 10 grados, lo que era incómodo y frío para ellos.

Una tragedia tras otra

Todas las góndolas habían sido cargadas con grava. Por eso, todos los migrantes subieron escaleras para treparse en vagones de carga. Dado que la bestia no se detuvo en una estación de pasajeros, todos se sintieron aliviados al saber que no era necesario abordar la bestia después de ponerse en marcha. Rodolfo, Marcos, y Timoteo se unieron con Teresa, José, y Pepe en el mismo vagón.

La bestia partió el lunes a las ocho de la mañana. Dado que los vagones de carga eran más altos que las góndolas, era más fácil para todos ver a los centenares de migrantes que viajaban juntos en la bestia. Pero la mayor altura del vagón de carga amplificó su oscilación de lado a lado mucho más que una góndola mientras la bestia se movía a lo largo de los rieles, lo que también amplificaba la oscilación continua de los cuerpos de todos. Además, el humo negro, que salía de los tres motores diesel, era mucho más nocivo que cuando los migrantes ocupaban las góndolas, que eran mucho más bajas que los vagones de carga. Por eso, en comparación con una góndola, sentarse encima de un vagón de carga era mucho más intolerable.

Muy pocas personas intentaron pararse o caminar sobre el techo de tales vagones porque era peligroso, no solo por el movimiento continuo de un vagón de carga de lado a lado, sino también porque no había nada disponible para agarrarse. De vez en cuando, los migrantes esquivaban las ramas de los árboles que colgaban sobre los rieles, y que barrían por encima de ellos, y que también podían ser peligrosas.

Durante la parte más calurosa del día, el techo de un vagón de carga se calentaba mucho. En una góndola, la gente podía estar de pie o sentada, y podía moverse. Pero había muy pocas opciones para cambiar de posición en un vagón de carga. Y cada movimiento requería que los migrantes soportaran nuevamente la superficie caliente del techo del vagón. Así que, cuando Teresa, sus hermanos, y todos los demás querían cambiar de posición, era necesario elegir entre el dolor de permanecer en la misma posición o el ardor de cambiar de posición.

A diferencia de las góndolas, que proporcionaban algo de sombra del ardiente sol durante gran parte del día, un vagón de carga no proporcionaba nada de sombra. Debido a que racionaron el agua, muchos, incluida Teresa, comenzaron a experimentar síntomas de agotamiento por calor. Para los que se enfermaron del calor, los migrantes aportaron una pequeña cantidad de su agua, que les proporcionaría agua adicional para revivir a los que así sufrían del calor. Los migrantes compartieron su agua de esta manera con Teresa.

La bestia se detuvo en un lugar aislado cerca de Acayucan alrededor de las cuatro de la tarde para cargar y descargar mercancías. Se corrió la voz de que la bestia partiría a las nueve de la noche y no se detendría hasta que llegara a Córdoba a las cinco de la mañana del día siguiente.

Todo el mundo se bajó de la bestia para estirar las piernas y reabastecerse de agua. También encontraron lugares discretos para hacer sus necesidades. Las mujeres se turnaron, formando un círculo alrededor de cada mujer para permitir su privacidad mientras hacía sus necesidades.

Teresa, José, Pepe, Rodolfo, Marcos, y Timoteo comieron la pequeña cantidad de comida que quedó durante el viaje del día.

Todos se preparaban para subir la bestia cuando los miembros de una pandilla, que eran bestias más brutales, aparecieron de la nada. Todos mostraban tatuajes que cubrían sus brazos y caras; todos iban armados con armas automáticas. Algunos pandilleros no llevaban camiseta, lo que revelaba más tatuajes que pintaban en el resto de sus cuerpos los iconos grotescos de su viciosa reputación.

Con una sonrisa siniestra en la cara, el líder de la pandilla instruyó a los migrantes, "Saquen el dinero que tienen en los bolsillos. Vamos a recolectar una ofrenda, como si estuviéramos en la iglesia. Pasaremos con cubos para que contribuyan sus ofrendas. A diferencia de la iglesia, cualquiera que no contribuya una ofrenda ganará una bala. Les sugiero que no intenten poner a prueba nuestra resolución. Es plata o plomo."

Luego, los pandilleros circularon entre los migrantes, como los perros ágiles que eran, para recoger las ofrendas.

Un migrante tembló cuando dijo, "No tengo dinero."

El pandillero que se le acercó dijo, "¡Oh! No vas a contribuir con una ofrenda. Eso no es bueno." Y lo empujó al suelo, apuntó con su arma, y le disparó en la cabeza. El hombre se derrumbó en el suelo sangrando. Tenía los ojos abiertos, pero no vieron nada. Solo revelaron la mirada en blanco de la muerte.

Varias mujeres lloraron con gritos espeluznantes. La esposa del migrante gritó con desesperación y se agachó para ayudar a su esposo, y el pandillero, con rabia en los ojos, también le disparó en la cabeza. Ella se derrumbó sobre su esposo muerto con los ojos salidos de las órbitas, su cara congelada por el horror, el dolor, y la angustia. En la muerte, sus cuerpos contorsionados se habían unido en un abrazo macabro final. Todos los migrantes se quedaron rígidos por el terror, demasiado asustados para moverse. Y sus caras reflejaban su gran consternación.

Las sirenas alertaron a los pandilleros de que se acercaban carros de la policía y, con la misma agilidad malévola con la que aparecieron, los pandilleros desaparecieron.

Un par de hombres se reunieron alrededor de la pareja para ver si podían ayudarlos. No había nada que podían hacer, ya que ambos estaban muertos. También llegó una ambulancia, y los migrantes observaron con horror mientras se llevaban los cadáveres.

El estado de ánimo entre los migrantes era sombrío y tenso. El ataque de las pandillas asustó a todos. Como llevaban cinturones para esconder dinero debajo de la ropa, Teresa y José todavía tenían dinero para gastar. La mayoría de los migrantes no habían sido tan prudentes.

A las ocho de la noche, todos ocuparon sus lugares en varios vagones de carga. Rodolfo dijo, "Voy a usar el baño una vez más antes de irnos." Y se adentró en la jungla.

Cuando regresaba, Rodolfo escuchó el choque de los vagones del tren cuando la bestia comenzó a marcharse. La bestia salía antes de las nueve, que era la hora de salida que habían anunciado. Rodolfo salió corriendo de la jungla, pero la bestia se aceleró, y ahora iba demasiado rápido para que él subiera.

Teresa lo vio venir corriendo, y cuando vio que no logró subir a la bestia, se tapó la cara con las manos y gritó, "¡Rodolfo!." Con una expresión de tristeza profunda en su cara y el labio inferior tembloroso, esperaba contra toda esperanza de que en alguna manera él todavía pudiera volver a subir a la bestia después de perderlo de vista. Pero sí se quedó atrás. Ella había comenzado a enamorarse de él, y verlo quedarse atrás le rompió el corazón. Ella nunca lo volvería a ver.

Ahora estaba oscuro, no había nubes en el cielo y no había luna. Dado que no había luz ambiental que emanaba de las luces eléctricas en el suelo, el cielo mostraba una deslumbrante variedad de estrellas. La gran abundancia de estrellas iluminó el cielo con un tono blanco lechoso, que fascinó a los migrantes con una visión espectacular para la vista. Teresa, y los que la acompañaban, nunca habían visto tantas estrellas concentradas en la cúpula celestial del cielo. La luz de las estrellas iluminó sus alrededores con un resplandor inquietante y misterioso. La maravilla de esta demostración de la poderosa providencia de Dios los bendijo con uno de los pocos placeres de sus vidas en contraste con la miseria implacable experimentada por estos angustiados viajeros migrantes.

Nadie se atrevió a dormirse por miedo a caerse de la bestia. Todos habían oído historias de migrantes mutilados o que murieron cuando cerraron los ojos para dormirse por un breve momento y luego se cayeron de la bestia. Hacía cada vez más frío, y mientras que antes el techo del vagón de carga estaba caliente al tacto, ahora el techo abandonaba rápidamente el calor latente absorbido durante el día, y empeoraba las bajas temperaturas para todos. Teresa, José, y Pepe, a diferencia de la mayoría, traían abrigos para protegerse. Sin embargo, todavía tenían frío. Varios migrantes comenzaron a compartir botellas de mezcal. Beber mezcal, una bebida alcohólica elaborada con la planta de agave, era una forma inútil de lidiar con las bajas temperaturas.

José se levantó y caminó hacia la parte trasera del vagón para aceptar una botella de mezcal, que le ofreció uno de los migrantes. De repente, en la oscuridad, la bestia pasó por debajo de unas ramas de árboles, que rozaban a todos en el vagón. Teresa gritó cuando una de las ramas atrapó a José. Sus esfuerzos frenéticos por liberarse fueron en vano, y la rama lo tiró del vagón. El grito espeluznante de José cuando cayó se pudo escuchar muy por encima del rugido de la bestia. Teresa vio todo esto con horror paralizante mientras su hermano desaparecía de su vida. La impactante tragedia pareció ocurrir en cámara lenta. El grito de José se detuvo con una brusquedad siniestra. Las ruedas del siguiente vagón cortaron su cuerpo en dos, matándolo al instante.

Teresa dejó escapar un grito desgarrador y clamó, "¡Nooo!" Sostuvo a Pepe contra su pecho, meciéndose hacia delante y hacia atrás. Pepe también lloraba conmocionado. Timoteo, Marcos, y otros se unieron a ella, pero sus esfuerzos por consolarla fueron en vano. Lloraba lágrimas incesantes y amargas, sus ojos y su cara revelaron su profunda angustia, y no quiso hablar. A pesar de la presencia de Pepe y de sus dos amigos restantes, nunca se sintió tan desesperada y sola. Tanto Rodolfo como José desaparecieron de su vida para siempre.

La bestia se detuvo a las cinco de la mañana en las afueras de Córdoba para un descanso de la tripulación. Solo estarían allí unas cuatro horas. Con temperaturas en torno a los 4 grados, hacía frío.

Teresa notó que Arturo, un migrante cubano, que había hablado con ella en ocasiones anteriores, la miraba de vez en cuando por el rabillo del ojo, con una enigmática sonrisa intrigante. Al ver que ella temblaba del frío, Arturo se sentó a su lado, puso un abrigo andrajoso sobre los hombros de Teresa, y se mostraba amistoso. Una mujer se sentó al otro lado de Teresa. Tocó la mano de Teresa para llamar su atención, y Teresa se inclinó hacia ella. La mujer puso su mano en la oreja de Teresa y le advirtió en un susurro, "Aléjate de este tipo. No es bueno. Otras mujeres entre nosotras ya le han dado bofetadas debido a sus manos errantes y reprobables, y sus esfuerzos por buscar favores sexuales."

Cuando Arturo la rodeó con el brazo, Teresa se estremeció, se puso de pie, dejó caer su abrigo al suelo sin decir nada, y se alejó. Después de este incidente, Teresa buscó mantenerse a la vista de Marcos y Timoteo, confiando en que sus amigos cristianos la protegerían en la ausencia de José.

Todos reabastecieron sus suministros de agua e hicieron sus necesidades. Su ubicación, a unos kilómetros de Córdoba, estaba aislada. Muy poca gente comía. Todos no solo tenían hambre, sino que también estaban cansados, con frío, e irritables porque no se atrevieron a dormir mientras viajaban sobre la bestia durante toda la noche.

Aún en estado de shock después de ver como murió su hermano, Teresa les dijo a Marcos y Timoteo, "No me quedaré con esta bestia. Entiendo que nuestra próxima parada es en la ciudad más grande de Apizaco, y voy a ver si Pepe y yo podemos viajar en autobús desde allí."

Marcos respondió, "Yo diría que no es una buena idea. No solo será más costoso para ti, también entiendo que es muy probable que los agentes de inmigración los detengan. Y, estando solos, podrían convertirse en víctimas de tráfico de personas, lo que, en el caso tuyo, significa que podrías verte obligada a prostituirte. Y Dios sabe lo que le pasaría a Pepe."

"Ese puede ser el caso. Pero, después de perder a José y Rodolfo en esta bestia, no puedo soportar más la idea de continuar en ella."

Alrededor de las siete de la mañana, los migrantes se sorprendieron al ver que se acercaba una caravana de carritos cargados de alimentos y bebidas. Los migrantes se apresuraron a ver qué podían conseguir. Debido al robo de la pandilla en Acayucan, la mayoría de los migrantes no tenían dinero para comprar nada. Otros migrantes, como Teresa, tenían dinero escondido, que los pandilleros no robaron. Ellos y Teresa hicieron lo que pudieron para asegurarse de que todos tuvieran al menos algo de comer.

La bestia partió a las nueve de la mañana y llegó a la estación de ferrocarril en Apizaco a la una de la tarde. Apizaco es una ciudad más grande, y esta estación de tren también atendía a los pasajeros que tenían boletos para abordar los trenes de pasajeros. Por eso, para continuar viajando en la bestia, los migrantes tuvieron que caminar un poco más allá de la estación de ferrocarril hasta un lugar donde nuevamente tendrían que abordar a la bestia, después de ponerse en marcha. Y una vez más, tuvieron que pagar a los coyotes que, a su vez, sobornaron al conductor del tren. Como antes, el conductor del tren mantendría la velocidad de la bestia lo suficientemente baja, dando a los migrantes la oportunidad peligrosa de abordar la bestia después de que saliera de la estación de ferrocarril. Los coyotes exigieron 7.000 pesos por persona.

Nuevos planes de viaje

Después de despedirse de Marcos y Timoteo, Teresa y Pepe tomaron un taxi para la ciudad. Era miércoles y llegaron al centro de Apizaco a las dos de la tarde. Apizaco, una ciudad a unos 137 kilómetros al este de la ciudad de México, es un centro comercial, manufacturero, y de transporte.

Cuando salieron del taxi, Pepe dijo, "Tengo hambre. ¿Cuándo vamos a comer algo?"

Teresa y Pepe estaban fatigados y sucios. Sus caras estaban manchadas de hollín del humo negro de diesel de las tres locomotoras, y sus cuerpos apestaban a mal olor. Los peatones volteaban la nariz, los miraban como si fueran de otro planeta, y se alejaban de ellos al pasar.

Al ver un quiosco de tacos, Teresa dijo, "Antes de que podamos sentarnos en un restaurante, tenemos que bañarnos. Así que vamos a comprar un par de tacos aquí por ahora."

Gastaron 75 pesos (3 dólares) por los tacos y dos vasos de limonada. Teresa y Pepe devoraron los tacos sin prestar atención a su sabor. Los tacos aliviaron sus dolorosas punzadas de hambre, y la limonada helada refrescó sus gargantas resecas.

Teresa le preguntó a la mujer en el quiosco de tacos, "¿Dónde está la iglesia católica más cercana?"

"Vaya a la siguiente cuadra, gire a la izquierda, y verá el campanario."

"¿Puede usted llenar nuestras botellas de agua, por favor?"

"Por supuesto."

"Gracias."

Después de que Teresa y Pepe comieron sus tacos, se dirigieron a la Iglesia Católica de Santa María. Allí conocieron a Mario, quien era acólito en la iglesia. Vestía una prenda parecida a la de un sacerdote con una larga túnica negra, que le llegaba hasta los pies, y una túnica blanca más corta, que le llegaba hasta las rodillas. A diferencia de un sacerdote, no usaba cuello de clérigo.

Teresa le pidió, "¿Podemos acostarnos mi hermano y yo en un par de bancos para dormirnos un poco? Llevamos más de un día despiertos."

Al sentir su olor repugnante, Mario agarró la nariz, hizo una mueca, y respondió, "No. No puedo dejar que se duerman aquí."

Teresa le suplicó, "Por favor, déjanos dormir un poco nada más. No tenemos otro lugar adonde ir."

Mario respondió, "Está bien. Pero tengo que cerrar la iglesia a las cinco de la tarde."

El acólito, que caminaba cojeando, se ocupó de sus asuntos. Teresa y Pepe se acostaron, y un dulce sueño no tardó en invadirlos.

Mario se quitó el vestuario, dejando al descubierto su pantalón de vaquero y la camiseta, que llevaba por dentro. Tuvo que hacer un gran esfuerzo para despertar a Teresa a las cinco en punto y dijo, "Tendrán que irse ahora. Tengo que cerrar la iglesia."

Teresa preguntó, "¿Hay algún lugar donde podemos bañarnos?"

Aunque Teresa estaba sucia y olía fatal, sin embargo, Mario la veía como una mujer atractiva. Respondió, "Mi tía es dueña de una casa en las afueras de la ciudad. Si quieres, puedo llevarlos allí donde pueden bañarse."

"Gracias. Eso sería maravilloso."

Pepe aún dormía profundamente, y Teresa lo despertó y le dijo, "Vamos. Tenemos que irnos ya."

Mario los sacó de la ciudad y tomaron un camino solitario, bordeado de árboles que lo ensombrecían, un camino que gritaba, peligro.

Con inquietud, Teresa preguntó, "¿Dónde está la casa de tu tía?"

Mario la miró por el rabillo del ojo. "No está tan lejos por este camino."

Después de que se alejaron de la carretera principal, Mario de repente empujó a Teresa fuera del camino de tierra a un área boscosa, sacó un cuchillo, y dijo, "Quiero que te quites la ropa."

El miedo se apoderó de Teresa, y se apartó de Mario. Ella y Pepe corrieron por el camino, y Mario fue tras ellos. A causa de la cojera de Mario, Teresa y Pepe lo dejaban atrás. Sin embargo, cuando se acercaron a un arroyo, Teresa se quedó atascada en unas arenas movedizas, y pronto se hundió hasta las rodillas.

Pepe trató de ayudarla, pero Teresa le gritó, "Aléjate o tú también te quedarás atascado en estas arenas movedizas."

El pánico se apoderó de ella, y Teresa luchó por liberarse, pero se hundió cada vez más en la arena fangosa. Era como intentar nadar en miel espesa y fría mientras que la absorbía cada vez más hacia abajo. Se quitó la mochila en sus esfuerzos por escapar, y pronto desapareció debajo de la superficie.

Mario los alcanzó y sacó a Teresa de las arenas movedizas. La sucia arena fangosa le chupó los zapatos de los pies y el fango frío, sucio, y maloliente pegó en su ropa hasta la cintura.

Mario la obligó a tirarse al suelo, le puso el cuchillo en la garganta, y dijo con el ceño fruncido y los ojos que reflejaban maldad y lujuria, "Ahora bájate el pantalón."

Con los ojos congelados de terror, Teresa espetó, "¡Detente! ¡No! ¡No hagas esto!" Y luchó por liberarse.

Mario, con los dientes apretados, la amenazó, diciendo con voz gruñona, "¡Sométete! O mataré a tu hermano delante de tus ojos."

Pepe empezó a golpear a Mario, y Mario lo apartó diciendo, "Déjame en paz o mataré a tu hermana."

Pepe, que era muy joven para saber lo que estaba haciendo Mario, sollozaba de miedo mientras veía cómo Mario violaba a Teresa.

Sin poder resistirse, Teresa cerró los ojos y se cubrió la cara con las manos. La respiración agitada de Mario le provocó náuseas a Teresa debido al mal olor de sus dientes podridos, que era un hedor pútrido como el de un zorrillo muerto. Gruñó cuando experimentó su clímax. Después de salirse con la suya con Teresa, los abandonó.

Después de que él se fue, Teresa notó que estaba sangrando. Cómo sabía que era virgen, comprendió que era de esperar que hubiera sangrado. Sin embargo, temía que Mario pudiera haberla herido. Se subió el pantalón para cubrir su desnudez, y se quedó inquieta, sollozando de vergüenza y disgusto. Lo primero que entró en su mente angustiada fue su preocupación por lo que le pasaría a Pepe si muriera. Pronto la afligieron sentimientos de humillación, degradación, culpa, y vergüenza. Ahora se atragantó y tosió mientras lloraba.

Comenzaba a sentirse culpable, y también contempló cómo podría vengarse y hacer que Mario pagara por lo que le hizo. En su mente, se imaginó el diabólico placer de darle una muerte violenta y dolorosa. Se puso tan histérica que ni siquiera se le ocurrió preocuparse de que pudiera quedarse embarazada. Luego, con una sensación de horror y futilidad, gritó con ira, "Dios. ¿Por qué has dejado que me pase todo esto? Mi padre, Raúl, Rodolfo y mi hermano se han ido de mi vida. Pepe y yo vamos a tu iglesia a buscar ayuda, y tu acólito ahora me viola. ¿Por qué debería confiar en ti?"

Pepe, encogido de miedo, lloró con los ojos muy abiertos con pánico. Se preocupó por su hermana y, en su inocencia, preguntó, "¿Vas a estar bien?"

Temblando, extendió la mano, la puso sobre su hombro, y respiró hondo. "Sí. Estaré bien. Solo dame unos minutos."

Ya eran como las 6:30 de la tarde y estaba oscureciendo. Teresa llevó a Pepe al arroyo, donde hicieron todo lo posible por limpiarse en el agua fría. Luego se durmieron a la orilla del río. Unas horas más tarde, la temperatura bajó a los 4 grados y los despertó. Pepe todavía tenía su abrigo, pero el abrigo de Teresa estaba en su mochila, que se perdió en las arenas movedizas. Temblando de frío, Teresa abrazó a Pepe para protegerse del frío.

Mucho antes del amanecer, se levantaron y regresaron al centro. Teresa bajó la cabeza como una flor moribunda. En el camino, el gruñido amenazante de un perro bravo les asustó, y sus corazones se aceleraban con la percepción de peligro inminente. Aceleraban su paso. Afortunadamente, la cadena del perro frustraba su esfuerzo por ir tras ellos.

Como ya no tenía zapatos, a Teresa le dolían los pies y luego se le pusieron entumecidos del frío. Cuando llegaron al centro, encontraron nada abierto excepto un hospital, y entraron para escapar del frío.

Una enfermera preguntó, "¿Puedo ayudarlos?"

Teresa respondió, "Estamos tratando de salir del frío. No tenemos otro lugar adonde ir. ¿Podemos quedarnos aquí un rato?"

"Supongo que sí." Al ver lo harapientos que estaban, la enfermera preguntó, "¿De dónde son?"

"Somos de Honduras. Después de cruzar de Guatemala a México, viajamos en la bestia hasta que llegamos aquí."

"Supongo que están intentando llegar a Estados Unidos."

"Así es. Pero mi hermano murió hace solo un par de días cuando una rama de un árbol lo tiró del vagón en el que viajábamos, y se cayó en los rieles del tren. Por eso he decidido que no podemos viajar más en la bestia."

"Lamento mucho oír eso. ¿Puedo servirles algo de té caliente?"

"Eso sería maravilloso. Gracias."

Cuando la enfermera trajo el té, preguntó, "Entonces, ¿qué van a hacer?"

El té les levantó el ánimo. "Vamos a tomarnos algo de tiempo para recuperarnos. Luego planeamos tomar un autobús a la ciudad de México. Gracias por el té."

"De nada. Un momento. Vuelvo enseguida."

La enfermera regresó con dos mantas y preguntó, "¿Qué tiempo tienen de estar de viaje?"

Con una sensación de dichosa seguridad, Teresa y Pepe saborearon la calidez de las mantas mientras Teresa respondía, "Gracias por las mantas. Tenemos unas dos semanas de viaje."

"Sabes, todavía te queda un camino largo por recorrer."

"Oh. Sí sabemos."

La enfermera miró su reloj. "Bueno, debo volver a mis deberes ahora. Espero que cumplan con éxito su viaje."

"Gracias."

Teresa y Pepe se quedaron hasta que salió el sol, y luego fueron a desayunar a un restaurante cercano. Disfrutaron de avena caliente con tostadas. Además de un jugo de naranja, Teresa tomó una taza de café; Pepe, una taza de té. La cuenta llegó a 170 pesos. Se quedaron en el restaurante hasta las nueve de la mañana. El desayuno los refrescó un poco, pero aún estaban agotados por la falta de sueño.

Salieron del restaurante y cruzaron la calle hacia un pequeño hotel, y consiguieron una habitación por dos noches a 749 pesos la noche. Después de ducharse, fueron a una tienda y compraron ropa nueva, que también incluían nuevos abrigos de color gris oscuro para ambos. Teresa también compró una mochila nueva para reemplazar la que perdió. Descartó el viejo abrigo de Pepe porque no era adecuado para las temperaturas frías que estaban experimentando. Teresa compró dos pantalones de estilo vaquero para cada uno. Se compró dos blusas, una blanca y una azul, y le compró a Pepe dos camisas estilo vaquero, una roja y otra verde. Teresa también compró un sombrero de vaquero para Pepe y zapatos nuevos para los dos. Eso les costó unos 1.900 pesos.

Después del desayuno, que tanto necesitaban, las duchas, y la ropa nueva, sintieron que habían vuelto a entrar en la civilización. Todavía sentían bastante cansancio, pero ahora se sentían algo renovados, y comenzaron a recuperarse de la fatiga.

Teresa gastó 125 pesos en una tarjeta telefónica y llamó a su tía Norma. Una sensación de alegría se apoderó de ella cuando Norma respondió, y Teresa dijo, "Es tan bueno escuchar tu voz."

Norma preguntó, "¿Cómo les va?"

Teresa vaciló y empezó a llorar mientras respondía, "Me temo que tengo que darte una mala noticia. José murió cuando se cayó de la bestia."

"¡Oh Dios mío! ¿Cómo pasó?" Preguntó Norma con voz temblorosa.

"Estábamos encima de un vagón de carga, y José fue a buscar una botella de mezcal que otro migrante le ofreció. Mientras caminaba hacia la parte trasera de la bestia, una rama de un árbol pasó sobre nosotros. Como no lo vio, la rama lo atrapó, lo tiró del vagón, se cayó, y murió."

Teresa oyó llorar a su tía, y Norma respondió, "Qué horrible. Enviaré una carta a Susana de inmediato para comunicarle las malas noticias. ¿Cómo estáis tú y Pepe?"

"Podríamos estar mejor, pero estamos bien. Me entristece decirte que José llevaba la mitad de nuestro dinero, así que ese dinero está perdido. Después de la muerte de José, debo decirte que no soporto seguir viajando en la bestia. Espero que no te importe si tomamos el autobús por el resto del camino para llegar a la frontera."

"Supongo que no te culpo. Por supuesto, que tomen el autobús. Supongo que tenemos que enviarte más dinero."

"Sí, por favor. Hasta ahora, hemos gastado más o menos 1.100 dólares y perdimos 450 dólares, que José llevaba consigo en su cinturón de dinero. Ahora estamos en Apizaco, México, y planeamos partir el día pasado mañana. Así que, si puedes enviar algo hoy, espero que podamos recogerlo mañana antes de partir."

"Está bien. Les enviaré 1.000 dólares. Que tengan cuidado y protéjanse."

"Lo haremos. Gracias, tía Norma."

Estaban a punto de colgar cuando Pepe preguntó, "¿Puedo hablar con mi tía Norma?"

Tomó el teléfono y, tras saludarla, su tía Norma le preguntó, "¿Y cómo estás, Pepe?"

"Supongo que estoy bien. Llevamos mucho tiempo viajando."

"Eso es cierto. Sabes. Todavía tienes un camino largo por recorrer."

"Lo sé. Pero lo lograremos."

"Estoy rezando para que si lo logren. Cuida de ti y de tu hermana."

"Lo haré. Adiós."

Al regresar al hotel, Teresa vio la iglesia que habían visitado el día anterior con una mirada fría y desafiante. El doloroso recuerdo de la violación de Mario invadió sus pensamientos con repugnancia e ira.

Aparte de las comidas, pasaron el resto del día en la habitación del hotel. Teresa y Pepe ni siquiera probaron la cama. En cambio, prefirieron dormir en el piso.

Esa noche Teresa lloró hasta quedarse dormida. En las primeras horas de la mañana, gritó cuando una pesadilla la despertó en la que percibió que Mario la estaba violando de nuevo. Luchaba con las sábanas, y podía oler el aliento podrido de Mario. El recuerdo de la violación la asaltó como atracadores en la oscuridad. El terror la dominó, y su grito despertó a Pepe, quién le preguntó, "¿Estás bien?"

Con miradas rápidas al vacío, Teresa miró alrededor de la habitación. Un tormento interno la afligía. Tardó un momento en darse cuenta de dónde estaba. Le dijo a Pepe, "Voy a estar bien. Vuelve a dormirte ahora."

Teresa estuvo despierta hasta el amanecer, dando vueltas y vueltas, sin poder volver a dormirse. Al día siguiente fueron a recoger el dinero que Norma les envió. Aparte de eso, y las comidas del día, se relajaron en su habitación de hotel y veían televisión.

La carta

Susana se detuvo en la estafeta de correos con su amiga Luz. Estaba contenta de ver que recibió una carta de su hermana Norma. Ansiosa por recibir noticias sobre sus hijos, Teresa, José, y Pepe, sus manos temblaban cuando abrieron el sobre. Sacó la carta y empezó a leer. Descubría que era una carta fatal que se abría camino desde lejos, como un ave de presa.

Las palabras de la carta le llenaron los ojos de lágrimas de inmediato, que derramaron por su cara, y gritó cuando leyó sobre la muerte de José. "¡Oh Dios! ¡No!"

Luz agarró a Susana cuando comenzó a colapsar. Un transeúnte ayudó a Luz para llevar a Susana a un banco, y Luz se sentó a su lado.

Varias personas se reunieron con Susana y Luz. Si bien no sabían lo que sucedió, la angustia en la cara de Susana reveló que la noticia era trágica. Sin saber el contenido de la carta, supusieron que informaba sobre la muerte de un ser querido. La reacción de Susana fue algo demasiado común en este barrio de Tegucigalpa.

Luz abrazó a Susana, y le preguntó, "¿Qué es?"

Susana apoyó la cabeza en el hombro de Luz. A través de sus desgarradores sollozos, su voz tembló cuando clamó, "¡José, mi hijo, ha muerto!"

"Dios mío, cuanto lo siento."

Muchos de los que la rodeaban conocían a Susana y le impusieron las manos encima para expresarle ternura y simpatía. Ninguna palabra fue capaz de consolarla en este doloroso momento, por lo que no se intentó decir ninguna. Las palabras en este momento eran como centavos sin valor que nadie se molesta en recoger después de caerse al suelo.

El padre Santiago salió de la estafeta de correos y, al ver la multitud, se acercó a ellos.

Cuando Susana vio llegar al padre Santiago, se acercó a él y le clamó, "José, mi hijo, ha muerto en México."

También, al comprender que las palabras en este momento eran inadecuadas para consolar a Susana, el sacerdote se limitó a decir, "Lo siento mucho, Susana."

Se quedaba entre los amigos que se reunieron para apoyarla.

Susana comenzó a calmarse y le dijo a Luz, "Quiero irme a casa. Por favor, ven conmigo."

Antes de irse, el padre Santiago dijo, "Ven a verme cuando sientas que estés lista."

Susana lo miró con la cara manchada de lágrimas, que reflejaba su desolación y su dolor. "Gracias, padre. Iré a verte pronto."

Las noticias circularon rápido, como lo que ocurre con las malas noticias, y sus vecinos le llevaron comida a su casa. Se turnaban para acompañarla y para compartir su dolor.

Unos días después, el padre Santiago vino a visitarla y dijo, "Me gustaría tener un servicio conmemorativo para José. Podemos hacerlo el miércoles o el jueves por la noche. ¿Cuál prefieres?"

El miércoles, muchos se reunieron en la iglesia para el servicio conmemorativo.

Entre las muchas palabras reconfortantes que compartió el padre Santiago, dijo, "José era un buen hombre, un hombre joven; solo tenía dieciocho años. Vivimos tiempos peligrosos en Honduras con la amenaza continua de violencia de las pandillas. Y en este último año, Susana también perdió a su querido esposo, Pedro, víctima de la violencia de las pandillas. Después de su muerte, las malas opciones de

Susana eran que sus hijos se quedaran en casa para soportar la amenaza real de más violencia de pandillas o correr el riesgo del viaje peligroso en el tren de carga mexicano, conocido como la bestia, para encontrar una vida mejor en los Estados Unidos. Los pandilleros ya estaban amenazando a José y Teresa. Por eso, Susana decidió que la mejor de estas dos malas opciones era enviarlos a Estados Unidos."

"Susana, no veo ninguna razón para cuestionar tu decisión. Hiciste lo correcto, a pesar de lo que le pasó a José. No sabemos dónde están Teresa y Pepe en su viaje, excepto que sabemos que están en algún lugar de México. Pero sí creo que están más seguros allí de lo que estarían si estuvieran aquí. Así que, Susana, quiero que sepas que cualquier culpa que sientas por la difícil decisión que tomaste es injustificada. Y nosotros, tus amigos, estamos aquí, reunidos para ser una fuente de consuelo y aliento para ti."

"Ahora oremos."

Todos inclinaron la cabeza e hicieron la señal de la cruz.

El padre Santiago oró, "Querido Dios. A todos nos entristece la pérdida de nuestro querido hermano José. Pero confiamos en que ahora lo tienes contigo en un lugar mejor junto a su papá. Pido que protejas a Teresa y Pepe mientras viajan. Ayúdalos a encontrar un hogar seguro en los Estados Unidos. Pido que Tu presencia sea una fuente de consuelo para Susana mientras lamenta la pérdida de José. También pido que pronto sepamos que Teresa y Pepe no solo han llegado a los Estados Unidos, sino que también disfrutarán de una vida mejor allí. Ayúdanos a honrarte en todo lo que hacemos. Amén."

Después de este conmovedor y agridulce funeral, Susana regresó a su sombría y humilde choza, que era más como una prisión que un hogar en el que estaba encerrada sola. Su esposo muerto, su hijo muerto, Teresa y Pepe, tan lejos. Desamparada, se sentó a la mesa sola, contemplando su vida aparentemente sin sentido, anhelando el tierno toque de su familia. La soledad y el dolor la apretujaron, como una manta envuelta con fuerza, de la cual, desesperada, se sintió atrapada sin remedio. En su soledad autoimpuesta, las lágrimas fluían de los ojos hundidos y oscurecidos hasta sus mejillas hundidas, mientras que preguntas incontestables invadían su mente.

Viaje de ida y vuelta a la ciudad de México

Ahora era sábado, 17 de diciembre. Teresa y Pepe salieron del hotel, desayunaron, y Teresa compró dos boletos de autobús para los dos. A Teresa le preocupaba que pudieran tener problemas con los funcionarios de inmigración, pero no se encontraron con ninguno. Abordaron el autobús con destino a la ciudad de México, el cual partió a las 9:30 de la mañana. Pepe se sentaba junto a la ventana. Teresa ocupaba el asiento del pasillo. Se sentían como si estuvieran viajando con lujo después de haber viajado en la bestia. Teresa comenzó a conversar con Vanesa, una mujer joven que estaba sentada en el asiento del pasillo a su lado. Vanesa tenía más o menos la misma edad que Teresa. Parecían que podían ser hermanas, y estaban destinadas a convertirse en amigas.

Vanesa comentó, "No eres de México, ¿Verdad?"

"No. Mi hermano, Pepe, y yo somos de Tegucigalpa, Honduras."

"Entonces, ¿Cómo es que están viajando en este autobús?"

Teresa respondió, "Esa es una larga historia," y procedió a contarle a Vanesa sobre la violencia de las pandillas en Tegucigalpa, que las pandillas asesinaron a su padre y su novio, la decisión de emigrar a los Estados Unidos, y el viaje peligroso en la bestia, que los trajo a Apizaco, México. Concluyó explicando, con lágrimas en los ojos y el labio tembloroso, como su hermano murió al caerse del tren. "Después de eso, decidí que mi hermano, Pepe, y yo no podíamos continuar nuestro viaje en la bestia. Y es por eso que estamos en este autobús."

Vanesa, una cristiana, se cubrió la cara con las manos y, con las cejas levantadas, respondió, "Lo siento mucho. ¡Qué terrible! Entonces, ¿cuáles son tus planes ahora?"

Teresa se encogió de hombros. "Pepe y yo vamos a intentar llegar a la frontera de Estados Unidos en autobús."

Después de escuchar lo que dijo Teresa y ver la angustia en sus ojos mientras contaba su historia, Vanesa hizo una pausa antes de responder. "Tengo que decirte. Puede que eso de viajar en autobús no sea tu mejor opción. Si viajan en autobús, casi sin duda tendrán que lidiar con los funcionarios de inmigración. Su mayor riesgo será cuando salgan de la ciudad de México. El presidente estadounidense, Donald Trump, está presionando al gobierno mexicano para que detenga a los migrantes que intentan ingresar a los Estados Unidos en violación de la ley. Si descubren que son de Honduras y que están tratando de llegar a Estados Unidos, tomarán medidas para deportarlos enseguida."

Vanesa, con gestos para enfatizar su punto, continuó, "Vemos noticias en la televisión con una frecuencia cada vez mayor sobre migrantes como ustedes que se detienen, y luego se encuentran de regreso a sus países de origen. Voy a la ciudad de México para reunirme con mi hermano don Felipe. Él vive en Tijuana, justo al otro lado de la frontera con San Diego, California, y quizás pueda sugerirte una mejor solución."

Teresa halló inquietantes las palabras de Vanesa y, sin embargo, tenía la esperanza de que el hermano de Vanesa pudiera tener una mejor solución para ella y Pepe. Luego preguntó, "¿Vives tú en la ciudad de México?"

"No. Vivo en Apizaco con mi esposo, Alejandro, y mi hijo, Josué. Mi hermano está en la ciudad de México por motivos de negocios. No nos vemos mucho. Así que, voy a visitarlo durante el día de hoy."

Teresa inclinó la cabeza hacia un lado. "Entonces, ¿Qué te hace pensar que tu hermano podría tener una mejor solución para mí y mi hermano?"

"Realmente no lo sé con certeza. Pero no estará de más preguntárselo. Como hombre de negocios, tiene muy buenas conexiones."

"Bueno, necesitamos una mejor solución. Espero que nos pueda ayudar. Háblame de tu hijo. ¿Cuántos años tiene?"

"Yo diría que tiene más o menos la misma edad que Pepe. Tiene siete años."

Pepe dijo, "Solo tengo seis años."

Vanesa respondió, "Bueno, me imagino que tú y Josué podrían ser buenos amigos."

Teresa preguntó, "¿A qué se dedica tu marido?"

"Alejandro es dentista. Antes vivíamos en la ciudad de México, pero luego él compró una oficina dental en Apizaco, así que nos mudamos allí hace un par de años. Él y Josué pasarán el día juntos mientras yo no estoy."

El autobús se detuvo en pequeños pueblos en el camino y llegó a una terminal de autobuses en la ciudad de México a las 11:30. Se bajaron juntos del autobús, y Felipe saludó a Vanesa con un beso en cada mejilla. "Es bueno verte de nuevo, Vanesa. ¿Son estos amigos tuyos?"

"Sí. Nos conocimos en el autobús. Se llaman Teresa y Pepe."

Volviéndose hacia Teresa y Pepe, Vanesa dijo, "Este es mi hermano, don Felipe."

Teresa extendió la mano y respondió, "Es un placer conocerlo, don Felipe."

Felipe le estrechó la mano a Teresa, y respondió, "Es un gusto conocerte también. ¿Vives en Apizaco?"

Teresa respondió, "No señor, somos de Tegucigalpa, Honduras."

Vanesa agregó, "Ellos viajaron para acá en la bestia con el plan de llegar a Estados Unidos. Me entristece decir que perdieron a su hermano, José, que murió cuando se cayó de la parte superior del vagón de carga en el que viajaban. Teresa y Pepe vinieron aquí hoy porque piensan viajar a la frontera de los Estados Unidos en autobús."

Al oír el comentario de Vanesa, Felipe, con las cejas levantadas, respondió, "Siento mucho que estés de luto por la muerte de tu hermano." Luego, después de una pausa, dijo, "Es casi mediodía. ¿Te gustaría acompañarnos a almorzar?"

Teresa respondió, "Oh, sí, don Felipe, eso sería maravilloso."

Subieron al Mercedes-Benz, que alquilaba don Felipe, y, después de unos quince minutos de viaje, llegaron al restaurante El Farolito. Era raro que hiciera tanto calor en la ciudad de México, y esta era la primera vez que Teresa y Pepe viajaban en un carro con aire acondicionado, cosa que les dio frío.

Después de estar sentado a la mesa, Felipe sonrió y preguntó, "¿Alguna vez han comido tacos al pastor?"

Teresa respondió, "No señor."

"Son una especialidad en este restaurante. No querrán perder la oportunidad de probarlos."

"¿Cómo son?"

Don Felipe juntó todos los dedos de su mano derecha, los besó con los labios, y abrió la mano para simular una explosión de sabor. Luego dijo con gusto, "Están riquísimos. El cocinero corta tiras finas de cerdo suculento asado de un espetón y los coloca en una tortilla de maíz. Los tacos también incluyen cebolla, hojas de cilantro, y piña. Estoy seguro de que los disfrutarán."

Además de los tacos al pastor, el camarero también trajo elotes, que son mazorcas de maíz, bien condimentadas con sal, chile en polvo, lima, mantequilla, queso, mayonesa y crema agria. Todos tomaron Coca-Cola.

Antes de comer, don Felipe dijo, "Vamos a orar."

Todos inclinaron la cabeza y Felipe oró, "Querido Dios. Te agradecemos por esta comida y tus muchas bendiciones. Pido que bendigas los esfuerzos de Teresa y Pepe para llegar a los Estados Unidos. Que prosperen allí. Por favor, consuélalos y ayúdalos a lidiar con su dolor por la muerte de José. Pido que su fe en ti sea una fuente de esperanza para que ellos sepan que habrá un reencuentro en el futuro con José en el Cielo. Ayúdanos a honrarte en todo lo que hacemos. Amén."

Aún amargada porque Dios permitió tanta tragedia en su vida, Teresa no participó con entusiasmo en la oración.

Felipe le preguntó a Teresa, "Entonces, ¿Por qué decidiste hacer este viaje peligroso en la bestia?"

Teresa repitió lo que le había contado a Vanesa antes y dijo, "Ahora que perdí a José, mi hermano, no soporto seguir viajando en la bestia. Por eso, mi plan es ver si podamos llegar a la frontera en autobús."

Como Vanesa le dijo a Teresa anteriormente, Felipe respondió, "Debo decirte. Como migrantes hondureños en México, viajar en autobús a la frontera de Estados Unidos no es tu mejor opción. Es muy probable que se encuentren con funcionarios de inmigración que los enviarán de regreso a Honduras."

Una lágrima brotó en su ojo y se derramó sobre su mejilla, y Teresa respondió, "Entonces no sé qué hacer."

La desesperación en la cara de Teresa conmovió a Felipe. Se detuvo en la contemplación y observó mientras Vanesa y Teresa continuaban la conversación. Con la mejor de las intenciones, tocó la mano de Teresa y dijo, "Quiero ver si puedo ayudarte."

Teresa apartó la mano de un tirón. El toque de Felipe le despertó el pánico. Su experiencia vívida y terrible con Mario, quien la violó, volvió corriendo como un demonio, y la hizo desconfiar de la ayuda que Felipe ofrecía. Con pánico excesivo, luchaba para respirar. Se levantó de su silla y tartamudeó mientras decía con una sonrisa temblorosa, "No, don Felipe. No es justo aceptar su ayuda. Necesito ir al baño. Vuelvo enseguida."

Teresa salió corriendo, y tanto Felipe como Vanesa notaron la extraña reacción exagerada de Teresa.

Vanesa dijo, "Déjeme ir a ver qué le pasó."

Encontró a Teresa en el baño, temblando, y llorando, y le dijo, "Teresa, cálmate. ¿Qué ocurre?"

El labio inferior de Teresa tembló y tartamudeó cuando dijo, "Lo siento. No sé por qué reaccioné exageradamente. Debo confesarte que un hombre me violó en Apizaco, y el toque de don Felipe me hizo entrar en pánico. No entiendo por qué reaccioné de esa manera."

Vanesa puso su mano sobre el hombro de Teresa. "Lo siento mucho. Supongo que reaccionaría yo de la misma manera si un hombre que acabo de conocer me tocara justo después de haber sido violada."

"Estoy tan preocupada, y no sé qué voy a hacer. Me encantaría que don Felipe me ayudara, pero tengo miedo de confiar en él."

En un intento de tranquilizar a Teresa, Vanesa dijo, "Quiero que sepas que la fe en Dios es muy importante para mi hermano y para todos en mi familia, y somos muy activos en nuestra iglesia. Estoy seguro de que puedes confiar en nosotros."

Con ojos llorosos, Teresa respondió, "Es bueno saber eso, pero te digo, el hombre que me violó es un acólito de la Iglesia Católica de Apizaco. No sé si pudiera confiar siquiera en un sacerdote, y por eso mucho menos en tu hermano."

Vanesa abrazó a Teresa y habló con voz suave. "Bueno, comprendo. Vamos a averiguar cuál es el plan de Felipe y puedes decidir si es aceptable para ti."

Cuando regresaron a la mesa, Felipe se apresuró a decir, "Teresa, lamento la angustia que te causé."

Vanesa respondió, "Felipe, como sabes, Teresa sufrió algunas experiencias muy traumáticas, no solo en su casa sino también durante su viaje. Y la mayoría de sus experiencias terribles involucraron a hombres."

Temblando como un perro maltratado, Teresa dijo, "Don Felipe, perdóneme por favor. Me asustó mucho, cuando me tocó la mano."

Felipe respondió, "No. Te pido que me perdones a mí. Ahora déjame explicarte el plan que propongo."

Ella murmuró, "Por favor, adelante." Teresa escondió las manos debajo de la mesa, arrugó la frente, y miró a Felipe con ojos que parpadeaban rápidamente, que aún reflejaban miedo, duda, y vacilación.

Felipe tomó un sorbo de su Coca-Cola y se limpió la boca con la servilleta. "Me ocuparé de algunos asuntos aquí en la ciudad de México durante las próximas dos semanas. Luego voy de regreso a Tijuana.

Sugiero que tú y Pepe vuelvan a Apizaco con Vanesa. Cuando termine mi negocio, iré a buscarlos, y les pagaré el pasaje aéreo a Tijuana."

Pepe exclamó, "¿Vamos a volar en avión?"

Felipe sonrió y dijo, "Sí. ¿Has viajado alguna vez en un avión?"

"¡Nunca!"

Volviéndose hacia Teresa, le preguntó, "¿Qué tal te parece este plan?"

"Don Felipe, es muy generoso de su parte. Perdóname por preguntar esto, pero: ¿Cómo puedo tener la seguridad suficiente para confiar en usted?"

"Bueno, esa es una buena pregunta. Entiendo que tengas miedo. Todo lo que puedo decir es: mientras estés en Apizaco, tendrás la oportunidad de visitar la iglesia de Vanesa, y ella te podrá presentar a muchos amigos que me conocen bien. Yo también solía ser miembro allí. Estoy seguro de que podrán tranquilizarte sobre tu decisión de confiar en mí."

Temiendo la idea de que tendría que ir a la iglesia donde conoció a Mario, su violador, Teresa preguntó, "¿Esa sería la Iglesia Católica de Santa María?"

Vanesa respondió, "No. Asistimos a la Primera Iglesia Metodista de Apizaco."

Teresa sintió un poco de alivio al saber que no tendría que volver a la Iglesia Católica, y preguntó, "¿Pepe y yo podremos viajar con nuestros pasaportes?"

Felipe respondió, "Esa es otra buena pregunta. Me temo que el uso de sus pasaportes hondureños podría causarles problemas con los funcionarios de inmigración. Si te peinamos con un estilo parecido al de la fotografía del pasaporte de Vanesa, creo que puedes usar el pasaporte de ella. Una vez que subimos al avión, ya no lo necesitarás."

"¿Y mi hermano?"

"Estoy bastante seguro de que Josué no tiene pasaporte. Diremos que Pepe es tu hijo. Creo que estaremos bien con eso. ¿Así que, cómo te sientes?"

En conflicto, Teresa todavía estaba dividida entre esta oferta de un viaje gratis y la necesidad de confiar en Felipe.

Después de una pausa y, al no contestar, Pepe dijo con voz animada, "Vamos, Teresa. Quiero volar en un avión."

Teresa miró a Pepe, respiró profundamente, miró a Felipe con una expresión preocupada, y dijo, "Está bien. Vamos a hacerlo."

Vanesa le dijo a Teresa, "Me alegra que mi hermano pueda ayudarte, y estoy segura de que no tienes nada de que preocuparte."

Resignada a tomar lo que Teresa consideró un riesgo significativo, suspiró y dijo, "Muchas gracias."

Felipe concluyó, "¡Que bien! Los llevaré de regreso a Apizaco ahora. Teresa, estoy seguro de que a Vanesa no le importará si tú y Pepe se quedan con ella durante las próximas semanas. Luego iré a buscarlos, y nos dirigiremos al aeropuerto aquí en la ciudad de México." Felipe luego se volvió hacia Vanesa y le confirmó, "¿Te parece bien?"

"No hay problema."

Al ver que su viaje largo y peligroso por México pronto terminaría, Teresa se emocionó, y llorando dijo, "Estoy muy agradecida por su generosidad."

Regresaron a Apizaco a las 4:30. Vanesa presentó a Teresa y Pepe a Alejandro y Josué. Después de una cena ligera, Felipe regresó a la ciudad de México.

Felipe hizo reservaciones para Teresa y Pepe para su vuelo a Tijuana. También llamó a Raquel, su esposa, para contarle sobre Teresa y Pepe, y el plan de que regresaran con él a Tijuana.

El nuevo comienzo de Teresa

Era sábado por la noche, y Teresa y Vanesa estaban sentadas en un sofá cómodo. Alejandro conversó con ellos por un rato antes de ir a la oficina en su casa para trabajar un poco en su computadora. Josué sacó algunos de sus juguetes, y él y Pepe se sentaron en el piso alfombrado, felices de jugar juntos, y pronto se hicieron amigos.

Vanesa y su familia vivían en una casa cómoda de cuatro recámaras en un vecindario cuyos residentes eran en su mayoría profesionales: médicos y dentistas, abogados y contadores. Además de la sala donde se sentaron Vanesa y Teresa, había un comedor espacioso y una cocina eficiente con electrodomésticos nuevos y modernos. Una recámara desocupada incluía una cama doble y servía como habitación de invitados. Josué ocupaba una de las otras recámaras. La oficina de Alejandro también incluía una cama individual.

Este respiro de la bestia y otros peligros llenó a Teresa de una sensación de tranquilidad, un respiro muy necesario que ella disfrutaba. Ella comentó, "Este es el mejor día que he vivido en mucho tiempo. Estoy muy agradecida por la amabilidad que tú y tu hermano nos han mostrado a mí y a Pepe."

Agradecida por la bendición de aliviar la carga de Teresa, Vanesa respondió, "Una de las mayores alegrías de la vida es hacer algo por los demás, que no pueden hacer por sí mismos. Y creo que descubrirás que don Felipe se alegra mucho de servir a Dios de esta manera."

Todavía enfadada porque Dios no la protegió del acólito hipócrita de la iglesia, quien la violó, Teresa respondió con un tono de amargura y desdén, "Como dije, estoy agradecida contigo y tu hermano. Y veo cómo Dios los ha bendecido. Pero Él no me ha bendecido a mí ni a mi familia en absoluto. Veo esta casa hermosa en la que vives, pero mi familia sufre una pobreza extrema. Mi madre vive en una choza con piso de tierra y sin electricidad. Están bendecidos con prosperidad y aparente seguridad, y me alegra que tengan estas bendiciones. Pero en la mayoría de los casos, mi familia come nada más una comida al día. La violencia, el asesinato, la muerte trágica de mi hermano hace solo unos días, y un supuesto cristiano que me violó son la historia de la vida de mi familia. Así que, te pregunto: ¿Por qué debería yo confiar en Dios para algo?"

Vanesa abrazó a Teresa. "Ni siquiera puedo empezar a darte una respuesta a tu pregunta muy válida. Cuando vayamos a la iglesia mañana, te presentaré a nuestro pastor. Es un gran tipo. Su nombre es Frank Turner, y es un misionero estadounidense. Creo que valdrá la pena reunirse con él. Es posible que pueda darte algunos consejos valiosos sobre qué deberías esperar cuando lleguen a los Estados Unidos. Pero, lo que es más importante, es posible que pueda darte un sabio consejo sobre esta pregunta que me hiciste y sobre la desesperación con la que has vivido."

Reflexionando sobre las palabras de Vanesa, Teresa frunció los labios. "Lo siento. No estoy seguro de si me interesa asistir a tu iglesia o hablar con tu pastor."

"¿Podemos orar sobre eso?"

Con una sonrisa a medias, Teresa respondió con notable desgana, "Supongo que sí."

Vanesa tomó las manos de Teresa entre las suyas y oró, "Querido Dios. Te agradezco por traer a Teresa y Pepe a mi vida. Teresa me ha hablado de los tiempos difíciles y la tragedia que ella y su familia han soportado. Escuchar su historia me hace sentir agradecida por la forma en que nos has bendecido a mí y a mi familia. Si bien no sé por qué Teresa y su familia han soportado una vida tan dura, creo sin lugar a dudas que los amas. Pido que lleguen a experimentar tus bendiciones de una manera muy tangible. Bendice a Teresa y Pepe mientras viajan a Estados Unidos. Que encuentren una vida mejor allí. Te agradezco por hacer posible que Felipe y yo seamos una fuente de bendición en sus vidas. Teresa y Pepe necesitan experimentar Tu amor y Tus bendiciones en sus vidas, y pido que el tiempo que pasen aquí sea un nuevo comienzo para ellos. Ayúdanos a honrarte en todo lo que hacemos. Amén."

A pesar de su cinismo, una sensación de esperanza acarició su alma, y Teresa se emocionó, sollozó, y abrazó a Vanesa. "Te agradezco muchísimo. Nadie jamás rezó por mí de esta manera."

Vanesa le abrazó a Teresa y dijo, "Eso me da una gran alegría. Te animo a que asistas a nuestra iglesia con la esperanza de que Dios te bendiga mañana."

Llamaron a la puerta y, cuando Vanesa la abrió, hubo una procesión de personas vestidas con túnicas que se apiñaron alrededor de la puerta, incluidos dos niños que interpretaron los papeles de María y José, y cantaron una canción en la que preguntaban, "¿Hay posada?" Al oír la canción, Pepe y Josué se acercaron corriendo a la puerta para escuchar.

Cuando terminaron, Vanesa siguió la tradición navideña mexicana y respondió, "Lo siento. No hay posada," y cerró la puerta.

Teresa sonrió y comentó, "También tenemos posadas en Honduras. Pero nunca visitaron nuestro barrio."

Vanesa explicó, "Esperamos ver una procesión posada llegar a nuestra puerta todas las noches hasta la víspera de Navidad."

Después de disfrutar de una taza de té, se retiraron por la noche. Vanesa les mostró a Teresa y Pepe recámaras separadas. Pepe dormía en un catre en la recámara de Josué. Cuando vio la cama en la recámara suya, Teresa dijo, "Qué cama más hermosa. Nadie en mi familia sabe que es dormir en una cama en Honduras."

Vanesa respondió con una mirada de incredulidad en su cara. "¿De verdad? Le pido a Dios de que algún día, pronto, nunca tengas que dormir en otro lugar que no tenga una cama."

Teresa nuevamente decidió intentar dormir en la cama. No pudo contener las lágrimas de felicidad mientras reflexionaba sobre los eventos tan alegres del día. Aunque encontró que la cama era cómoda, no pudo dormir hasta que se acostó en el suelo.

Vanesa escuchó un grito alrededor de las dos de la mañana y corrió a la recámara de Teresa. Cuando la encontró en el suelo, preguntó, "¿Te caíste de la cama?"

Teresa, bañada en un sudor frío, miró a su alrededor sin concentrarse en nada, y luego miró a Vanesa con ojos que reflejaban horror y dijo, "No. No pude dormir en la cama. Como dije antes, nunca dormí en una cama durante mi vida en Honduras. Pasé la noche en habitaciones de un par de hoteles durante nuestro viaje, pero tampoco pude dormir allí hasta que me levanté de la cama y me acosté en el suelo. Siento haberte despertado. Una pesadilla horrible sobre mi violación me aterrorizó. Fue como si toda la experiencia repugnante volviera a ocurrir."

"¿Vas a estar bien?"

"Supongo que sí."

Vanesa volvió a su recámara, y Teresa permaneció despierta hasta después del amanecer. Ahora empezó a preocuparse de que pudiera estar embarazada.

Después del desayuno, todos caminaron a la Primera Iglesia Metodista de Apizaco, la iglesia donde asistían Vanesa y su familia.

Vanesa dijo, "Lo primero que quiero hacer es presentarte a nuestro pastor."

Pepe se quedó con Josué y Alejandro, y Vanesa y Teresa se acercaron a un estadounidense, vestido con saco y corbata. Un hombre delgado, parecía tener unos 30 años. Vanesa dijo en español, "Pastor Turner, me gustaría que conociera a Teresa. Ella y su hermano, Pepe, son migrantes de Honduras que intentan llegar a Estados Unidos. Teresa, este es nuestro pastor, el hermano Frank Turner."

El hermano Turner sonrió, estrechó la mano a Teresa, y respondió en español con un fuerte acento inglés, "Es un gusto conocerte, Teresa. Espero que este sea para ti un buen lugar para rezar hoy."

Vanesa luego habló en voz baja, "Pastor, estoy segura de que está al tanto de los peligros que experimentan los migrantes cuando montan en la bestia para llegar a los Estados Unidos, y Teresa ha experimentado más tragedias de las que le corresponden. Mi hermano don Felipe se ofrece a ayudarla a ella y a Pepe, su hermano, para llegar a Tijuana. Pero, debido a algunas cosas terribles que experimentó, Teresa tiene miedo de aceptar su ayude. Su mayor preocupación es viajar con Felipe en avión a Tijuana. La animé a concertar una reunión con usted para discutir los dilemas que experimentó y sus miedos. Después de la muy reciente llegada de Teresa a Apizaco, tuvo una experiencia terrible con un acólito de la iglesia católica, por lo que también se halla reacia a tener una reunión con usted."

El pastor sonrió y respondió, "Teresa, sería un placer reunirme contigo. Déjeme tranquilizarte. La puerta de mi oficina tiene ventana. Así que, aunque nuestra secretaria voluntaria no puede escuchar lo que tú y yo decimos, siempre puede vernos mientras tú y yo estamos sentados en mi oficina. Espero que eso alivie cualquier temor que tengas de reunirte conmigo."

Teresa hizo una pausa mientras reflexionaba sobre las palabras del pastor y luego, asintiendo con la cabeza, dijo, "Pastor Turner, agradecería mucho la oportunidad de reunirme con usted. ¿Cuándo puedo ir a verlo?"

El pastor Turner revisó el calendario en su teléfono. "¿Puedes venir el martes a las diez de la mañana?"

"Sí. Vendré a verte el martes a las diez de la mañana. Gracias."

Aún no era hora de que comenzara el servicio de la iglesia, por lo que Vanesa le presentó a Teresa a unos de sus amigos más íntimos, Ignacio y Lupita, y a otros miembros de la iglesia. El ambiente de la iglesia no se parecía en nada a lo que había experimentado en su iglesia católica, donde la gente entraba, hacía la señal de la cruz, y se sentaba con poca conversación. En esta iglesia, las conversaciones en curso eran felices, alegres, y sonaban como una bandada de gansos cacareando.

Comenzó el servicio y Teresa notó lo informal que era todo. Disfrutó del canto, que incluía himnos de alabanza y cánticos evangélicos de testimonio. Se sorprendió al ver cómo todo el mundo palmeaba la música, y ella y Pepe palmeaba con ellos.

El pastor Turner anunció a la congregación que Teresa y Pepe estaban de visita como invitados.

El pastor llamó a un diácono a orar. No leyó una oración, como esperaba Teresa. Oró desde su corazón. En su oración, dijo, "Amado Dios, nuestro Padre celestial. Estamos agradecidos por esta oportunidad de reunirnos para adorarte. Pido que tu presencia sea real para nosotros. Sin duda, hay personas aquí hoy que necesitan Tu toque sanador y personas que enfrentan tiempos difíciles. Te pido, querido Dios, que satisfagas sus necesidades. Confiamos en ti por lo que harás, pero esperamos con ansias el momento en que podamos agradecerte por lo que has hecho. Que le acompañas a nuestro pastor mientras predica la palabra de Dios. Si hay alguien aquí hoy que no ha llegado a confiar en nuestro señor Jesucristo para su salvación, que hoy sea el día en que obtenga la seguridad de la vida eterna. Estas cosas las pido por amor a Jesús. Amén."

El corazón de Teresa se aceleró y se sintió conmovida por la oración del diácono, al percibir que le dirigía las palabras de su oración a ella personalmente.

Mientras la congregación cantaba otra canción, todos se saludaron, y muchos dieron la bienvenida a Teresa y Pepe, y les agradecieron su visita a la iglesia. Teresa y Pepe se sorprendieron de lo amables que eran todos.

Un esposo y una esposa se pusieron de pie, tocaron sus guitarras, y cantaron una conmovedora canción de fe.

Entonces el pastor Turner se puso de pie para pronunciar su sermón. Tomó su texto de 1 Juan 5:13 y leyó, "Estas cosas les he escrito a los que creen en el nombre del Hijo de Dios, para que sepan que tienen vida eterna."

Luego explicó cómo Jesucristo murió en la cruz para ser un sacrificio por el perdón de nuestros pecados. Además, dijo, "Si reconoces que eres un pecador y aceptas a Jesucristo como tu Salvador, Dios te concederá la vida eterna en el cielo como un regalo gratuito." Citó Romanos 6:23, "Porque la paga del pecado es muerte, pero la dádiva de Dios es vida eterna en Jesucristo nuestro Señor."

Al terminar su sermón, el pastor Turner dijo, "Si alguien aquí no ha aceptado a Jesucristo como su Salvador, lo invito a pasar al frente mientras cantamos. Y alguien tomará una Biblia, y lo ayudará a comprender lo que significa aceptar a Jesucristo como su Salvador."

Teresa nunca había escuchado un sermón así. Después de que terminó el servicio, reflexionó sobre lo que dijo el pastor Turner.

Al salir de la iglesia, Ignacio y Lupita, amigos de Alejandro y Vanesa, sugirieron que se reunieran todos para almorzar.

Ignacio preguntó, "¿La pizza sería aceptable para todos?"

Pepe respondió, "¡La pizza sería perfecta!"

Ignacio respondió, "Bueno, es decido entonces."

Fueron a una pizzería llamada Sorrento, e Ignacio pidió una pizza grande con pepperoni, champiñones, cebollas, y pimentones verdes. La camarera trajo Coca-Cola para todos. Pepe decidió que no le gustaban los champiñones. Así que, los quitó de sus porciones de pizza, y se los dio a Teresa.

Cuando terminaron su almuerzo, Lupita dijo, "Teresa, tu acento me revela que tú y Pepe no son de aquí. Cuéntenos de ustedes."

Luego de explicar que Pepe, su hermano José, y ella emigraron de Honduras, dijo, "Nos bajamos de la bestia hace un par de días, y vamos para los Estados Unidos."

Ignacio preguntó, "¿Y José?"

Con la cara apesadumbrada, labios temblorosos, y ojos llorosos, Teresa explicó como su hermano murió al caerse del tren.

Tanto Ignacio como Lupita abrieron mucho los ojos al oír esto. Lupita rodeó a Teresa con el brazo y dijo, "Teresa, qué trágico. Hemos escuchado muchas historias sobre lo peligrosa que es la bestia. ¿Cómo estás?"

Teresa se sorprendió de lo cariñoso que era este extraño con ella. "Estamos haciendo lo mejor que podemos."

Vanesa comentó, "Don Felipe ofrece llevar a Teresa y Pepe con el cuando vuele de regreso a Tijuana. Por otras experiencias traumáticas que han vivido Teresa y Pepe, Teresa está muy nerviosa de viajar con don Felipe, aunque ha aceptado su oferta."

Ignacio se limpió la boca con la servilleta y dijo, "Teresa, Déjeme decirte. No conozco a nadie más honrado y digno de confianza que don Felipe."

Con el brazo todavía alrededor de Teresa, Lupita agregó, "Yo misma no dudaría en viajar con don Felipe. Sé que es un hombre honorable."

Teresa tomó un sorbo de su Coca-Cola y dijo, "Gracias, me siento mucho mejor con respecto a nuestro próximo viaje ahora."

Ignacio miró a Pepe y Josué y dijo, "Espero que no les importe si conseguimos algo de helado."

Tanto Josué como Pepe se animaron y dijeron, "¡Helado!"

Pepe se volvió hacia Teresa y le preguntó, "¿Puedo tener un poco?"

El entusiasmo de Pepe hizo que Teresa sonriera. "Por supuesto. Qué disfrutes tu helado."

Teresa se volvió hacia Ignacio y le dijo, "Muchas gracias por el almuerzo. Todo me gustó."

Pepe agregó con entusiasmo en su voz, "¡A mí también!"

Lupita respondió, "De nada. Espero que disfruten su visita aquí."

Alejandro, Vanesa, Josué, Teresa, y Pepe regresaron a casa. Mientras Pepe y Josué jugaban, Vanesa sirvió un café y Alejandro le preguntó a Teresa, "¿Qué te pareció nuestro servicio en la iglesia?"

Teresa tomó un sorbo de su café y respondió, "Disfruté del servicio. Nunca he estado en un servicio religioso como ese." Luego inclinó la cabeza. "Quizás podrían explicarme un poco sobre lo que dijo el pastor en su sermón. Debo decir. Nunca había escuchado algo así antes."

Alejandro percibió que era mejor que Vanesa hablara cara a cara con Teresa, así que se fue a su oficina en la casa. Vanesa se sentó en el sofá junto a Teresa y comenzó a mostrarle pasajes en su Biblia. "Puedes ver aquí en la carta de Pablo a los Romanos, 'Todos pecaron, y están destituidos de la gloria de Dios'. (Romanos 3:23). Estoy seguro de que comprendes que todos hacemos cosas de las que nos avergonzamos, cosas que ofenden a Dios. Ahora aquí, en Romanos 6:23, leemos, 'La paga del pecado es muerte, pero la dádiva de Dios es vida eterna por medio de Jesucristo nuestro Señor'. Tal vez recuerdes que el pastor Turner citó este versículo también. Mucha gente cree que solo podemos llegar al cielo si nuestras buenas obras superan nuestras malas obras. Pero la Biblia enseña que cualquier pecado en nuestra vida nos condena al castigo eterno. Sin embargo, Jesús murió en la cruz para ser un sacrificio voluntario por nuestros pecados. Todo lo que Dios pide es que reconozcamos nuestro pecado y nuestra desesperanza, y que debemos aceptar el sacrificio de Jesús como un regalo de Dios para el perdón de todos nuestros pecados. Eso es lo que Pablo quiere decir cuando dice: 'El don de Dios es vida eterna por medio de Jesucristo nuestro Señor'. Y la resurrección de Jesús de entre los muertos confirma Su victoria sobre la tumba, para darnos la confianza de que podamos confiar en Él para nuestra salvación."

Teresa escuchó con gran interés lo que dijo Vanesa y preguntó, "¿Eso significa que los cristianos ya no pecan?"

"No. Pero la Biblia enseña que cuando uno acepta a Jesucristo como su Salvador, Dios lo cambia. La Biblia se refiere a este cambio como un nuevo nacimiento. Así que, si uno es sincero cuando pone su fe en Jesucristo como su Salvador, tendrá un deseo imperioso de obedecer a Dios y resistir la tentación de pecar. Eso no significa que un cristiano no sea capaz de pecar. Por eso, Dios nos dice en 1 Juan 1:9, 'Si confesamos nuestros pecados, Él es fiel y justo para perdonar nuestros pecados y limpiarnos de toda maldad'. ¿Puedo mostrarte cómo aceptar a Jesucristo como tu Salvador?"

Todavía había una fuerte amargura en el corazón de Teresa debido a la violación y otras cosas que había sufrido, y ella respondió, "No estoy segura. Déjeme pensar en eso."

Vanesa tomó la mano de Teresa y le dijo, "Teresa, le pediré a Dios que te ayude a tomar esta decisión importante. Cuando te reúnas con el pastor Turner el martes, te recomiendo que le preguntes sobre estas cosas de las que hablamos."

Esa noche, la procesión nocturna de posada volvió a llamar a la puerta. Después de que los niños cantaron su canción de posada, Vanesa dejó que Pepe respondiera y dijo, "Lo siento. No hay posada," y cerró la puerta.

Por la mañana, Alejandro fue a trabajar, Josué fue a la escuela, y Vanesa, Teresa, y Pepe caminaron a una cafetería cercana para desayunar. La cafetería estaba llena de clientes, y todos conversaban con ánimo. Estaba ubicada en el centro de la ciudad, en un edificio de esquina y en una intersección concurrida. Las luces de Navidad decoraban el centro de la ciudad, y había un pesebre enorme en una agradable plaza arbolada. La plaza incluía bancos donde la gente se sentaba, algunos charlando, algunos leyendo, otros sin hacer nada. Las madres empujaban carritos con sus bebés, mientras paseaban. Algunos se detuvieron a charlar entre sí. Las aceras se cruzaban entre sí en forma de una gran letra X y se extendían hasta las cuatro esquinas de la plaza.

También en la plaza había numerosos quioscos multicolores donde los vendedores vendían una variedad de productos. El agradable aroma de los puestos de tacos atrajo a clientes hambrientos. Y la plaza era un lugar para comprar billetes de lotería. Los clientes se apiñaban alrededor de los quioscos, con un mayor número de personas que esperaban para comprar boletos de lotería. La temperatura fresca requería abrigos ligeros para proteger a los peatones del frío. La plaza ocupaba toda una manzana, y la rodeaban tiendas, comercios, y restaurantes del centro.

Sabrina, la dueña de la cafetería, se acercó a saludar a Vanesa. Ambos asistieron a la misma iglesia.

Sabrina preguntó, "Estos son tus amigos, los que estuvieron en la iglesia contigo ayer, ¿Verdad?"

"Eso es correcto. Sabrina, estos son Teresa y su hermano Pepe."

Después de que Teresa y Sabrina intercambiaron saludos, Vanesa preguntó, "¿Cómo van las cosas?"

Mientras Sabrina les dio menús y cubiertos, dijo, "Las cosas van bien. Me falta un poco de ayuda. Mi cocinera viajó a Puebla para un funeral, y no regresará por más o menos dos semanas."

Esto llamó la atención de Teresa y ella comentó, "Quizás yo pueda ayudarla. Solía trabajar con mi madre para vender burritos antes de irme de Honduras."

Sabrina respondió, "Estoy agradecida por tu oferta, pero mi cocinera regresará en dos semanas, así que este solo sería un trabajo temporal."

Teresa sonrió y levantó las manos mientras se encogía de hombros. "No es ningún problema. Solo estaré aquí un par de semanas. El único tiempo que no puedo trabajar es el martes por la mañana, cuando tengo una cita a las diez en punto con el pastor Turner."

Sabrina se animó. "Tu cita con el pastor no será ningún problema en absoluto. Te necesito aquí a las seis de la mañana. El trabajo es tuyo."

Teresa se volvió hacia Vanesa. "Si te parece bien, puedo empezar ahora o mañana por la mañana."

Antes de que Vanesa respondiera, Sabrina respondió, "Será aceptable que comiences mañana por la mañana."

Vanesa dijo, "Vendré para llevarte a tu cita con el pastor Turner el martes."

"¿Qué hago con Pepe?"

"Lo cuidaré, si te parece bien."

"Gracias."

El resto de su tiempo en Apizaco, Teresa trabajaba todos los días, excepto los domingos, cuando la cafetería estaba cerrada, y estaba agradecida por el dinero que ganaba.

El martes, Vanesa llevó a Teresa a su cita con el pastor Turner. Cuando entró en su oficina, Teresa notó la ventana en su puerta, lo que le permitió a la secretaria de la iglesia ver al pastor y a Teresa mientras hablaban.

El pastor Turner comenzó diciendo, "¿Puedo ofrecerte una taza de café?"

"Me encantaría una taza de café. Gracias."

El pastor llamó a la secretaria voluntaria por el intercomunicador para pedirle el café. Después de que lo trajo, el pastor dijo, "Gracias por venir a verme. Quiero que entiendas que todo lo que tú y yo hablemos es entre tú y yo. No revelaré nada de lo que me digas con nadie a menos que tú quieras. ¿Cómo te va aquí en Apizaco?"

Teresa puso algo de azúcar en su café. Se sintió tranquila de que estaba en un lugar seguro y respondió, "Desde que conocí a don Felipe y Vanesa, las cosas han ido mejor que en cualquier otro momento de mi vida. Mi hermano Pepe y Josué se han hecho amigos. Entiendo que Sabrina es miembro de esta iglesia, y estaré trabajando en su restaurante durante las próximas semanas hasta que me vaya con el don Felipe."

"El otro día, Vanesa mencionó algunos momentos difíciles que has vivido durante el año. ¿Por qué no me hablas de ellos?"

Teresa le contó al pastor Turner sobre los problemas de las pandillas en Tegucigalpa, Honduras, que mataron a su novio y a su padre. Explicó cómo sus muertes convencieron a su madre de enviar a sus hermanos, José y Pepe, y a ella a Estados Unidos, donde viven sus tíos, Norma y Pablo. Cómo conoció a Rodolfo mientras viajaban, pero que se separaron cuando Rodolfo no logró volver a subir a la bestia. Luego, con las cejas arqueadas hacia arriba, se emocionó y explicó con una voz quejumbrosa. "Cuando la bestia se acercaba a Apizaco, una rama baja de un árbol tiró a mi hermano del vagón en el que viajábamos. Cayó sobre los rieles del tren, lo partió por la mitad, y lo mató. Y luego . . ." Teresa no podía continuar, y lloraba con sollozos desgarradores.

Toda esta historia de Teresa conmocionó al pastor Turner. Le dio un pañuelo y le dijo, "Estabas a punto de contarme más."

Teresa usó el pañuelo para secarse los ojos y asintió con la cabeza mientras continuaba con sus lloros de angustia, que le impedían hablar.

El pastor Turner dijo con voz consoladora, "Toma tu tiempo."

Teresa volvió a asentir con la cabeza. Sacó otro pañuelo de papel de la caja que estaba en la mesa a su lado, se secó las lágrimas de los ojos, tomó un sorbo de café, y comenzó a recomponerse.

El pastor Turner luego preguntó, "¿Hay más que quieras contarme?"

Teresa volvió a secarse los ojos con el pañuelo y, tras una pausa, respondió, "Sí. Cuando llegamos aquí, Pepe y yo fuimos a la iglesia católica de Santa María, donde conocimos a Mario, un acólito. Mario parecía agradable al principio. Dejó que Pepe y yo nos acostáramos en unos bancos de la iglesia para que pudiéramos dormir un poco. A las cinco de la tarde nos despertó y nos dijo que era hora de cerrar la iglesia. Le pregunté si había algún lugar donde pudiéramos bañarnos. Dijo que nos llevaría a la casa de su tía para que nos bañáramos. Salimos de la ciudad y tomamos un camino de tierra."

Teresa se puso a llorar de nuevo mientras decía entre sollozos, "Mario me echó a un lado de la carretera y me violó frente a Pepe. Amenazó con matar a mi hermano y obligarme a mirar si no me sometiera. Pensé que Dios me protegería yendo a la iglesia. ¿Por qué permitiría que un acólito de la iglesia me violara?"

El pastor Turner respiró hondo y oró en silencio, *Querido Dios. Por favor, dame la sabiduría para ayudar a Teresa.* Luego dijo, "Teresa, me gustaría poder darte una buena respuesta sobre por qué Dios permite que le sucedan cosas malas a la buena gente. El hecho es que, tanto a las personas buenas como a las malas, les suceden cosas malas." Alzaba su Biblia y continuó, "Sin embargo, te diré esto. Creo que esta Biblia es la Palabra de Dios. Y la Biblia nos dice que Dios nos ama. La Biblia dice: 'Todas las cosas les ayudan a bien a los que aman a Dios'. (Romanos 8:28) Así que, no importa cuán mal se pongan las cosas, el bien vencerá al mal."

Teresa murmuró, "Ojalá pudiera creer eso."

"Bueno, tal vez una parte del plan de Dios era ponerte en contacto con don Felipe, Vanesa y su familia, y esta iglesia, para restaurar tu fe en Él. ¿Alguna vez has asistido a una iglesia como la nuestra?"

"No."

"¿Tienes alguna pregunta sobre la iglesia?"

"Yo le pregunté a Vanesa sobre su sermón del domingo, y ella me explicó cómo podía saber que tengo vida eterna."

"Sospecho que te preguntó si querías aceptar a Jesucristo como tu Salvador. ¿Hiciste eso?"

Teresa negó con la cabeza. "No. Yo no lo hice."

"Me encantaría ayudarte con eso si quieres. ¿Sientes que estás preparada para hacer eso?"

Teresa hizo una pausa antes de responder, "¿Qué tengo que hacer para prepararme?"

"Lo único que tienes que hacer es estar dispuesta."

Las memorias de sus amigos cristianos, Marcos y Timoteo, le hizo recordar cómo intentaron consolarla después de que José cayó de la bestia a su muerte, y cómo ella buscó su presencia para protegerla después de que Arturo, el migrante cubano, intentara coquetearla. Se puso a pensar que Arturo podría haberla explotado por sexo si la mujer migrante no le hubiera advertido sobre él. Recordó las oraciones de Marcos y Timoteo en las que expresaban su fe en que Dios protegía y bendecía a los migrantes en sus esfuerzos por buscar una vida mejor en Estados Unidos. Las experiencias de Teresa con Marcos y Timoteo, Vanesa y don Felipe, y ahora, al escuchar las palabras del pastor Turner, le hicieron ver cómo Dios estaba trabajando en su vida, a pesar de las tragedias terribles que había sufrido. Entonces, ella respondió, "Está bien. Por favor, ayúdame."

"Con todo gusto. Te guiaré en una oración a Dios. Lo único que necesitas hacer es repetir la oración conmigo. ¿Podemos hacer eso?"

Teresa se encogió de hombros y dijo, "Claro."

El pastor Turner y Teresa inclinaron la cabeza, y Teresa oró lo siguiente, repitiendo después del pastor Turner, "Querido Dios, reconozco que soy una pecadora y que Jesucristo murió en la cruz por mis pecados, y resucitó de la tumba. Ahora pongo mi fe en Él, y confío en Él para mi salvación, y entiendo que ahora he recibido el regalo de la vida eterna. Amén."

Cuando terminaron de orar, Teresa preguntó, "¿Eso es todo?"

El pastor Turner cerró su Biblia y dijo, "Bueno, el simple hecho de decir las palabras de una oración no logra nada, a menos que ores las palabras con sinceridad. ¿Fuiste sincera cuando dijiste esta oración?"

Teresa se secó las lágrimas de los ojos con su pañuelo y respondió, "Sí, por supuesto."

El pastor Turner luego dijo, "Bien. Entonces, Teresa, si llegaras a morir hoy, ¿A dónde irías?"

"Basándome en lo que me dijiste, creo que iría al cielo."

"Eso es cierto, y puedes contar con eso. Ahora te voy a pedir que hagas algo muy difícil."

Inclinando la cabeza, Teresa preguntó, "¿Qué es?"

El pastor Turner asintió con la cabeza. "Te voy a pedir que perdones a Mario."

Teresa frunció el ceño, miró al pastor Turner con desdén, y preguntó con voz desafiante, "¿Cómo puedes pedirme que haga eso?"

El pastor Turner se inclinó hacia delante y asintió con la cabeza. "Estoy seguro de que has rezado la oración del Señor, ¿Verdad?"

Teresa se encogió de hombros. "Por supuesto."

"En esta oración, Jesús nos enseñó a pedirle a Dios que perdone nuestras ofensas, tal como nosotros perdonamos a los que nos ofenden. Dios espera que perdonemos a los que nos hacen mal."

"¿Y qué lograré con eso?"

"Bueno, Mario nunca sabrá que lo perdonaste. Pero tú sí. Y nunca tendrás paz por lo horrible que te hizo hasta que lo perdones."

Teresa luchó con este consejo, pero luego dijo con voz decidida, "Está bien. Lo perdono."

"Entonces, hay dos cosas importantes que han sucedido en tu vida hoy. Uno, Dios te ha salvado y te ha dado un hogar en el cielo cuando mueras; y dos, ahora puedes estar en paz con lo que Mario te hizo, ya que ahora lo has perdonado."

"Gracias, pastor. Me siento liberada, como si un gran peso se me hubiera caído de los hombros."

"Bien. Una cosa es perdonar a Mario, pero eso no significa que no debas denunciar la violación a la policía. Puede haber otras víctimas de violación que existan o puedan existir en el futuro. Por lo tanto, tu disposición a presentar un informe policial puede detener su comportamiento delictivo. ¿Cómo te sientes sobre eso?"

"Mi mayor preocupación es que no quiero que nadie más sepa que esto me pasó. Además, no quiero que nada me impida irme con don Felipe."

"Entiendo tus preocupaciones. ¿Puedo tener tu permiso para ver si puedes presentar un informe policial de una manera que resuelva tus inquietudes?"

"Sí. Adelante."

"Entonces, ¿Tienes alguna pregunta adicional para mí?"

Con una mirada de preocupación en su cara, Teresa respondió, "Sí, tengo. La Iglesia Católica a la que asistí en Honduras no nos enseñó acerca de nuestra salvación como lo hizo usted. Por eso, me preocupo por mi papá y mi hermano, que han muerto, y por mi mamá. ¿Qué hay de la salvación de ellos?"

"La Iglesia Católica enseña que Jesús es nuestro Salvador, pero ponen más énfasis en las buenas obras. Ahora las buenas obras son importantes. Pero nosotros creemos que es más importante entender que nuestra salvación es un regalo de Dios, y que las buenas obras son el resultado inevitable del nuevo nacimiento que experimentamos, cuando confiamos en Jesucristo para nuestra salvación, como te expliqué anteriormente. En el capítulo 17 del Evangelio de Juan, Jesús oraba por sus discípulos, y en el versículo tres oró, 'Esta es la vida eterna: que te conozcan a ti, el único Dios verdadero y Jesucristo, a quien has enviado.' Así que te pregunto. En la Iglesia Católica, ¿Conocían tus padres y tu hermano al único Dios verdadero y a Jesucristo, a quien envió?"

"Por supuesto."

"Bien. En la primera epístola de Juan, él escribió, 'Estas cosas os he escrito a los que creéis en el nombre del Hijo de Dios; para que sepáis que tenéis la vida eterna.' (1 Juan 5:13.) Por eso, creo que puedes estar segura de que tus padres y tu hermano están salvos. ¿Eso alivia tus preocupaciones?"

"Sí. Gracias."

Más tarde, el pastor Turner hizo los arreglos para que Teresa presentara un informe policial para documentar que Mario la violó, y logró hacerlo de una manera que protegería la identidad de Teresa y que no la detendría de ninguna manera.

Teresa y Pepe fueron con Vanesa, Alejandro, y Josué a la iglesia todos los domingos durante su estadía en Apizaco. En Nochebuena, hubo un servicio especial en la iglesia. Una procesión de posada caminó por el pasillo central entre los bancos de la iglesia, y volvieron a preguntar, "¿Hay posada?"

Esta vez la respuesta fue, "No. Pero pueden pasar la noche en la cueva donde guardamos las ovejas."

Los miembros de la iglesia, vestidos con atuendos apostólicos, retrataron cómo María dio a luz al Niño Jesús, y pusieron al bebé en un pesebre. Después, un grupo de mariachis cantó canciones navideñas, y un coro cantó con ellos.

Cuando terminó este servicio, Pepe se unió con Josué y otros niños para atacar una piñata con palos hasta que la rompieran y se derramaran sus caramelos en el piso. Luego, con entusiasmo, Pepe y los demás niños agarraron todos los caramelos que pudieron.

Cuando la gente se fue por la noche, les desearon a todos, "Feliz Navidad."

Cuando Felipe regresó el viernes 30 de diciembre, Teresa había dejado de tener pesadillas sobre la violación. Durante su tiempo en Apizaco, se fortaleció más la amistad de Teresa y Pepe con Vanesa, su familia y otros miembros de la iglesia. Además de Josué, Pepe también hizo otros amigos. Pronto se irían con buenos recuerdos, y extrañarían la iglesia y al pastor Turner.

Llegada a Tijuana

Ya, no solo era el último día del año, sino que Teresa también notó que había pasado un mes desde que ella y sus hermanos se fueron de Tegucigalpa, Honduras, pero le pareció que era mucho más que eso. Esa noche, celebraron el Año Nuevo en la iglesia. Mucha gente dio su testimonio sobre cómo Dios los bendijo durante todo el año, que ahora estaba terminando. Un agricultor se regocijó por la abundante cosecha con la que Dios lo bendijo. Un esposo y una esposa, recién casados, alabaron a Dios por el nacimiento saludable de su primer hijo recién nacido. Un anciano se alegró de que la cirugía de su esposa fuera exitosa, una cirugía que le salvó la vida. Una mujer agradeció a Dios por proporcionarle un trabajo después de un largo período de desempleo.

Teresa escuchó todos estos testimonios de las bendiciones de Dios mientras reflexionaba en su corazón sobre el año trágico que había vivido. Si bien había una justificación amplia para que ella fuera amargada y cínica, no podía descartar cómo Dios les bendijo a ella y a Pepe a través de las personas que trajo a sus vidas durante estas últimas semanas del año.

Nunca se había parado ante una reunión de personas para hablar, y la idea de hacerlo la aterrorizaba. Sin embargo, algo la obligó a ponerse de pie. Ella vaciló mientras miraba a todas estas personas que la estaban mirando a ella. Estaba bastante nerviosa, pero el pastor Turner pudo ver que tenía algo en el corazón y dijo, "Teresa, habla con nosotros. Queremos escuchar lo que tienes que decir."

Vanesa le dio a Teresa un pañuelo porque no podía contener las lágrimas, y comenzó, "He escuchado a los que nos han contado cómo Dios los bendijo y me alegro por ustedes. Debo decirles que este último año ha sido una época devastadora para mí y mi familia. Mi hermano Pepe, que está aquí conmigo, mi otro hermano José, y yo salimos de nuestra casa en Honduras hace un mes. Si vieran la choza donde vivíamos, y donde vive mi madre todavía, les quedaría claro lo pobre que es mi familia. Hasta que comencé mi viaje, nunca había dormido en una cama. Mis padres dormían en hamacas. Mis dos hermanos y yo dormíamos sobre alfombras en el piso de tierra de nuestra choza. Ahora he tenido la oportunidad de dormir en una cama, pero estoy tan acostumbrada a dormir en el suelo que todavía no puedo dormir en una cama, por muy cómoda que sea."

"La violencia de pandillas predomina en el barrio donde vivía. Torturaron y mataron a Raúl, mi novio, y a Pedro, mi padre. Los pandilleros intentaban obligar a mi hermano, José, para que se uniera a su pandilla. Pero no quiso. Negarse a unirse a la pandilla a menudo significa una sentencia de muerte. Los miembros de la pandilla también me intimidaban a mí."

Teresa hizo una pausa para lidiar con su emoción. Los miembros de la iglesia se conmocionaron al escuchar la historia que les contaba.

Se compuso, se secó las lágrimas con el pañuelo que tenía en la mano, y continuó. "Mi tía Norma en los Estados Unidos le sugirió a Susana, mi madre, que me enviara a mí y a mis hermanos para vivir con ella y Pablo, su esposo. Mi mamá sabía que la única manera de que pudiéramos llegar a los Estados Unidos era viajando en el tren, conocido como la bestia, con los muchos migrantes que emigran a través de México, y sabía que ese viaje es peligroso. Nuestras opciones eran vivir con la creciente amenaza de la violencia de las pandillas o elegir la migración peligrosa en la bestia."

Muchos en la congregación ahora lloraban.

Teresa continuó con más lágrimas chorreando de sus ojos. "Para nosotros, la mejor decisión entre estas dos malas opciones fue la migración. Nuestro viaje hasta ahora ha sido trágico." Y luego explicó cómo abandonaron la bestia cuando su hermano murió al caerse del tren.

Teresa dudó en hablar sobre el hombre que la violó, pero decidió revelar esta tragedia adicional en su vida. "Poco tiempo después, Mario, un acólito que conocí en la Iglesia Católica aquí en Apizaco, me dijo que nos ayudaría. Pero él me engañó. Me arrastró a un lado de un camino de tierra, y me violó frente a Pepe, mi hermano."

Aún más conmocionadas, todas las mujeres de la congregación jadearon, sacudieron la cabeza, y se cubrieron la cara con las manos.

"Poco tiempo después conocí a don Felipe y Vanesa, que eran desconocidos para mí. Nos acogieron a Pepe y a mí, y nos mostraron una amabilidad, como nunca habíamos experimentado. Vanesa me trajo a esta iglesia, y el pastor Turner me explicó cómo ser salvo. También me instó a que perdonara a Mario, el hombre que me violó, lo cual hice. Y les testifico. Los acontecimientos de las últimas semanas de este año han sido las mejores cosas que me han pasado en la vida, y siempre estaré agradecida con don Felipe, Vanesa, y esta iglesia."

No hubo ningún ojo seco en toda la iglesia, y muchas mujeres se acercaron a Teresa y la abrazaron.

El pastor Turner oró, "Querido Dios. Te damos las gracias por traer a Teresa y Pepe a nuestras vidas. Si bien nos entristece oír sobre la tragedia terrible que ella y su familia han soportado, nos regocijamos de que Teresa haya llegado a aceptar a Jesucristo como su salvador. Te agradecemos que pudiéramos tener un pequeño papel en ser una bendición para Teresa y Pepe. Pedimos que los bendigas a ambos mientras continúan su viaje, y que puedan encontrar paz y prosperidad en los Estados Unidos. También rezamos por Susana, su madre, que ahora es viuda y vive sola. Bendícela y mantenla a salvo. Pedimos que Teresa tenga los medios para ayudar a sacar a su madre de la pobreza y rescatarla del peligro de la violencia de las pandillas. Estas cosas las pedimos en nombre de nuestro Salvador. Amén."

El domingo por la mañana asistieron al servicio de adoración de la mañana. El pastor anunció que Teresa y Pepe partirían el lunes. Después del servicio, la congregación disfrutó de un almuerzo juntos, y muchos se acercaron a Teresa y Pepe para despedirse, otro evento emotivo que hizo brotar lágrimas de alegría en los ojos de Teresa.

~ * ~

Después del desayuno el lunes por la mañana, Vanesa le dio su pasaporte a Teresa, y don Felipe, Teresa, y Pepe partieron para la ciudad de México.

Mientras viajaban, Felipe dijo, "Me alegra saber que disfrutaron de su tiempo con Vanesa, Alejandro, y Josué."

Teresa respondió, "Disfrutamos de gran manera. Estoy muy agradecida a usted y su familia por todo lo que han hecho por nosotros."

"Bueno, con un poco de suerte llegaremos hoy a Tijuana sin complicaciones."

Una lágrima brotó del ojo de Teresa y se derramó sobre su mejilla. "¡Me cuesta creer que Pepe y yo estaremos tan cerca del final de nuestra travesía hoy!"

Después de una pausa, Felipe dijo, "Sí será un logro importante para ustedes, pero tu próximo desafío será cruzar la frontera con los Estados Unidos sin que los atrapen."

Mirando por la ventanilla del carro, ese comentario hizo que Teresa se estremeciera de ansiedad.

Llegaron al aeropuerto, Felipe entregó su carro de alquiler, y fueron a conseguir sus boletos de embarque.

La mujer en el mostrador de boletos pidió identificación. Felipe mostró su carnet de conducir, y Teresa mostró el pasaporte de Vanesa.

La mujer luego preguntó, "¿Y el pasaporte del niño?"

Felipe mintió, "Viaja con su madre."

"Sin embargo, necesitamos alguna forma de identificación."

Felipe volvió a mentir, "Vamos en camino para asistir al funeral de la madre de Vanesa. No se nos ocurrió que su hijo necesitaría identificación. ¿Qué podemos hacer?"

La mujer miró a su alrededor y dijo, "Está bien. No se preocupen por eso." Y les entregó sus boletos de embarque.

Felipe entregó su maleta, pero se quedó con su maletín como equipaje de mano. Como sugirió Felipe, Teresa y Pepe también se quedaron con sus mochilas como equipaje de mano.

Su vuelo saldría en una hora, Felipe llevó a Teresa y Pepe a una cafetería donde tomaron tazas de chocolate caliente con churros.

Al notar que Teresa estaba nerviosa, Felipe dijo, "No te preocupes. Volar en un avión es más seguro que viajar en un carro."

Sus palabras no ayudaron mucho. Teresa todavía estaba muy nerviosa de volar en avión. Al menos ahora no estaba tan preocupada por viajar con Felipe.

Ellos abordaron el avión. Felipe se sentó en el asiento del pasillo, Teresa se sentó en el medio, y dejaron que Pepe se sentara junto a la ventana. Felipe ayudó a Teresa y Pepe a abrocharse los cinturones de seguridad. Pepe estaba emocionado; Teresa estaba aún más nerviosa.

El avión se desplazó a la pista y el piloto esperó hasta que un controlador aéreo le dio el permiso para despegar. El avión comenzó a acelerar, lo que empujó a Teresa contra el respaldo de su asiento. Teresa agarró la mano de Felipe. El avión despegó a las once de la mañana, comenzó su ascenso, y se topó con una turbulencia repentina.

Teresa gritó, agarró con más fuerza la mano de Felipe, y le preguntó, "¿Vamos a chocar?"

Felipe hizo todo lo posible para calmar su miedo y dijo, "No. Solo estamos experimentando algo de turbulencia, lo cual es normal. Todo está bien. No te preocupes. También es posible experimentar algo de turbulencia durante el aterrizaje en Tijuana."

Al contrario, ver el avión subir por el aire fascinó a Pepe.

Todos empezaron a sentir presión en los oídos, lo que dificultaba la audición. La ansiedad de Teresa se reanudó, y Felipe una vez más le aseguró que no había por qué preocuparse.

A nivel de vuelo, una azafata les trajo un pequeño almuerzo, que consistía en un emparedado, papitas, un pastel de chocolate, y una bebida. La oportunidad de disfrutar de este almuerzo hizo que Teresa se sintiera más cómoda.

Cuando se acercaron a Tijuana, el avión inició su descenso y dio vueltas por el aeropuerto hasta que un controlador aéreo les dio permiso para aterrizar. Experimentaron más turbulencia, lo que volvió a agudizar la ansiedad de Teresa.

Ya en tierra, el avión frenó con fuerza, lo que arrojó a Teresa hacia delante contra su cinturón de seguridad, y ella volvió a agarrar la mano de Felipe. El piloto condujo el avión hasta la terminal, y los pasajeros desembarcaron. Eran las 2:45 de la tarde. Se dirigieron al área de reclamo de equipaje, donde Felipe recuperó su maleta.

Volviéndose hacia Teresa, Felipe dijo, "Bienvenida a Tijuana."

Teresa preguntó, "¿Qué pasa ahora?"

"Ahorita, nos reuniremos con Raquel, mi esposa, y nos dirigiremos a mi casa."

Salieron del área de reclamo de equipaje y encontraron a Raquel. Felipe dijo, "Raquel, te presento a Teresa y Pepe, de quienes te hablé."

Raquel abrazó a Teresa y le dijo, "Bienvenida a Tijuana." Volviéndose hacia Pepe, le preguntó, "¿Disfrutaste tu viaje en avión?"

Pepe respondió, "¡Fue fascinante! Fue interesante ver lo diminuto que se veía todo por la ventana."

Salieron del aeropuerto y se dirigieron al estacionamiento, donde Raquel estacionó su Mercedes-Benz. Mientras iban en camino para la casa de Felipe y Raquel, pasaron por barrios, que se parecían mucho al barrio donde vivían Teresa y Pepe en Honduras. Luego llegaron a una zona residencial de casas lujosas con jardines bien cuidados. Una valla de seguridad rodeaba casi todas las casas. Cuando llegaron a la casa de Felipe y Raquel, Felipe presionó el botón de un control remoto, lo que abrió un portón, y les permitió entrar en el camino de entrada. Después de que el portón se cerró detrás de ellos, la puerta del garaje se abrió a continuación, y Felipe estacionó el carro en el garaje. Felipe presionó otro botón en su control remoto, y la puerta del garaje se cerró.

Teresa preguntó, "¿Por qué tanta seguridad?"

Felipe respondió, "Hay mucha delincuencia en Tijuana. La mayor parte son delitos menores, y las personas prósperas son los principales blancos de dichos delitos. Así que, estas medidas de seguridad son la mejor manera de protegernos."

Sacaron el equipaje del maletero, y Teresa y Pepe siguieron a Felipe y Raquel a su casa elegante. Al entrar en la cocina, Teresa exclamó, "Nunca había estado en una casa tan hermosa. Estoy impresionada."

Raquel respondió, "Gracias. Espero que tú y Pepe se sientan cómodos aquí." Se volvió hacia una sirvienta y le dijo, "Por favor, que lleve a Teresa y a Pepe a sus recámaras."

Mientras se alejaban, Raquel dijo, "Cenaremos en aproximadamente una hora, así que tienen algo de tiempo para descansar."

Teresa respondió, "Gracias."

Salieron de la cocina al comedor, con su piso de mármol, donde había una gran mesa de comedor con catorce sillas y un candelabro adornado que colgaba sobre la mesa. En la sala, Teresa admiraba el piso de madera decorado con hermosas alfombras, y había un techo alto y abovedado, del cual colgaba otro candelabro. Había un sofá cómodo frente a una gran chimenea junto con varias sillas cómodas. Una elegante escalera formaba un semicírculo desde el segundo piso hasta la sala. Hermosas obras de arte colgaban de las paredes.

La sirvienta los condujo escaleras arriba a sus recámaras. La recámara de Teresa estaba bien decorada. Un cuadro colgado en la pared mostraba la imagen de una mujer elegante, sentada en un jardín a una mesa con un platillo con su elegante taza. A Teresa le sorprendió descubrir que tenía su propio baño.

Se sentó en un sillón de la recámara. La tristeza la abrumaba al pensar en su madre, cuya costumbre a esta hora del día era estar sentada a solas a su mesa tambaleante para tomar un vaso de limonada en su choza de un solo cuarto, con la fotografía en blanco y negro, de ella con su marido, manchada de agua, que colgaba de la pared en un marco barato, y con el piso de tierra, y sin electricidad. Teresa también estaba preocupada de que estaba encinta.

Teresa se quedó dormida en el sillón, y la criada la despertó y le informó que la cena estaba lista. Entró al baño para lavarse las manos, y se sorprendió al ver que el lavabo tenía dos perillas. Miró dentro de la ducha y vio que también tenía dos perillas. En el lavabo, eligió la perilla de la izquierda, y casi se quemó con el agua caliente que salía. Nunca había visto un baño con agua fría y caliente. Se dio cuenta de que podía ajustar ambas perillas para obtener la temperatura del agua que prefería.

Mientras bajaban la escalera, le preguntó a Pepe, "¿También tienes baño en tu recámara?"

Después de que dijo que sí, Teresa le advirtió, "El grifo del lavabo de la izquierda produce agua caliente. Ten cuidado de no quemarte. Tienes que ajustar ambas perillas para obtener la temperatura del agua que deseas."

Todos tomaron asiento a la mesa, inclinaron la cabeza, y Felipe oró, "Querido Dios, nuestro Padre celestial. Te agradecemos por esta comida y tus muchas bendiciones. Pido que Teresa y Pepe disfruten de su estadía con nosotros, y que pronto lleguen a su destino en los Estados Unidos. Que prosperen ahí sin problemas. Bendícelos mientras comienzan su nueva vida allí. Y que nos ayudes a honrarte en todo lo que hacemos. Amén."

La comida consistió en carnitas, similar a puerco desmenuzado, arroz amarillo con verduras, ensalada de lechuga y tomates, frijoles refritos, aguacates, y tortillas. Tomaron jugo de naranja helado, exprimido de naranjas frescas, y disfrutaron de un flan de postre.

Teresa dijo, "Muchas gracias por ayudarnos a mí y a mi hermano. No solo nos han ayudado en nuestro viaje, sino que también nos han permitido experimentar muchas cosas que nunca habíamos visto."

Raquel tomó un sorbo de su jugo de naranja y respondió, "De nada. Felipe me contó sobre su viaje desde Honduras al centro de México y sobre los peligros y tragedias que han experimentado. Por lo tanto, me alegro de que podamos brindarles una forma más segura para llevarlos a la frontera entre México y Estados Unidos."

"¿Cuáles son nuestras opciones para cruzar la frontera?"

Felipe se limpió la boca con la servilleta y respondió, "Mañana voy a consultar con unos amigos míos para que nos pongan en contacto con un coyote."

Teresa dijo, "Cuando se sepa cuánto cobrará el coyote, necesitaré obtener una tarjeta telefónica para poder llamar a mi tía y pedirle que me mande más dinero."

"No te preocupes por la tarjeta telefónica. Puedes llamar a tu tía con mi teléfono móvil. Si quieres, puedes llamarla ahora, justo después de la cena."

"¡Eso sería maravilloso!"

Después de la cena, Felipe, Teresa, y Pepe se dirigieron al salón. Y, después de darle el número de teléfono, Felipe llamó a la tía de Teresa.

Norma contestó el teléfono y Teresa, con ojos llorosos y cejas arqueadas, dijo, "¡Tía Norma! Es tan bueno escuchar tu voz."

"¿Dónde están?"

"Estamos en Tijuana."

"¡Así que has llegado a Tijuana! Tu tío Pablo y yo estábamos preocupados por ti."

"Pepe y yo estamos bien. La última vez que hablé contigo estuvimos en Apizaco. Como te había dicho, Pepe y yo tomamos un autobús a la ciudad de México. Mientras viajábamos en el autobús, me hice amiga de una mujer de mi edad llamada Vanesa, y ella me presentó a su hermano, don Felipe. Su hermano se ofreció a llevarnos a Tijuana en avión, pero primero necesitaba terminar un trabajo en la ciudad de México. Así que, nos llevó a mí, a Vanesa, y a Pepe de regreso a Apizaco, y yo me quedé con Vanesa en su casa durante dos semanas mientras don Felipe terminaba su negocio en la ciudad de México. Luego vino don Felipe a recogernos, esta mañana nos dirigimos al aeropuerto de la ciudad de México para tomar nuestro vuelo, y llegamos a Tijuana esta tarde."

"¿Y qué pasa ahora?"

"Don Felipe hará arreglos con un coyote mañana. Cuando sepa cuánto cobrará el coyote, te volveré a llamar para que puedas enviarnos el dinero que necesitamos para la última etapa de nuestro viaje."

"Eso estará bien."

"Si todo va bien, debería llamarte pronto para hacer arreglos para que tú y el tío Pablo nos recojan."

"Está bien. Estaremos esperando tu llamada. Que se cuiden."

Después, todos se sentaron en la sala y vieron una película grabada en DVD, otra cosa más que Teresa y Pepe disfrutaron por primera vez.

A la mañana siguiente, después de un desayuno de avena, jugo de naranja y café, Felipe se fue. Cuando regresó por la tarde, les contó, "Un amigo me explicó que nos encontraremos con el coyote el día pasado mañana en el Restaurante Carnitas don Ramón en la ciudad fronteriza de Mexicali. El coyote se llama señor Alberto. El precio para cruzar la frontera y llevarlos a San Diego les costará 100.000 pesos."

Teresa llamó a su tía, y dijo, "Tía Norma, tengo 37.000 pesos, y necesitaré 100.000 pesos para el coyote."

Norma respondió, "Eso es más o menos 4.000 dólares. Te lo enviaré de inmediato."

Al día siguiente, Felipe invitó a todos a almorzar, y después del almuerzo, Felipe confirmó, "Teresa, saldremos mañana por la mañana para Mexicali."

En el camino de regreso a la casa, Teresa recogió el dinero en efectivo que Norma le envió.

Cruzando la frontera

A las diez de la mañana, Felipe, Raquel, Teresa, y Pepe viajaban en camino para Mexicali. El clima era agradable, por lo que viajaron con las ventanillas abiertas. Pepe descubrió que podía sacar la mano por la ventana y colocarla de diferentes formas, para que el viento la levantara y la bajara aerodinámicamente.

Teresa se quedaba muy callada, y no decía nada mientras reflexionaba sobre los hechos ocurridos desde que conoció a Vanesa. Le asombraba contemplar lo amables que eran Vanesa, Felipe, y Raquel con ella y su hermano. Y también contemplaba la incertidumbre de lo que estaba por suceder. No tenía idea de lo que le esperaba.

Como su amigo le instruyó a Felipe, se dirigieron al Restaurante Carnitas don Ramón en las afueras de Mexicali para encontrarse con el coyote, el señor Alberto, a la una de la tarde. Llegaron poco antes del mediodía, almorzaron, y esperaron al señor Alberto, que apareció a la 1:15. Don Felipe presentó a Teresa y Pepe al señor Alberto, y lo siguieron en su camioneta Cadillac a un edificio de almacenaje viejo y en mal estado.

Dentro del almacén había un hombre y una mujer, y el señor Alberto hizo las presentaciones. "Elena, Eduardo, esta es Teresa y su hermano, Pepe. Cruzarán la frontera con ustedes mañana por la mañana."

A Teresa le sorprendió saber que cruzarían la frontera tan pronto, y la ansiedad que la afligía le erizó los pelos de la nuca.

El señor Alberto ocupaba una pequeña oficina espartana en el almacén con dos sillas, un escritorio desordenado, y la silla de escritorio del señor Alberto. Teresa y don Felipe se sentaron en la oficina con el señor Alberto. Raquel y Pepe esperaban en el almacén.

El señor Alberto, con un cigarro sin encender en la boca, se reclinó en su silla, miraba para arriba, y preguntó, "¿Tienen el dinero?"

Don Felipe abrió un pequeño estuche de cuero, sacó una tarjeta de negocio, la tiró sobre el escritorio, y dijo, "Te pagaremos 2.000 dólares ahora y el resto cuando reciba yo la confirmación de la familia de Teresa de que ella y Pepe llegaron sin incidentes. "

El señor Alberto siguió mirando para arriba y negó con la cabeza. "No. Yo no trabajo de esa manera."

Don Felipe se inclinó hacia delante, y dijo con voz severa, "Señor Alberto."

El señor Alberto bajó la mirada hacia él.

Don Felipe miró directamente a los ojos del señor Alberto con una intensidad intimidante. "Soy un hombre de palabra. Tienes mis datos de contacto en mi tarjeta de negocio. Teresa y su hermano, Pepe, han soportado un muy duro viaje hasta ahora. Otros ya se han aprovechado injustamente de ellos. Quiero asegurarme de que el resto de su viaje salga bien. Así que dime. Si no confías en mí, ¿por qué deberíamos confiar en ti?"

El señor Alberto se inclinó hacia delante, puso el cigarro en un cenicero, tomó la tarjeta de negocio de don Felipe, y reconoció el nombre del negocio. Luego miró hacia arriba de nuevo y dijo, "Haré una excepción en tu caso."

Teresa se sorprendió al ver cómo don Felipe se salía con la suya con el señor Alberto.

Don Felipe se volvió hacia Teresa y le dijo, "Dale al señor Alberto 50.000 pesos (2.000 dólares)."

Don Felipe luego le dijo al señor Alberto, "Necesito una tarjeta de negocio o un número de teléfono, para poder comunicarme contigo cuando reciba la noticia de que Teresa y Pepe han llegado sano y salvo a su destino final."

El señor Alberto respondió, "En este negocio, no usamos tarjetas de negocio."

Al decir esto, anotó su nombre y su número de teléfono en un papel, y se lo dio a don Felipe, quien, luego, le dijo a Teresa, "Ya nos vamos, así que tenemos que despedirnos."

Al escuchar estas palabras, a Teresa le dio un vuelco el corazón y arrugó la frente. Le dolió también el corazón ante la idea de no volver a ver a Raquel y don Felipe.

Don Felipe le dijo al señor Alberto, "Por favor, danos un minuto para despedirnos."

Felipe y Teresa salieron de la oficina. Raquel y Pepe se unieron a ellos. Teresa, con lágrimas derramándose en su cara, abrazó a Felipe y Raquel. Entre sollozos, dijo, "Nadie me había mostrado tanta amabilidad en mi vida. ¿Cómo puedo demostrar mi gratitud?"

Felipe respondió, "No te preocupes por eso. Ha sido una gran alegría conocerte y tener un pequeño papel en ayudarte a llegar a tu destino. Siempre tendrás un lugar en nuestros corazones."

"Yo jamás los olvidaré."

Don Felipe estrechó la mano a Pepe, "Cuida a tu hermana y haz lo que ella te diga. Mañana será un día importante para ustedes."

Pepe respondió, "Lo haré." Y abrazó a don Felipe.

Antes de que se fueran, Teresa le dio a Felipe los 50.000 pesos restantes que le debía al señor Alberto. Mientras los veía alejarse, Teresa nunca se sintió tan sola y vulnerable en su vida. Aún sollozando, regresó con Pepe a la oficina del señor Alberto.

Al notar la blusa blanca de Teresa y la camisa roja de Pepe, el señor Alberto preguntó, "¿Tienen ropa más oscura para ponerse?"

Teresa respondió, "Tengo una blusa de un azul oscuro, y Pepe tiene una camisa de un verde oscuro. ¿Eso funcionará?"

"Sí. Haremos todo lo posible para viajar sin ser vistos. Por eso, deberían cambiarse de ropa. Ahora necesito enseñarte nuestro plan para mañana por la madrugada."

El señor Alberto mostró una fotografía satelital de Google en su computadora, y apuntaba a los detalles de la fotografía mientras le explicaba a Teresa, "La distancia a pie hasta la frontera es de unas dos horas. Saldremos como a las tres de la madrugada y llegaremos a la frontera más o menos a las cinco. Queremos llegar allí mientras aún está oscuro, para que nadie nos vea. El nombre de la ciudad del lado estadounidense es Calexico."

Teresa interrumpió. "¿Por qué tenemos que caminar tan lejos?"

"Las autoridades mexicanas vigilan las carreteras en busca de vehículos sospechosos y personas que se acercan a la frontera. El gobierno mexicano está cooperando con el gobierno estadounidense para atrapar a los migrantes antes de que lleguen a la frontera. Por eso, no queremos encontrarnos con ellos. Cuando caminemos hacia la frontera, evitaremos las carreteras principales tanto como sea posible."

El señor Alberto apuntó al muro fronterizo en la fotografía satelital y continuó, "Aquí en la frontera, tenemos un túnel poco profundo, recientemente excavado, que pasa por debajo del muro. Puedes ver el estacionamiento del centro comercial Gran Plaza Outlets al otro lado de la frontera. El parque que ves al oeste del estacionamiento es el parque Chapultepec. Ahí es donde los agentes de inmigración, también conocidos como agentes de ICE, estacionan su camión."

Corría la imagen satelital para mostrarle a Teresa la instalación de la *Agencia de Control y Aplicación de la Ley de Inmigración de Estados Unidos* (ICE por sus siglas en inglés). "Esta instalación se encuentra a poca distancia del centro comercial."

Volviendo al estacionamiento, el señor Alberto dijo, "Al llegar al muro aquí en la frontera, podrás ver este estacionamiento a través de los listones del muro. Un agente de ICE siempre está ahí. ¡Siempre! La calle que ves al otro lado del estacionamiento es First Street. La siguiente calle es Second Street. Tendrán que ir a Second Street, girar a la derecha, ir a Mary Avenue, y girar a la izquierda. ¿Tienes alguna pregunta hasta ahora?"

"No, señor."

Apuntando a un área en el estacionamiento, el señor Alberto continuó, "Tendremos un individuo aquí con una linterna. Él, junto a otros, se llaman polleros. Como dije antes, un agente de ICE siempre está patrullando por esta área, pero no puede ver todo lo que sucede todo el tiempo. Tienes que fijarte en este pollero. El plan es que otro pollero produzca una distracción para atraer la atención del agente de ICE. Cuando el pollero con la linterna vea que el agente de ICE ha ido a investigar, encenderá y apagará tres veces su linterna. Esa es tu señal para que tú y Pepe pasen por el túnel, y que se arrastren por el suelo hasta que se encuentren entre los carros en el estacionamiento."

"No habrá muchos carros porque las únicas personas allí en ese momento son los empleados que limpian las tiendas y reabastecen los estantes. Los vendedores comienzan a llegar a las ocho de la mañana, y algunas tiendas también abrirán a esa hora. Al mismo tiempo que estos llegan, los empleados que terminan sus turnos se irán, y también llegarán algunos clientes. Así que, habrá mucha gente yendo y viniendo. Casi todo el mundo es latino. Y por eso, tú y Pepe se mezclarán bien sin distinguirse. Hay que tener en cuenta la posibilidad de que algo ocurra que nos obligue a desviarnos de este plan. Lo más importante es que recuerden que la señal para colarse al estacionamiento vendrá del pollero con la linterna."

El señor Alberto le pidió a Teresa que repitiera lo que había dicho para asegurarse de que ella entendiera y supiera lo que ella y Pepe tendrían que hacer. Luego continuó, "Cuando veas a toda esta gente yendo y viniendo, tú y Pepe deben pararse y comenzar a caminar como si fueran parte de la multitud. No deben caminar ni más rápido ni más lento que las otras personas, traten de controlar sus nervios, y no miren a su alrededor como si estuvieran buscando a alguien. Hay que comportarse de la manera más normal y discreta posible mientras se alejan del estacionamiento. Si pueden hacer eso, no se distinguirán del resto de las personas que vienen y salen."

El señor Alberto luego sacó una foto de Teresa y Pepe con la cámara de su teléfono móvil y explicó, "Le estoy enviando un mensaje de texto con esta foto a otro pollero que estará en la esquina de Second

Street y Mary Avenue. Cuando los vea llegar, este pollero se acercará a ti, te dirá 'Buenos días,' y te abrazará como si fuera tu marido. Deben asegurarse de hacer bien su papel. Si su desempeño le parece sospechoso a un agente de ICE, su estadía en los Estados Unidos terminará antes de que comience. ¿Lo entiendes?"

Con una mirada nerviosa en su cara, Teresa asintió y respondió, "Sí señor."

Luego el señor Alberto se volvió hacia Pepe y le preguntó, "¿Crees que puedes hacer todo esto con tu hermana?"

Con una sonrisa en su cara, respondió, "Sí. ¡Será como una película de espías!"

El señor Alberto se echó a reír, y le dijo a Pepe, "Así es. Que finjas que son espías."

Mirando hacia Teresa, el señor Alberto continuó, "Después de que el pollero te abrace, verás que caminará con ustedes por la calle abrazándote. Luego llegarán a una casa y entrarán. Y ya habrán cumplido la parte más aterradora y arriesgada. Después de entrar en la casa, verán que hay otros migrantes adentro, y el pollero te explicará el plan de viaje para llevarlos a San Diego."

Después de explicar todo esto, el señor Alberto dijo, "Tendrán que permanecer en este almacén hasta la hora de irnos. No es el lugar más cómodo, pero deberían tratar de dormirse. Hay algunos sándwiches y refrescos en el refrigerador. Sugiero que traten de conocer mejor a Eduardo y Elena, ya que cruzarán la frontera juntos. ¿Tienes alguna pregunta más?"

"¿Eduardo, Elena, Pepe, y yo nos arrastraremos juntos hasta el estacionamiento?"

"No. Eduardo y Elena irán primero y luego, tú y Pepe."

Salieron de la oficina, partió el señor Alberto, y Teresa y Pepe se unieron con Eduardo y Elena.

Mientras se sentaban todos juntos, disfrutaron de los sándwiches y los refrescos y revisaron sus planes para cruzar la frontera. Dado que Eduardo y Elena estaban casados, la única diferencia significativa en sus dos planes era que el pollero que se acercaría a Teresa fingiría ser su esposo. En el caso de Eduardo y Elena, una mujer mayor se les acercaría con un niño, y los cuatro se marcharían juntos.

A las 2:30 de la mañana, el señor Alberto regresó al almacén y despertó a todos. Dijo, "Asegúrense de usar el baño antes de que nos vayamos. Pasará mucho tiempo antes de que tengan otra oportunidad de ir al baño."

El señor Alberto les advirtió, "No se puede hablar, y no queremos que ningún ruido atraiga nuestra atención."

Comenzaron a caminar a las tres de la mañana. Estaba oscuro, nublado, sin luna. También hacía más frío, y Teresa y Pepe estaban contentos de tener sus abrigos de color gris oscuro, que los protegerían del frío, y evitarían que los vieran.

Llegaron al muro fronterizo a las cinco de la mañana, como estaba previsto. El señor Alberto revisó nuevamente los planes que tendrían que seguir. Luego dijo, "Necesito dejarlos ahora, para poder comunicarme con los polleros en un lugar donde los agentes de ICE no puedan detectar mi presencia. Buena suerte."

Teresa, Pepe, Eduardo y Elena estarían todos tirados en el suelo durante una hora y cuarenta y cinco minutos. Teresa, Eduardo, y Elena se turnaron para divisar la señal del pollero. A pesar de los abrigos que llevaban, Teresa y Pepe, así como Eduardo y Elena, temblaban, no solo por las bajas temperaturas sino también porque estaban tirados en el suelo frío. Eduardo revisó su teléfono móvil y notó que la temperatura era de 4 grados. Eran las 6:40 de la mañana.

En la oscuridad, la luz de su teléfono móvil los asustó, y Elena susurró, "Creo que debes guardar tu teléfono en el bolsillo para que no nos descubran."

Comenzó el crepúsculo, y ahora podían ver los carros en el estacionamiento. Pero, debido a la poca luz, estaba todo en blanco y negro. Pronto pudieron discernir los colores a medida que el sol se elevaba hasta el punto en que estaba justo debajo del horizonte, pero aún no visible. Se pusieron ansiosos mientras esperaban la señal del pollero.

Un agente de ICE los asustó cuando pasó justo al otro lado del muro donde se escondían. El agente de ICE siguió caminando, y se encontró con otro agente. Teresa, Pepe, Eduardo y Elena podían oír hablar a los dos agentes. Pero no era posible saber lo que decían, no solo porque hablaban inglés, sino también porque estaban demasiado lejos. Un pollero hizo un ruido que llamó la atención de los agentes de ICE, y fueron a investigar.

Luego vinieron tres destellos azules de luz de la linterna del pollero. Eduardo y Elena fueron primero, arrastrándose por el suelo hacia el estacionamiento. Avanzaban bien, pero entonces sonó el teléfono móvil de Eduardo, lo que alertó a los agentes de ICE, que corrieron hacia ellos. Ya estaban atrapados. Los dos agentes de ICE los agarraron y los esposaron. Al otro lado de la calle, estacionado a lo largo del parque Chapultepec, se encendieron los faros de un camión mientras los agentes de ICE los escoltaban, cruzando el estacionamiento hacia el camión. Teresa y Pepe se estremecieron de miedo mientras observaban que los agentes de ICE obligaron a Eduardo y Elena a subir a la parte trasera del camión. Teresa sabía que su estadía en Estados Unidos pronto terminaría.

De repente, tres destellos de la linterna del pollero cogieron a Teresa por sorpresa. Dudaron por un momento, tratando de recuperar la compostura. Luego, después de atravesar el túnel, comenzaron a arrastrarse por el suelo hacia el estacionamiento. Un miedo intenso invadió a Teresa, y su corazón dio un vuelco, produciendo un dolor punzante que coincidía con el miedo que conocía demasiado bien de sus encuentros con pandilleros en Honduras.

El sol se elevó por encima del horizonte. Teresa y Pepe ahora se escondían entre los carros en el lote de estacionamiento. Observaron con horror y temblaron de miedo al ver que el camión de la patrulla fronteriza se llevaba a Eduardo y Elena. Teresa supuso que eran poco más de las siete de la mañana.

Más o menos a las ocho, el personal de ventas comenzó a llegar, y pronto los empleados nocturnos salieron de las tiendas en el centro comercial. Había clientes también que llegaban. Según las instrucciones,

Teresa y Pepe se levantaron, se mezclaron entre la gente, y se alejaron del estacionamiento. Cruzaron First Street, y caminaron hasta Second Street, donde giraron a la derecha. Cuando llegaron a la Mary Avenue, otro pollero se acercó a Teresa, la abrazó, y subieron juntos por Mary Avenue hasta una casa a la que entraron. Había otros seis migrantes adentro. El pollero, que nunca dio su nombre, explicó, "Pronto llegará un carro que los llevará a San Diego. El viaje durará unas dos horas. ¿Hay quienes los recogerán?"

Teresa respondió, "Sí, mis tíos. Pero tendré que llamarlos. Vendrán de Los Ángeles."

"Eso funcionará bastante bien. Su tiempo de viaje a San Diego también será de unas dos horas. Cuando el carro llegue a recogerlos, puedes usar mi teléfono móvil para llamarlos."

"Gracias. ¿Y mis tíos, dónde nos encontrarán?"

El pollero escribió en una hoja de papel, *Ponce's Mexican Restaurant, 4050 Adams Ave, San Diego, CA 92116.* Le entregó el papel a Teresa, y le dijo, "Este es el restaurante donde te dejaremos."

El carro llegó a las 8:45 de la mañana y Teresa usó el teléfono del pollero para llamar a su tía Norma.

Cuando contestó, Teresa dijo, "Pepe y yo estamos en Calexico, California. Partiremos para San Diego en los próximos 15 a 30 minutos. El viaje tomará unas dos horas."

"Está bien, tu tío Pablo y yo iremos a recogerlos. ¿Dónde los encontraremos?"

Teresa respondió, "Nos dejarán en el *Ponce's Mexican Restaurant,*" y le dio a Norma la dirección.

Norma dijo, "¡Muy bien! Espero verlos a eso de las once de la mañana."

No hubo tiempo para comer, y no se ofreció comida a nadie. El pollero y el conductor metieron a dos migrantes en el maletero del auto, cinco en el asiento trasero, y uno en el asiento delantero, un total de ocho migrantes. Para que las cinco personas cupieran en el asiento trasero, pusieron a Teresa y Pepe en el suelo, y apretujaron a los otros tres en el asiento trasero. El interior del carro apestaba de los pasajeros anteriores, lo que le trajo vívidos recuerdos a Teresa de su viaje por Guatemala y su paseo en la bestia. Aparte del conductor y el migrante en el asiento delantero, todos se sentían incómodos con muy poco espacio para cambiarse de posición. Y durante el viaje de dos horas, los cinco migrantes en el asiento trasero hallaban necesario cambiar de posición con cierta frecuencia para lidiar con el espacio incómodo y estrecho.

Uno de los migrantes se quejó, "No sé qué es peor: estar empacados en este asiento trasero o en el maletero."

El *Ponce's Mexican Restaurant* fue su primera parada cuando llegaron a San Diego. Pablo y Norma observaban desde la esquina del edificio mientras el carro se detenía detrás del restaurante, y vieron cuando Teresa y Pepe salieron del carro. Cuando Teresa y Pepe dieron la vuelta a la esquina, Pablo y Norma tuvieron cuidado de no mostrar una emoción excesiva, para no llamar la atención no deseada.

El tío Pablo preguntó, "¿Tienen hambre?"

Teresa respondió, "No hemos comido casi nada desde ayer."

"Bueno, vamos a comer algo," y los condujo al restaurante.

Había solo unos pocos clientes en el restaurante, algunos latinoamericanos morenos y otros ciudadanos estadounidenses blancos. Sorprendido por su piel pálida, Pepe los miró fijamente, y le preguntó a Teresa, "¿Esa gente está enferma?"

Teresa, que tampoco estaba acostumbrada a ver gente blanca, respondió, "No. Ese es su color normal."

Mientras esperaban que llegara la comida, Teresa no pudo contenerse más. Se acercó, abrazó a su tía Norma, y exclamó, "Me sorprende ver que hemos llegado."

La tía Norma puso su vaso de agua sobre la mesa, abrazó a Teresa, y dijo, "Y estamos muy contentos de tenerlos con nosotros. Enviaremos una carta a Susana lo antes posible para informarle que llegaron sano y salvo y para coordinar un momento en el que ustedes y ella puedan hablar por teléfono."

"Sabes, Pepe y yo no hemos hablado con ella desde que nos fuimos de Honduras, hace más de un mes."

"Bueno, estoy seguro de que tendrás una conversación muy feliz."

Llegaron a la casa de Pablo y Norma en Los Ángeles a las dos de la tarde. Pablo y Norma eran dueños de una casa sencilla, pero cómoda en una comunidad donde la mayoría de los residentes eran de ascendencia latinoamericana. Después de un mes de viaje peligroso, Teresa sintió por primera vez que ahora estaba a salvo. Sintió como si una carga pesada fuera quitada de sus hombros. Ella también se sintió sin energía. La tía Norma la acompañó a su recámara, y ella se acostó. Dormía en el suelo desde la tarde hasta la mañana siguiente. Cuando se despertó, sus pensamientos fueron, *¿Ahora qué desafíos me esperan?*

Comienza la vida en los Estados Unidos

Mientras desayunaban, Pablo le dijo a Teresa, "Hay algo que quiero que lo entiendas. Ojalá pudiera decir que puedes sentirte segura aquí. Pero debes comprender que ese no es el caso. Si bien hay poca preocupación por la violencia de las pandillas. Pero siempre debes estar atento a la posible presencia de los agentes de *Control y Aplicación de la Ley de Inmigración* o ICE. Si te agarran, te deportarán a Honduras."

Al oír esto, su cara reflejaba consternación, y Teresa se quedó mirando al vacío. Su voz interior exclamó con desesperación, *¿Llegaré algún día al punto en que no haya ninguna amenaza sobre mí?* Al comentario de Pablo, ella respondió, "Cuando Pepe y yo llegamos a la frontera, había otros dos migrantes con nosotros: un matrimonio, Eduardo y Elena. Mientras cruzaban la frontera, sonó el teléfono móvil de Eduardo. Eso llamó la atención de los agentes de ICE y, viniendo, agarraron a Eduardo y Elena, y se los llevaron en un camión. Así que, supongo que comprendo esta amenaza."

Norma le sirvió a Teresa una segunda taza de café y respondió, "Eso es muy triste. Aunque las circunstancias pueden ser diferentes, eso también podría pasar a cualquiera de nosotros, ya que todos somos extranjeros ilegales e indocumentados."

Teresa alzó las cejas y preguntó, "Entonces, ¿cómo nos protegemos?"

"Día a día, estarás bien. Lo único que puedes hacer es siempre observar lo que ocurre en tu alrededor. Observar continuamente es la clave. Si presientes alguna amenaza, debes tomar las medidas necesarias para huir del área de una manera que no llame la atención. Eso es lo mejor que puedes hacer."

Teresa se limpió la boca con la servilleta y respondió, "Eso es más o menos lo que me dijo el coyote cuando crucé la frontera. Dijo que debería tratar de mezclarme con otras personas y no actuar de forma sospechosa."

Norma replicó, "En la mayoría de los casos eso funciona bien. Pero nunca se sabe cuándo vayas a encontrarte en una situación en la que estés atrapada, y no puedas escapar. Si eso sucede, es muy probable que te encuentres en un avión de regreso a Honduras. Tenemos que vivir con eso. Sin embargo, hay que tener en cuenta que Pablo y yo llevamos aquí veinte años. Y hay también muchos que están en la misma situación. Por lo tanto, aunque necesitas saber acerca de estas amenazas, no te servirá de nada preocuparte demasiado por ellas."

Teresa respondió, "Es más fácil decirlo que hacerlo. ¿Podré conseguir un trabajo?"

Pablo tomó un sorbo de su café y respondió, "Tengo algunos contactos que podrían ayudarnos con eso. Sin embargo, antes de que puedas conseguir un trabajo, hay varias cosas que debemos hacer. Algunas de las primeras cosas es conseguirte una licencia de conducir, una tarjeta de Seguro Social, y una tarjeta verde, que es lo que tienen los inmigrantes legales."

Con una mirada perpleja en su cara, Teresa preguntó, "¿Es eso posible?"

"Solo es posible obtener credenciales falsas. Pero debes tenerlos, así que no hay otra opción."

Teresa miró hacia abajo y negó con la cabeza. El pensamiento perturbador que la atormentaba era, *¿Llegaré algún día al punto en que no tenga que hacer cosas ilegales?*

Norma dijo, "Otra cosa que es importante para conseguir un trabajo es la habilidad de hablar inglés. Vamos a inscribir a Pepe y a ti en clases de inglés, y necesitamos inscribir a Pepe en la escuela primaria."

Teresa respondió, "Bueno, en cuanto a mí, cuanto antes empecemos con eso, mejor."

Teresa luego cambió el tema. "Hay algo que necesito hacer de inmediato. En Tijuana, mi amigo don Felipe me puso en contacto con el coyote que me ayudó a cruzar la frontera. Don Felipe no me dejaba pagarle al coyote su tarifa completa hasta que él recibiera la confirmación de que habíamos llegado bien aquí. Él tiene el resto de la tarifa que le debo al coyote. Por eso necesito comunicarme con don Felipe para informarle que puede pagarle al coyote el resto del dinero que le debo."

Norma respondió, "Podemos llamar a don Felipe hoy, y también creo que podemos poner una carta en el correo para tu mamá hoy o mañana. Una vez que tu mamá reciba nuestra carta, anticipo que intente llamar aquí para que ustedes dos puedan hablar."

Al oír que pronto escucharía la voz de su mamá, se le derramó una lágrima en su mejilla, se llenó de esperanza y anticipación, y respondió, "Eso será maravilloso. No aguanto las ganas de escuchar su voz."

Pablo comentó, "Estoy seguro de que a ella también le complacerá escuchar la voz tuya."

Luego Teresa dijo, "Veo que tienen una foto de una choza en la pared de la sala. ¿Es ahí donde vivían antes de venir a los Estados Unidos?"

Pablo respondió, "Sí. No queremos olvidar jamás cómo era nuestra vida antes de venir aquí. La imagen es un recordatorio continuo de lo mejor que es nuestra vida en los Estados Unidos."

Teresa dijo, "Se parece mucho a la choza donde vive mi mamá. Es asombroso comparar su hogar muy cómodo aquí con la choza donde vivían en Honduras."

Norma puso su mano sobre el hombro de Teresa y respondió, "Espero que Dios te bendiga algún día con tu propio hogar cómodo."

Teresa respondió, "¡Ojalá!"

Después de que Pablo se fue al trabajo, Norma marcó el número de teléfono de don Felipe, y le dio a Teresa el teléfono. Cuando contestó, Teresa dijo, "Don Felipe. Ya llegamos bien."

Felipe respondió, "Me alegro mucho de escuchar eso. Supongo que ahora puedo pagarle al señor Alberto el resto del dinero que le debes."

Con ojos llorosos y una sonrisa de alegría en su cara, dijo, "Sí. Y permítanme decirle nuevamente lo agradecido que estoy por la amabilidad de su familia para conmigo y con Pepe. Por favor, que les salude a Raquel y Vanesa de mi parte."

La voz de don Felipe tembló cuando respondió, "Eso lo haré ahora mismo. Cuídate. Te animo a que encuentres una buena iglesia a la que asistir. Dios te bendiga."

Estaban a punto de colgar, cuando don Felipe dijo, "Ah. Déjame informarte sobre Mario en Apizaco. La policía lo arrestó después de que otra víctima de violación presentara cargos en su contra. La declaración policial tuya fue una prueba importante que convenció al jurado de declarar culpable a Mario, y ahora está en la cárcel."

El recuerdo de su violación y este hombre repugnante la hizo levantar un lado de su labio como si oliera un olor feo. Ella respondió, "Lamento enterarme de otra víctima de sus crímenes. Gracias por hacérmelo saber."

Cuando colgaron, Teresa se recompuso, le devolvió el teléfono a Norma, y dijo, "No tienes idea de lo amable que fue esta familia conmigo y con Pepe, a pesar de que éramos desconocidos para ellos."

Después de la llamada telefónica, Norma, Teresa, y Pepe caminaron por la calle hasta la parada de autobús, que era visible desde la casa de Norma. Mucha gente esperaba el próximo autobús, y la mayoría eran mujeres latinoamericanas. Norma presentó a Teresa y Pepe a sus amigos.

El autobús llegó lleno de gente. Los recogió y los llevó al parque MacArthur, un centro comercial que quedaba cerca. Había agresivos vendedores ambulantes, con sus carritos, que vendían helados, tacos, y productos variados. También había una mujer que atendía a inmigrantes indocumentados que estaban ansiosos por trabajar en los

Estados Unidos. Siempre mirando a su alrededor para ver quién estaba al alcance del oído, soplaba con una voz baja y discreta, *"Mica, mica."* (Palabra que se refería a las tarjetas de identificación falsas, que ofrecía a los clientes potenciales).

Norma se acercó a la mujer y le susurró, "Necesitamos ayuda."

"¿Qué necesitas?" Preguntó la mujer que sostenía un cuaderno en el que estaba preparada para anotar un pedido.

"Ella puede conseguir cualquier cosa rápido," comentó un hombre que la acompañaba.

"Mi sobrina, Teresa, y su hermano necesitan tarjetas de Seguro Social y tarjetas verdes. Teresa también necesita una licencia de conducir."

La mujer volvió a mirar a su alrededor para confirmar que no había quien pudiera escucharlos, y se acercó a Norma mientras susurraba, "Pueden estar disponibles al final de la semana. Cada tarjeta costará 100 dólares, por un total de 500 dólares. Necesito 100 dólares ahora, y puedes pagar el saldo cuando recoja las tarjetas. También necesito nombres, direcciones, y un buen número de teléfono."

Norma pagó los 100 dólares, tomó el cuaderno de la mujer, y anotó la información que solicitó. Después de devolverle el cuaderno, preguntó, "¿Deberíamos buscarte aquí el viernes?"

"No. Las tendré listas el sábado."

"Está bien. Vendremos a verte el sábado."

Mientras se alejaban, Teresa dijo, "Todavía tengo casi 38.000 pesos, que necesito devolverte."

Se detuvieron en un banco, y Norma convirtió los pesos en 1.530 dólares. Le devolvió 500 dólares a Teresa y dijo, "Toma. Vas a necesitar algo de dinero para gastar."

Norma, Teresa, y Pepe almorzaron en un restaurante cercano llamado El Potrillo. Norma conocía a la mesera y le presentó a Teresa, "Rosita, esta es mi sobrina, Teresa y su hermano Pepe. Llegaron ayer."

Rosita, que tenía más o menos la misma edad que Teresa, respondió, "Mucho gusto. Supongo que eres de Honduras."

Teresa respondió, "Así es. ¿Y tú, de dónde eres?"

"El Salvador. Aquí, tienes mi número de teléfono. Llámame cuando quieras."

"Gracias. Lo haré."

Teresa notó que Rosita estaba embarazada, lo que le recordó una vez más que había otra cosa que le preocupaba, que quizás ella también estaba embarazada. Rosita y Teresa llegarían a ser buenas amigas.

Después del almuerzo, pasaron por un almacén Best Buy donde Norma compró un teléfono móvil para Teresa.

Sorprendida, Teresa preguntó, "¿Necesito esto?"

Mientras el empleado de la tienda configuraba el teléfono, Norma respondió, "Bueno, si lo necesitas. Los teléfonos móviles dominan nuestras vidas aquí. Por ahora, pagaré la factura mensual. Una vez que tengas un trabajo, puedes comenzar a pagarlo. Cuando llegamos a casa, te enseñaré cómo usarlo."

"Gracias, tía Norma."

Mientras regresaban en el autobús, Norma notaba que Teresa parecía estar preocupada por algo.

Cuando llegaron a casa, Pepe se sentó y jugaba en la sala. Norma y Teresa se sentaron en la cocina. Después de hacer el café, Norma preguntó, "Es claro que algo te preocupa. ¿Hay algo de lo que debemos hablar?"

Teresa frunció las cejas, bajó la vista, y le contó a Norma sobre el hombre que la violó en Apizaco, "Amenazó con matar a Pepe delante de mí si no me sometía." Luego se angustió mucho y comenzó a sollozar. Era todo lo que podía hacer para continuar, "Para empeorar las cosas, creo que podría estar embarazada."

Un silencio incómodo hizo que el corazón de Teresa se acelerara mientras que Norma contemplaba lo que había oído. Luego Norma abrazó a Teresa mientras decía, "Siento mucho que te haya pasado algo tan horrible."

Temblando y sollozando, Teresa preguntó, "¿Qué voy a hacer?"

Norma tomó un sorbo de su café, apoyó la frente en su mano, y eligió con cuidado sus palabras cuando respondió, "Por un lado, un bebé nacido en este país es ciudadano de los Estados Unidos, lo cual podría contribuir a tus esfuerzos de convertirte en residente legal aquí. Por otro lado, lidiar con un embarazo, junto con todo lo demás que tendrás por encima, puede resultar ser un desafío insuperable para ti." Ella vaciló por un momento, y luego preguntó, "¿Cómo te sientes acerca de hacerte un aborto?"

Teresa se apartó de Norma con una expresión de asombro en su cara. Si bien no tenía deseos de tener un hijo como resultado de una violación, nunca pensó en hacerse un aborto. Su primera reacción fue, "¡Dios mío! ¿Cómo podría matar a mi hijo inocente?"

Norma trataba de expresarse con confianza y compasión. Con la esperanza de que Teresa entendiera la gravedad potencial de su situación, respondió, "Comprendo, y no me sorprende que te sientas así. Yo diría que tu decisión de abortar no sería pecado tuyo, sino un pecado del violador."

Las cejas de Teresa se alzaban hacia arriba, y sus ojos reflejaban angustia. "Supongo que lo que dices es verdad."

"Esta violación debe haber ocurrido a mediados de diciembre. ¿Es así?"

"Así es."

"Bueno, todavía existe la posibilidad de que no estés embarazada. Antes de todo, debes hacerte una prueba de embarazo. Sin embargo, si estás embarazada, cuanto antes tengas un aborto, mejor será."

Teresa se quedó mirando al vacío, y negó con la cabeza. "Necesito tiempo para pensar en todo esto."

Norma puso su mano sobre la de Teresa y dijo, "Por favor, que comprendas. No quiero presionarte. Pero debemos hacer algo antes de que consigas un trabajo, para que tengas algo de tiempo para recuperarte."

A pesar de las palabras de Norma, Teresa sí sintió más presión para tomar una decisión pronto. Su cara reflejaba consternación, y Teresa se retorció las manos mientras decía, "Por favor, dame un día para pensar en esto."

"No hay problema. ¿Qué tal si te enseño a usar tu teléfono móvil? Tal vez eso te permita dejar de pensar en la decisión que debes tomar por el momento."

"De acuerdo. Vamos a hacer eso."

Esa noche, en su recámara, Teresa llamó a su nueva amiga. "Rosita, esta es Teresa. Mi tía Norma nos presentó hoy en el Restaurante El Potrillo."

"Ah, sí. Gracias por llamarme."

Después de una pequeña charla, Teresa preguntó, "¿Cuánto tiempo llevas en los Estados Unidos?"

"Aproximadamente tres años."

Teresa dijo, "Como sabes, llegué aquí hace un par de días nada más. Yo viajaba en la bestia a través de México para llegar aquí. ¿Y tú?"

"Vine con una visa estudiantil. La visa se caducó hace un año. Así que, como tú, soy indocumentada."

"¿Cuánto tiempo llevas embarazada?"

"Aproximadamente seis meses."

"¿Has elegido un nombre ya?"

"Mi esposo y yo sabemos que será una niña, y planeamos llamarla Ángela."

Después de una pausa, Teresa respiró hondo, y dijo, "Creo que también estoy embarazada."

"¡Felicidades! Así que, ¿Viniste aquí con tu esposo?"

Después de otra pausa, Teresa dijo con voz temblorosa, "No. No estoy casada." Y le contó a Rosita sobre la violación.

"¡Qué terrible! ¿Te vas a quedar con el bebé?"

La pregunta de Rosita resucitó la angustia que afligía a Teresa por su inminente decisión, y ella respondió con una voz casi inaudible. "No lo sé. Mi tía Norma me va a ayudar para hacerme una prueba de embarazo, y luego tomaré una decisión. Debo decirte. Esta es una decisión muy difícil para mí."

"Por supuesto que lo es. Sería una decisión difícil para cualquiera. Pero tengo que decirte. No sé si podría tener un bebé, sabiendo que el padre era un extraño que me violó."

"Eso si pesa mucho en mi mente. Pero la idea de matar a un niño inocente me pesa aún más."

"Bueno, tengo entendido que incluso las personas que se oponen firmemente al aborto tienden a hacer una excepción cuando se trata de una violación."

Teresa concluyó, "Supongo que es cierto. Pero me siento muy angustiada con esta decisión. Disfruté nuestra conversación, Rosita. Espero que podamos hacernos buenas amigas. En este momento, eres la única amiga que tengo aquí."

Cuando colgó el teléfono, Teresa se arrodilló en su cama y oró, *Querido Dios, te agradezco que Pepe y yo hayamos llegado aquí y que estemos tan seguros como sea posible. Estoy muy agradecida por todo lo que mis tíos han hecho por nosotros. Me entristece que ahora tengan que incurrir gastos adicionales, si resulta que estoy embarazada. Al mismo tiempo, siento tanta vergüenza por la idea de abortar a un niño. Por favor, Dios mío, ayúdame a tomar la decisión correcta. Amén.*

A la mañana siguiente, Norma y Teresa fueron a una farmacia local y compraron un kit de prueba de embarazo. De camino a casa, Norma envió una carta por correo a su hermana, Susana, para informarle que Teresa y Pepe llegaron bien, y que estaban sanos y salvos.

La prueba indicó que Teresa si estaba embarazada. Lágrimas abundantes brotaron de sus ojos, se derramaron por sus mejillas, y le llegaron a las esquinas de la boca. Podía saborear su sabor salado. Teresa sintió horror, conmoción, vergüenza, y pánico. Con sollozos desgarradores, buscó el abrazo de su tía Norma.

Norma, con un fuerte abrazo, hizo todo lo posible para consolarla, y dijo, "Creo que lo siguiente que deberíamos hacer es coordinar una cita con un consejero sobre la cuestión del aborto."

Después de que el pastor Turner le aconsejara a Teresa que perdonara a Mario por violarla, Teresa dejó de tener pesadillas sobre su violación. Pero ahora, después de acostarse, una pesadilla la atormentó una vez más. En su angustioso sueño, revivió la violación brutal una vez más, para incluir el mal olor de los dientes podridos de Mario.

Agitándose, gritó, y se despertó a las tres de la mañana con un sudor frío, y se enredó en las sábanas de su cama.

Norma fue corriendo a su recámara, y encontró a Teresa presa del pánico y sentada en la cama, con lágrimas en los ojos y las manos en las mejillas. "¿Estás bien?"

Teresa respondió, "Supongo que estoy bien. Tuve una pesadilla en la que Mario me violó de nuevo."

Después de hacer una cita para el lunes con la Señora García, una consejera de abortos, Norma buscó un sitio en la internet de la organización, *Planned Parenthood* (Planificación para Padres) y leyó lo siguiente sobre cómo ayudar a una mujer que está luchando con la decisión de tener un aborto.

> *Usted le está aconsejando a una ser querida que esté considerando, o ha decidido, interrumpir su embarazo. Cada mujer afronta esta experiencia a su manera. Para algunas, la decisión es bastante sencilla; para otras, puede que no sea así.*
>
> *Cada año, miles de mujeres y parejas se enfrentan a un embarazo no planeado y, en muchos casos, no deseado. La mayoría de las mujeres reciben ayuda durante esta experiencia de alguien en quien confían.*
>
> *Sabemos que brindar tranquilidad y apoyo a una ser querida en esta situación puede ser difícil, y más aún, si ambas están pasando por una situación, que puede resultar estresante.*
>
> *Esta página tiene como objetivo ayudar a comprender el proceso de consulta, el tratamiento, y como responder a las preguntas e inquietudes más frecuentes de las mujeres que lidian con esta decisión.*
>
> *La mujer misma toma la decisión final para interrumpir o continuar el embarazo. Es posible que usted, que trata de ayudarla, se sienta un poco inútil durante este proceso. Puede sentirse involucrado más efectivamente si le pregunta a su pareja o ser querida cómo le gustaría que la ayudara.*
>
> *De todas maneras, debe saber que la ayuda que brinda es valiosa y, después de todo, será apreciada.*

Esa tarde sonó el teléfono. Cuando Norma escuchó la voz de Susana, exclamó, "Ayer, te envié una carta por correo para avisarte que

Teresa y Pepe llegaron y están a salvo. Déjeme llamar a Teresa para que tome el teléfono." Se tapó el auricular y le gritó a Teresa, "Ven rápido. Tu madre está al teléfono."

Teresa bajó corriendo la escalera con la cara llena de emoción. No había lágrimas de dolor, pero abundantes lágrimas de alegría que derramaron por su cara cuando escuchó la voz de su madre por primera vez desde que salió de Honduras.

Susana, muy emocionada también, preguntó con voz llorosa, "¿Cómo estás, hija mía?"

"Estoy bien, mamá." No vio ninguna buena razón para mencionar la violación o su embarazo, por lo que no lo hizo. Notó que Susana estaba llorando y continuó, "Es tan bueno escuchar tu voz, mamá."

Después de charlar un rato, Pepe se puso al teléfono, también con lágrimas corriendo por su cara, y se las limpió con la manga de la camisa, y exclamó, "Mamá. Te echo de menos."

Tras su dulce conversación, tanto Teresa como Pepe tardaron un tiempo en superar la melancolía que ambos sentían, ahora intensificada tras su breve conversación con su querida madre, a quien tanto amaban.

Pablo regresó a casa. Como conductor de camión, viajaba varios días a la semana, y era normal que regresara a casa los viernes por la noche.

Mientras Teresa estaba en su recámara, Norma le contó a Pablo sobre la violación, que Teresa estaba embarazada, y que programó una cita para el lunes en una clínica de abortos.

Pablo frunció los labios, suspiró, y comentó, "Lamento mucho oír eso. Y Teresa, ¿Cómo se lo está tomando?"

"Como puedes imaginar, ella está luchando con la idea de abortar. Por otro lado, también está luchando con la idea de tener un hijo, que es el resultado de una violación."

Pablo vaciló y respiró hondo. "Debo decirte. Este esfuerzo por traer a Teresa y sus hermanos aquí fue mucho más caro de lo que anticipamos. ¿Ha decidido hacer el aborto?"

Norma respondió, "Todavía no. Pero creo que, después de todo, tomará la decisión de hacer el aborto cuando se reúna el lunes con la señora García, la consejera de abortos. También creo que Teresa tendrá que recuperarse de su aborto antes de que pueda conseguir un trabajo."

Pablo estaba en conflicto. Por un lado, simpatizaba con la tragedia de Teresa. Por otro lado, le preocupaba la costosa responsabilidad que había asumido. Concluyó, "Bueno, mantenme informado."

Norma, Teresa y Pepe regresaron a MacArthur Park el sábado para reunirse con la mujer a la que le encargaron las tarjetas de identificación. Después de pagar los 400 dólares restantes que debían, Teresa y Pepe las recibieron.

El lunes, Teresa y Norma llegaron a la clínica de abortos para la cita de Teresa. La señora García, la consejera, invitó a Teresa a su oficina. Pepe se quedó con su tía Norma.

 La señora García explicó, "El aborto es muy común, y las mujeres abortan por muchas razones diferentes. La decisión de tener un aborto es una decisión que solo usted puede tomar. Sin embargo, podemos brindarle buena información y el apoyo que la ayudará a decidir qué opción es mejor para su propia salud y bienestar. Para algunas mujeres, esta decisión es fácil. Para otras, es una decisión difícil y muy estresante. Por favor, dígame qué le impulsa a considerar un aborto."

Teresa arrugó la frente y su voz tembló cuando le contó a la señora García sobre la violación. Continuó diciendo, "Mis tíos gastaron mucho dinero para ayudarnos a mí ya mi hermano a escapar de la violencia de las pandillas en Honduras. Ahora vivo con ellos. Nuestro plan era que yo consiguiera un trabajo para ayudar con los gastos adicionales, ya que mis tíos nos han dado posada. Han sido muy generosos conmigo, y este embarazo les impone una carga financiera adicional, inesperada, e inmerecida. Como es de esperar, esto me entristece. Por otro lado, me da mucha vergüenza tomar la decisión de abortar a mi bebé."

La señora García respondió, "Debe comprender que su decisión de tener un aborto no significa que no quiera o que no ame a los niños. No significa que sea una mala persona. Y no significa que no tendrá un bebé más adelante cuando esté en una mejor posición para ser una buena madre. Después de todo, solo usted sabe lo que es mejor para usted y su familia."

La señora García pudo ver que Teresa estaba angustiada con esta decisión y agregó, "Aquí hay algunas preguntas adicionales que debe considerar: ¿Estoy lista para ser madre? ¿Es una opción la adopción? ¿Qué significa para mi familia si doy a luz a un niño ahora? ¿Tengo importantes creencias personales o religiosas sobre el aborto? ¿Tener un bebé cambiaría mi vida de una manera que quiero o no quiero?"

Teresa vaciló un rato y la señora García fue paciente con ella.

Después de reflexionar sobre estas preguntas, Teresa apretó los labios y preguntó, "¿Qué pasa si decido hacerme un aborto?"

"Tiene dos opciones: Puede hacer el aborto aquí en la clínica, o podemos darle una medicación que toma en casa, que inducirá el aborto. Ambas opciones son efectivas, lo que no sería el caso para usted si estuviera embarazada por más de dos meses."

"Cuénteme más sobre el uso de la medicación."

"Hacemos una cita para usted aquí en la clínica. En esa cita, le daremos las píldoras. Consisten en dos clases de píldoras diferentes que se toman durante dos días. En la mayoría de los casos, el aborto termina dentro de las veinticuatro horas después de tomar las píldoras del segundo día. Luego, habrá una segunda cita en que se asegura de que el aborto fue exitoso."

"¿Y cómo es la recuperación?"

"Querrá descansar bien después de su aborto. En la mayoría de los casos, los pacientes pueden volver a trabajar al día siguiente. Sin embargo, debe evitar el trabajo extenuante o el ejercicio intenso durante unos días. La mayoría de las mujeres se sienten bien en uno o dos días, pero es común que ocurra un sangrado que dure varias semanas después de tomar las píldoras abortivas. También es posible que experimente calambres durante unos días."

"¿Algo más que deba tener en cuenta?"

"Es normal experimentar una variedad de emociones después de un aborto. La mayoría de las mujeres se sienten aliviadas, y no se arrepienten de su decisión. Otras pueden experimentar tristeza, culpa, o arrepentimiento después de un aborto. Si tiene dificultades, siempre estamos disponibles para aconsejarla."

"¿Cuánto cuesta y cuándo puedo conseguir una cita?"

"El costo del método de la píldora abortiva es de 300 dólares." Después de revisar su computadora, la señora García dijo, "Podemos programarlo para el próximo lunes. ¿Funcionará para usted?"

"Creo que sí. Pero necesito confirmar este plan con mi tía."

La señora García siguió a Teresa a la sala de espera, Teresa confirmó el plan con su tía Norma, e hicieron la primera cita para el próximo lunes y la segunda cita para el lunes siguiente.

Todo procedió tal como explicó la señora García. En la segunda cita, un médico confirmó que el aborto fue exitoso, y la señora García se reunió con Teresa. "Todo se ve bien. Recuerde, debe esperar la posibilidad de sangrado durante las próximas semanas. Alguna pregunta."

Experimentando sentimientos de culpa, Teresa respondió, "No en este momento."

La señora García luego decía, "Aquí hay una oración que nos gusta dar a nuestras pacientes. Un pastor de una iglesia local nos la proporcionó, y muchas de nuestras pacientes hallan que les ayuda."

Cuando llegó a casa, Teresa leyó la oración que decía:

Querido Dios, pido por las mujeres que se sienten obligadas a tomar la difícil, traumática, y angustiosa decisión de abortar un embarazo. Si se sienten solas, pido que sus seres queridos les apoyen, aun si se oponen a su decisión. Si la culpa las aflige, pido que sepan que estás listo para conceder su pedido de perdón, y que vean que sus seres queridos también las perdonarán. Pido que tal perdón ayude a aliviar la culpa que las aflige. Te agradezco que no tengan que acudir a alguna clínica clandestina, que podría hacerles daño, y que existan clínicas legales que optimizan su seguridad y la probabilidad de recuperación completa, tanto física como emocional. Y ayúdanos a entender que están eligiendo una opción que, en su opinión, es la mejor entre las malas opciones que tienen. Amén.

Teresa sabía demasiado bien acerca de tomar la mejor decisión entre las malas opciones. Si bien la oración fue una fuente de aliento bienvenida para ella, también la hizo llorar con un profundo sentimiento de remordimiento. En muchas ocasiones, en el futuro, Teresa buscaría esta oración para leerla de nuevo.

El trabajo y la escuela

Norma y Teresa inscribieron a Pepe en la escuela primaria Grand View Boulevard, para comenzar su educación, que nunca fue una opción en Honduras. La ventaja de esta escuela era que ofrecía instrucción bilingüe para ayudar a Pepe a aprender inglés. El director de la escuela les mostró el aula de Pepe. También le enseñó a Pepe dónde lo dejaría el autobús escolar y cómo llegar al aula.

El lunes, cuando llegó el autobús escolar para recogerlo, Pepe dijo con ojos llenos de lágrimas, "Teresa, no quiero ir a la escuela. Tengo miedo."

"Pepe, tienes que ir a la escuela. No te preocupes tanto. Creo que te sorprenderás y verás a que te gusta la escuela."

Cuando Pepe subió al autobús, también subió un vecino, Lucas. Lucas se sentó con Pepe. Ambos tenían seis años, y se hicieron amigos antes de que el autobús llegara a la escuela.

La señora Torres, la maestra, le presentó a Pepe al resto de la clase. Notaba que Lucas ya se había formado una amistad con Pepe, y le pidió a otro chico de la clase, Omar, que ayudara a Pepe a hacer más amigos. Omar era popular en la clase, y la señora Torres sabía que él convencería a otros niños para dar le la bienvenida a Pepe.

Después, de vuelta de la escuela, Teresa preguntó, "Entonces, Pepe. ¿Cómo fue tu primer día de escuela?"

Con voz alegre, respondió, "Creo que me va a gustar. Tengo dos nuevos amigos, Lucas y Omar. Lucas vive muy cerca de nosotros. ¿Puedo ir a jugar con él?"

"¿Sabes dónde vive?"

"Por supuesto. Puedo mostrarte."

Teresa respondió, "Bueno, después de la cena, vamos a conocer a su familia y ya veremos."

Pepe limpió su plato en seguida, luego le mostró a Teresa dónde vivía Lucas. Vivía solo dos puertas más abajo. Llamaron a la puerta, y cuando se abrió, Teresa se presentó y dijo en español, "Buenas noches. Mi nombre es Teresa Amador. Parece que mi hermano Pepe y tu hijo Lucas se han hecho amigos. Así que, quería conocerte."

"Con mucho gusto. Mi nombre es Rebeca Pérez. Debes ser nueva en el vecindario."

"Sí. Mi hermano, Pepe, y yo vivimos con mis tíos Gómez."

"Ah sí. Yo los conozco. Supongo que debes ser de Honduras."

"Sí. ¿Y tú?"

"Soy de Nicaragua."

"Pepe quería venir a jugar con Lucas. Espero que no te importe."

"Por supuesto que no. Qué entres por favor."

"¡Gracias!"

Mientras Pepe y Lucas jugaban, Teresa y Rebeca se sentaron a la mesa de la cocina, tomaban limonada, y comenzaron lo que se convertiría en una amistad íntima.

Teresa tomó un sorbo de su limonada y preguntó, "¿Lucas tiene otros amigos en el vecindario con quienes juega?"

"Por supuesto. Y estoy seguro de que pronto Pepe también los conocerá. Descubrirás que es un vecindario amigable, y con todo gusto te presentaré a algunos de los amigos míos."

Pepe y Lucas salieron a jugar afuera. Mientras terminaban su limonada, Teresa y Rebeca charlaron, y se conocieron mejor.

Después de un rato, Teresa sonrió, y dijo, "Bueno, creo que será mejor que nos vayamos. Te doy las gracias por la limonada."

Mientras salían por la puerta, Rebeca respondió, "Veo que los niños lo están pasando bien. ¿Qué tal si llevo a Pepe de vuelta más tarde?"

Teresa sonrió, y respondió, "¡Eso sería estupendo! Gracias." Teresa luego se volvió hacia Pepe y le dijo, "Quiero que le obedezcas a la señora Pérez, y no quiero que vayas a la calle. Más tarde, la señora Pérez te llevará a casa. ¿Me entiendes?"

"No hay problema."

Pasó otra semana y Teresa sintió que estaba progresando bien en la recuperación de su aborto. Sin embargo, todavía lidiaba con el trauma emocional que la afligía, especialmente de noche.

Comenzó a tomar un curso llamado *Inglés para hablantes de otros idiomas* o ESOL, por sus siglas en inglés. Además de estudiar inglés, la participación en el curso también aumentó su círculo de amigos, que incluía a muchos latinos y personas de otros grupos étnicos, como orientales, africanos, musulmanes, y europeos.

En una conversación telefónica, la nueva amiga de Teresa, Rosita, preguntó, "Entonces, ¿Qué decidiste sobre tu embarazo?"

Aún lidiando con las emociones por lo que había hecho, Teresa se estremeció cuando respondió con un tono triste, "Decidí seguir adelante con el aborto. Mi recuperación física está progresando bien. Debo confesar que los problemas emocionales todavía me atormentan."

Rosita respondió, "Me sorprendería si no tuvieras esos problemas emocionales. Como te dije antes, no puedo imaginarme tener un bebé que sea el resultado de una violación. Espero que te des cuenta de que tomaste la decisión correcta. Y quiero que sepas. Yo, por mi parte, si creo hiciste bien."

Los ojos de Teresa se llenaron de lágrimas al oír las palabras de Rosita. "Gracias, Rosita. Realmente necesitaba escuchar a alguien decir eso."

Pablo le contó a Teresa sobre una oportunidad de trabajo en un club nocturno llamado El Lutrón. Durante una entrevista de trabajo, el gerente le explicó, "Atendemos a clientes masculinos que buscan encuentros íntimos con nuestro equipo de mujeres atractivas y talentosas. Creo que encajarías bastante bien."

Cuando reconoció que el club era un burdel clandestino, Teresa se puso de pie y terminó la entrevista diciendo, "No me interesa compartir esos talentos con sus clientes." Y se fue.

Confiada en que Pablo no estaba al tanto de la función clandestina del club, Teresa respondió, cuando se le preguntó, "No tenía las calificaciones necesarias para el trabajo."

En otra de sus conversaciones frecuentes telefónicas con Rosita, Teresa preguntó, "¿Conoces a alguien que me pueda ofrecer trabajo? Ahora que me siento mejor, quiero trabajar."

"Una de las meseras donde trabajo renunció hace un par de días. ¿Tienes experiencia en restaurantes?"

Teresa respondió, "Sí. ¿Crees que podría conseguir una entrevista de trabajo?"

"Estoy seguro de que puedas. ¿Por qué no vienes al restaurante mañana y te presentaré al dueño?"

"Muy bien. ¿Sería conveniente justo después de la 1:30 de la tarde?"

"Sí. Para entonces, nuestras labores pesadas durante el almuerzo habrán terminado."

Al día siguiente, Rosita le presentó a Teresa al dueño del restaurante, Andrés.

Andrés le ofreció a Teresa una Coca-Cola fría, y se sentaron a una de las mesas del comedor. Andrés dijo, "Por favor, cuénteme de tu experiencia."

"Mi familia en Honduras operaba un negocio donde producíamos y vendíamos burritos como vendedores ambulantes. Mi mamá ahora vive sola, pero todavía opera el negocio. También, durante mi migración a los Estados Unidos, interrumpí mi viaje por México, y trabajaba como mesera y cocinera en un restaurante cerca de donde me alojaba en Apizaco, México. Era solamente un trabajo temporal para reemplazar a una empleada que viajaba para asistir a un funeral en otra ciudad. Funcionó bien porque la empleada regresó justo cuando me preparaba para continuar mi viaje."

A Andrés le gustó su personalidad amable, y le preguntó, "¿Cómo está tu inglés?"

Teresa puso su vaso sobre la mesa, y respondió, "Hace poco que llego a los Estados Unidos, así que mi inglés es muy limitado, pero ahora estoy tomando clases."

Andrés se inclinó hacia delante y bajó la voz casi en un susurro, "Es bastante obvio para mí que eres una inmigrante indocumentada."

Con una mirada de preocupación en su cara, arrugó la frente, y respondió, "Eso es cierto. ¿Es un problema?"

"¿Tienes alguna identificación?"

Teresa se inclinó hacia delante de nuevo, sonrió, miró a la izquierda y luego a la derecha, miró a Andrés a los ojos, y bajó la voz casi en un susurro, "Tengo la mejor identificación que se puede comprar."

Andrés se rio de carcajadas. "Me gusta tu experiencia. ¿Puedes empezar mañana?"

Teresa se animó y dijo, "Sí. Solo necesito que me diga a qué hora tengo que llegar aquí."

"Te necesito aquí a las seis de la mañana. Traiga tu identificación comprada mañana." Luego miró a su alrededor, y comentó en voz baja, "Después de que haga yo copias de tus tarjetas de identificación, no debes llevarlas contigo. Si la migra te atrapa con una identificación falsa, te deportarán sin posibilidad de regresar."

Teresa asintió con la cabeza. "Haré eso y lo veré mañana a las seis de la mañana. Le agradezco por darme una oportunidad."

Cuando llegó a casa, sacó sus tarjetas de identificación de la cómoda de su recámara y le dijo a Norma, "¡Tengo un trabajo! Empiezo mañana a las seis de la mañana en el Restaurante El Potrillo."

"¡Que bien! Estoy feliz por ti."

"¿Qué quieres que haga con Pepe?"

"No te preocupes por Pepe. Estará en la escuela durante la mayor parte del día, y después me encargaré de él. Ya es importante que tengas trabajo."

Durante los siguientes meses, el inglés de Teresa mejoró, las propinas de los clientes en el Restaurante El Potrillo mostraron su satisfacción con su desempeño, y estaban todos contentos con ella. Pepe también progresaba bien en la escuela y con sus clases de inglés. Si bien su vocabulario era limitado, ahora podían mantener una conversación básica en inglés. Sin embargo, hablaban con un acento muy fuerte.

Teresa no ganaba suficiente dinero para conseguir un apartamento propio, pero Norma y Pablo estaban contentos de proporcionarles a ella y a Pepe un lugar donde vivir. Sin embargo, empezó a enviar dinero todos los meses a su madre en Honduras. Para los estándares estadounidenses, Teresa y Pepe eran bastante pobres. Sin embargo, en comparación con su vida en Honduras, vivían bastante bien. Lo importante: Estaban felices.

Viene la migra

Teresa y Pepe se adaptaban bien a su vida en Los Ángeles. Además de Lucas y Omar, Pepe hizo más amigos en la escuela y en el barrio. Teresa se reunía a menudo con Rebeca y Rosita, y también aumentaba su círculo de amistades. Además de enviarle dinero a su madre, Teresa compró una computadora, ropa bonita, zapatos, juguetes para Pepe, y otras cosas que mejoraron la calidad de vida, tanto para ella como para Pepe, cosas bonitas que ella y Pepe nunca soñaron tener antes. Su tía Norma le enseñó a Teresa a usar la computadora, y ella la usó para sus estudios de inglés. Su inglés siguió mejorando, aunque Pepe avanzaba más rápido que ella.

Teresa mandó a conseguir un teléfono móvil para su mamá, y disfrutaron de conversaciones frecuentes. Susana utilizó el dinero que recibió de Teresa para reemplazar todas las paredes de cartón de su choza con tablas de madera, y también hizo otras mejoras. Así que, la presencia de Teresa en los Estados Unidos mejoró también la calidad de vida de su mamá.

Eran más o menos las cuatro de la tarde el sábado. Pablo, Norma, y Pepe estaban en casa. Teresa se quedó trabajando hasta tarde y llamó a Norma para avisarle que llegaría tarde a casa.

Dos camionetas de Seguridad Nacional se detuvieron frente a la casa de los Gómez, y ocho agentes de *Control y Aplicación de la Ley de Inmigración* (ICE por sus siglas en inglés) salieron de los vehículos y rodearon la casa. Todos vestían uniformes negros, con letras blancas en la espalda, que decían, *Policía, Agentes de ICE*. Al ver las camionetas, los vecinos salieron de sus casas y observaron consternados, sabiendo lo que les iba a pasar a Pablo y Norma. Un equipo de noticieros de la estación de televisión en español, Univisión, Canal 34, llegó y comenzó a filmar.

Un agente de ICE llamó a la puerta, y, cuando Pablo abrió la puerta, el agente dijo, "Tenemos información que nos convence de que ustedes están aquí en los Estados Unidos ilegalmente."

Esa declaración envió un escalofrío por la columna vertebral de Pablo. Haciendo todo lo posible para mantener la calma, Pablo preguntó, "¿Tiene una orden judicial?"

El agente respondió, "No necesitamos una orden judicial."

Pablo asintió con la cabeza y respondió, "Oh, sí, necesita, una orden judicial. No les doy permiso para entrar a mi casa." E intentó cerrar la puerta.

El agente puso el pie para bloquear los esfuerzos de Pablo para cerrar la puerta y entró en la casa a la fuerza. Dijo, "Muéstrame los documentos que les autoricen estar en los Estados Unidos."

Como Pablo aprendió durante unos seminarios legales presentados por el beneficio de los inmigrantes indocumentados, respondió, "Exijo que se vaya ahora mismo. No le mostraremos nada a menos que pueda mostrarme una orden judicial firmada por un juez."

Los agentes apresaron a Pablo, Norma, y Pepe.

Los noticieros de Univisión se acercaron, comenzaron a filmar, y hacían preguntas. Pablo y Norma no dijeron nada, como se les había instruido, y los agentes de ICE tampoco comentaron. Los vecinos comentaron al equipo de televisión que la familia Gómez eran buenos vecinos y no molestaban a nadie. Cuando la entrevistaron, Rebeca, la amiga de Teresa, dijo, "Pepe, el niño que aprehendió ICE, juega con mi hijo Lucas y son buenos amigos."

Para entonces, el autobús de la ciudad dejó a Teresa en la parada de autobús, que estaba a la vista de la casa de los Gómez. Al bajarse del autobús, Teresa comenzó a caminar hacia la casa. No tenía idea de por qué las camionetas estaban estacionadas frente a la casa hasta que vio con horror cómo los agentes de ICE escoltaban a Pablo y Norma a los vehículos, ambos esposados, junto con el hermano de Teresa, Pepe. Los agentes procedieron a subirlos a una de las camionetas.

Teresa se detuvo y reflexionaba sobre lo que debía hacer. El miedo se apoderó de ella al recordar cómo los agentes de ICE hicieron subir a Eduardo y Elena en una camioneta de ICE en Calexico. Un agente notó cuando Teresa se dio la vuelta y comenzó a alejarse de la casa. Teresa miró por encima del hombro y vio al agente que la seguía, así que corrió para escapar. El agente corrió tras ella. Teresa pasó entre dos casas cerca de la esquina de la calle y se escondió detrás de unos arbustos. El agente la siguió entre las mismas dos casas. Pero, cuando llegó a la siguiente calle y no vio ningún rastro de ella, regresó, y comenzó a buscarla.

Mientras la buscaba, el agente comenzó a alejarse de donde ella se escondía. Desde el arbusto, Teresa vio que un carro se detenía en el semáforo de la esquina. Corrió hacia el carro, y el agente se dio la vuelta, la vio, y corrió tras ella.

Teresa trató de subir al carro, un Jaguar, pero no pudo abrir la puerta que estaba cerrada con llave. Golpeó la ventana. Sorprendido, el conductor miró y vio el miedo desesperado en su cara, su frente arrugada, y la mirada de terror en sus ojos. Al abrir la puerta, ella subió, se agachó en el asiento, y gritó en inglés entrecortado, "¡Por favor, ayúdame! ¡Peligro!"

Asustado, Matthew Ward dobló a la derecha y se alejó a toda velocidad justo antes de que el agente de ICE llegara a su carro. Dobló a la izquierda en la siguiente intersección y, después de realizar giros adicionales, se detuvo, y estacionó su carro.

Matthew miró a Teresa y preguntaba, "Ahora, dime. ¿De qué te rescaté?"

Temblando, Teresa miró hacia arriba, con los ojos aún abiertos con pánico, pero ahora con una mirada cautelosa en su cara. Sin mirarlo a sus ojos, y usando su teléfono móvil para encontrar las palabras en inglés que necesitaba, dijo con un acento español muy fuerte, "La migra arrestó a mis tíos, y a mi hermano, Pepe. Es posible que haya visto al agente de ICE que me perseguía, cuando entré en su carro. Así que, fui la única que escapó. Por favor, ayúdeme. No sé qué hacer."

Matthew no sabía nada de español, pero entendía la palabra, migra, como la palabra que los extranjeros indocumentados latinoamericanos usaban para referirse a los agentes de ICE, y preguntó, "Entonces, ¿Eres una extranjera indocumentada?"

Sus cejas se subieron hacia arriba y sus ojos muy abiertos reflejaron desesperación cuando respondió, "Sí. Pero, por favor, que no me entregue. Por favor, ayúdeme."

Matthew vaciló al darse cuenta de que había cometido un crimen. Luego respiró hondo y preguntó con una voz bastante tranquila, "¿Hay algún lugar donde pueda llevarte?"

Bastante angustiada, Teresa sacudió la cabeza con desesperación y dijo con voz temblorosa, "Aparte del lugar donde trabajo, no sé a dónde puedo ir ahora."

"Bueno, yo tampoco sé adónde llevarte. ¿Cómo te llamas?"

Ella respondió, "Me llamo Teresa Amador."

"Mi nombre es Matthew Ward. ¿Has comido?"

"No tengo nada de hambre. Pero me gustaría tomar algo."

"¿Hay algún lugar al que te guste ir?"

Sin otra idea mejor en mente, pidió, "¿Podemos ir al Restaurante El Potrillo?"

Matthew asintió con la cabeza, "Podemos, si sabes cómo llegar."

Cuando entraron al restaurante, Matthew notó que Teresa vestía el mismo uniforme que las meseras del restaurante y dijo, "Parece que trabajas aquí como mesera."

Al sentarse a una mesa, Teresa respondió, "Sí."

Andrés, el dueño, vio a Teresa y notó la expresión angustiada en su cara. Se acercó a la mesa y preguntó en español, "Teresa, ¿qué haces aquí? ¿Estás bien?"

Después de que ella explicaba en español lo que le sucedió a su familia, Andrés respondió, "¡Dios mío! ¿Y quién es tu amigo?"

Todavía bastante traumatizada, y respondiendo ahora en inglés, dijo, "Este es Matthew. Subí a su carro, y me ayudó a escapar."

Andrés, un aficionado de fútbol, no reconoció a Matthew Ward, quien era una estrella reconocida con el equipo de fútbol LA Galaxy. Hablando de nuevo en español, Andrés le preguntó a Teresa, "Entonces, ¿Qué vas a hacer?"

"Debo decirte, que no lo sé."

Andrés respondió, "Está bien, quiero que tomes un par de días libres. Averigüe cuáles son tus opciones, y llámeme el lunes por la noche."

Matthew y Teresa pidieron dos tazas de café, y Matthew preguntó, "¿Estás segura de que no quieres comer algo?"

Teresa tomó un sorbo de café y respondió, "No, gracias. Estoy demasiado angustiada para comer algo en este momento."

"Entonces, ¿De dónde eres, y cómo llegaste a los Estados Unidos?"

Teresa respondió, "Soy de Honduras." Y dependía en gran medida de su teléfono móvil para encontrar las palabras en inglés que necesitaba mientras le contaba su triste historia.

Mientras tanto, los agentes de ICE llevaron a Pablo y Norma a un centro de detención. Separaron a Pepe de ellos, y lo metieron en un área enjaulada con varios otros niños latinoamericanos. El equipo de noticias de Univisión se dividió para seguir a Pablo y Norma, y también a Pepe.

Conmovido por la historia de Teresa, Matthew se sintió atraído por esta hondureña que hallaba hermosa.

Teresa notó la constitución muy atlética de Matthew con sus hombros anchos y su cintura esbelta. A pesar del trauma que experimentó, no pudo evitar notar lo guapo que era.

Ahora eran algo de las siete de la noche. Matthew puso su taza de café en la mesa y dijo, "Aún tenemos que decidir a dónde te llevaré."

Teresa sacó su teléfono móvil y llamó a Rosita. Cuando respondió, Teresa gimió mientras explicaba en español lo sucedido. Luego, con voz temblorosa, preguntó, "¿Puedo quedarme contigo por unos días?"

Rosita respondió, "La familia de mi esposo está de visita este fin de semana, pero puedes quedarte conmigo el lunes."

Teresa guardó su teléfono y le dijo a Matthew, "No tengo ningún lugar adonde ir hasta el lunes."

Matthew se frotó la barbilla, asintió con la cabeza en contemplación, y luego dijo, "Sé que soy un extraño para ti, pero tengo una segunda recámara en mi apartamento, y puedes quedarte conmigo si eso es aceptable para ti."

Teresa luchó por entender lo que dijo Matthew, por lo que Matthew utilizó su teléfono para traducir sus palabras al español.

Teresa vaciló con una mirada de preocupación en su cara. Los recuerdos de la violación produjeron un pánico aterrador en su cabeza, y su miedo resurgió. Respiró hondo, y usó su teléfono para traducir sus palabras al inglés, "¿Puedo cerrar la puerta con llave?"

"Por supuesto. No hay problema. Te prometo que estarás a salvo conmigo."

Al darse cuenta de que no tenía otra opción, dijo, "Está bien. Gracias. ¿Te importa si nos detenemos en algún lugar donde pueda comprar algunas cosas que necesitaré?"

"Como no."

A medida que avanzaban más allá de la conversación básica, encontraron necesario depender, con mayor frecuencia, de sus teléfonos para traducir entre el inglés y el español. Después del proceso tedioso de buscar cada palabra, Matthew encontró una aplicación que cargaron en sus dos teléfonos, lo que les permitió hablar oraciones completas en sus propios idiomas. La aplicación luego traducía las oraciones entre inglés y español. La aplicación funcionó bien, pero, aun así, hallaban necesario repetir y modificar sus palabras antes de que la aplicación comunicara lo que querían decir. Sin embargo en algunas ocasiones, experimentaron cierta incertidumbre de que el significado que intentaban comunicar era también el significado que el otro entendía.

Tomaron una segunda taza de café y Matthew dijo, "Voy a la iglesia los domingos. ¿Te gustaría ir conmigo a iglesia mañana?"

Por primera vez, Matthew vio que Teresa se animaba un poco.

Teresa sonrió y dijo, "Me encantaría ir a la iglesia contigo."

"¡Que bien! Entonces, tal vez deberíamos conseguirte algo de ropa más adecuada para ir la iglesia mañana en lugar de tu uniforme de restaurante."

"No sé si podría alcanzar eso en este momento."

"Bien. No te preocupes. Yo me encargo de eso."

La consideración de Matthew hizo que su corazón palpitara de emoción y se sintió atraída por él.

Salieron del restaurante y fueron a un almacén grande en un centro comercial. Matthew le compró a Teresa un exquisito traje rojo, que resaltaba su figura femenina y realzaba su tez de color canela clara. Para Matthew, al verla bien vestida con el traje, era como un amanecer que iluminaba su mundo.

"Te ves muy bella con ese traje."

Teresa cubrió su sonrisa tímida con la mano, lo miró por el rabillo del ojo, y dijo, "Gracias."

A Matthew le gustó la forma casi coqueta con que ella lo miraba.

También se detuvieron en una farmacia, para que Teresa pudiera comprar algunos artículos de tocador que necesitaba.

Llegaron al apartamento de Matthew a las 8:30 de la noche.

Teresa admiraba su apartamento lujoso, y comentó, "Tu apartamento es muy acogedor. Me gusta."

"Gracias. Déjeme mostrarte la recámara de la que te hablé." También le mostró que la puerta tenía cerrojo.

Con una mirada de preocupación en su cara, Teresa preguntó, "¿Te importa si veo las noticias en español a las diez de la noche? Quiero ver si dicen algo sobre mi familia."

"No es ningún problema."

Sentada en la sala, Teresa vio la colección extensa de trofeos de Matthew y preguntó, "¿De qué se trata todos los trofeos?"

"Soy deportista de fútbol profesional."

Muy sorprendida, Teresa preguntó, "¿Qué equipo?"

"LA Galaxy. ¿Te gusta el fútbol?"

Con un toque de melancolía, ella respondió, "Mi papá y mi hermano solían escuchar los partidos en la radio. Y yo prestaba atención cada vez que marcaban un gol. ¿Eres buen jugador de fútbol?"

Respondiendo con cierta timidez, Matthew miraba al vacío y dijo, "Muchos dicen que lo hago bastante bien."

A las diez de la noche, Matthew encontró la cadena de televisión Univisión, y le angustiaba a Teresa al ver las noticias sobre su familia. Matthew se sentó junto a Teresa en el sofá, y veía las noticias con ella, aunque no podía entender nada.

El presentador de noticias decía:

Hoy ICE rodeaba la casa de la familia Gómez, y se llevaron bajo custodia a Pablo y Norma, junto con Pepe, su sobrino de seis años.

Más tarde, después de que ICE los encerró en un centro de detención de inmigrantes, y cuando nuestros reporteros preguntaron sobre la redada, el señor Pablo respondió, "No les di permiso para entrar a mi casa, pero se abrieron paso de todos modos. Pedí ver una orden judicial con la firma de un juez, y rechazaron mi solicitud."

El licenciado Lorenzo Domínguez, el abogado asignado para representarlos, comentó, "Es posible que tengamos un caso en contra de ICE por entrar a la fuerza a la casa de los Gómez en contra de su voluntad y arrestarlos sin una orden judicial. Pero tenemos que enfrentar la posibilidad muy probable de que puedan ser deportados para Honduras."

El presentador de noticias de Univisión luego citó un artículo del periódico *USA Today*.

El periódico informó:

Los agentes de ICE pueden realizar arrestos en hogares, negocios, y otros lugares. Recientemente, reporteros han encontrado oficiales haciendo arrestos en palacios de justicia y cerca de escuelas. Después del arresto, ICE decide si tomarán en custodia a las personas y si continuarán con los procedimientos de deportación.

El presentador de noticias luego dijo, "Un equipo de noticias también se reunió con Pepe, el sobrino de Pablo y Norma, que solo tiene seis años." La cámara de televisión mostraba a Pepe encerrado en una jaula, junto con muchos otros niños pequeños latinoamericanos, muchos de los cuales clamaban de desesperación.

Luego, la cámara mostró de cerca la cara de Pepe, quien gimió con gritos desgarradores mientras llamaba a su hermana. Teresa comenzó a sollozar y se angustió tanto que Matthew tuvo que agarrarla para evitar que se cayera del sofá al suelo. Teresa le abrazó y él la rodeó con los brazos mientras ella hundía la cabeza en su hombro. Temblaba de angustia y seguía llorando con profundos gritos de desesperación.

Cuando Teresa comenzó a calmarse, se dio cuenta de que Matthew la abrazaba. Retrocedió y le entró el pánico cuando recordaba de la violación que la afligía de nuevo.

Matthew interpretó su reacción como de vergüenza y dijo, "Pido disculpas. Lo que sucedió fue bastante espontáneo. Espero que reconozcas que solo estaba tratando de consolarte."

Teresa no entendió, así que Matthew hizo un segundo esfuerzo con su teléfono para traducir sus palabras al español.

Teresa si se sintió avergonzada por este momento tan incómodo y dijo, "Por favor, perdóname."

"No hay nada que perdonar. Estoy contento de que hayas tenido un hombre en el que llorar."

"Gracias. Creo que iré a mi recámara ahora."

Iglesia, confrontaciones, y encanto

Teresa amaneció después de una noche de insomnio. Dio vueltas tras vueltas, preocupada por su hermano, Pepe, y sus tíos. Tenía miedo porque estaba en la casa de un hombre al que no conocía. Visiones inquietantes de su violación invadieron su mente. Se quedó dormida profundamente justo antes del amanecer.

Por la mañana, Matthew llamó a su puerta y dijo, "Tendré el desayunar listo para nosotros en unos treinta minutos."

Sorprendida, Teresa miró a su alrededor hasta que se dio cuenta de dónde estaba. Miró la puerta para asegurarse de que todavía estaba cerrada con llave. Luego, respondió, "Está bien. Gracias."

Al no haber comido desde el almuerzo del día anterior, Teresa se dio cuenta de que tenía bastante hambre. Se duchó, se puso el uniforme de trabajo, y se dirigió a la cocina.

Matthew, con un sartén en la mano, subió la cabeza para mirarla, y dijo con una amplia sonrisa, "Buenos días. No soy el mejor cocinero del mundo, pero creo que puedo hacer unos buenos panqueques. Espero que te gusten los panqueques."

Teresa le devolvió la sonrisa. "Sí. Me gustan. ¿Puedo ayudarte con algo?"

Matthew tiró el panqueque en el aire para virarlo, y volvió a caerse en el sartén. "¿Por qué no nos sirves un poco de jugo de naranja? El café está listo, he frito un poco de tocino, y los panqueques están casi listos."

Teresa sirvió el jugo de naranja, se sentó a la mesa de la cocina, y observó a Matthew hacer lo suyo. Estaba complacida y agradecida de ver lo atento que estaba.

Matthew sirvió los panqueques y el tocino, luego sirvió el café, y preguntó, "¿Te importa si le doy gracias a Dios por la comida?"

Teresa respiró con alivio y se relajó un poco. "¡Por favor, hazlo!"

Ella observó mientras él inclinaba la cabeza y oraba en inglés, "Querido Dios. Te damos las gracias por la comida con la que nos has bendecido. Pido que ayudes a Teresa a saber que puede confiar en ti, y pido que llegue a ver que también puede confiar en mí. También pido que llegue a ver cómo Tú la cuidarás a ella, a su hermano pequeño, Pepe, y al resto de su familia. Ayúdanos a honrarte en todo lo que hacemos. Amén."

Tomó un rato para traducir la oración del inglés al español, y su oración le emocionó a Teresa y se le brotó una lágrima. Se olvidó por completo de la pesadilla de su violación, se acercó, lo abrazó, y le dijo, "Gracias."

Mientras desayunaba con gusto, miró a Matthew, y dijo, "Háblame de tu familia."

Después de más esfuerzo de traducción, Matthew entendió lo que dijo. "Bueno, te sorprenderá saber que también soy un inmigrante. Mi familia vino aquí desde Canadá cuando yo era un niño, y ahora somos ciudadanos estadounidenses. También mantenemos nuestra ciudadanía canadiense. Mis padres se llaman Peter y Martha, y tengo una hermana menor, que se llama Cynthia."

"¿Los veremos hoy en la iglesia?"

"Sí. Mis padres no viven muy lejos de aquí. Mi hermana es estudiante de la Universidad de California en el campus de Berkeley. Y, por casualidad, está en casa este fin de semana. Estaré encantado de presentarte a ellos."

Teresa sintió algo de intimidación con la idea de conocer a la familia de Matthew.

Matthew dijo, "Una pregunta: ¿Crees que podrás quedarte con tu amiga por algún tiempo? ¿Cómo se llama?"

"Se llama Rosita. Ella es la mejor amiga que tengo en este momento, y sé que puedo quedarme con ella al menos por una temporada corta."

"Bueno, Déjeme decirte que espero que te funcione. Estoy contento de darte posada aquí, pero no quiero que nadie piense mal de ti si descubren que estás viviendo conmigo."

Teresa se alegró de escuchar a Matthew decir eso. Se sintió mucho más segura de poder confiar en él, y respondió, "Gracias."

"Ahora, después de lo que pasó el sábado, ¿Cómo te sientes acerca de volver al trabajo?"

Teresa puso su taza de café en la mesa. "Supongo que no importa cómo me sienta. Necesito trabajar."

"¿Qué otras cosas haces?"

"También tomo un curso llamado *Inglés para hablantes de otros idiomas*, o ESOL por sus siglas en inglés, para poder mejorar mi inglés. Como mi madre vive en Honduras, también funcionaba como madre para Pepe, mi hermano. Por eso, me siento impotente para cumplir con ese papel, ahora que ICE lo ha encarcelado. Aparte de eso, tengo muy poco tiempo libre para hacer otras cosas."

"Me parece que progresas bastante bien con tu inglés."

"Gracias. Sé que tengo mucho que aprender."

Terminaron de desayunar y Teresa dijo, "Déjeme lavar los platos."

"Está bien. Tú los lavas, y yo los secaré."

Mientras Teresa le entregaba los platos jabonosos a Matthew, las manos mojadas de los dos se tocaban de vez en cuando. Les gustaba tocarse así, y los toques futuros eran más intencionales. Sus ojos también se encontraban de vez en cuando, con sonrisas discretas, casi imperceptibles, que comunicaban su placer de estar juntos.

Ya se alistaban para ir a la iglesia. Teresa se puso el vestido nuevo de color rojo; Matthew se puso un traje y corbata. Luego partieron en el Jaguar de Matthew. Ambos estaban contentos de estar juntos.

Fijándose con frecuencia en Teresa con su vestido rojo, Matthew dijo, "Ese es el vestido perfecto para ti. Te luce muy bien."

Contenta con su cumplido, Teresa lo miró por el rabillo del ojo, y cubrió su sonrisa tímida con la mano.

Cuando llegaron a la iglesia, *Fellowship Community Church*, Matthew le mostró a Teresa diferentes áreas de interés en la iglesia, y le presentó a algunos de sus amigos. En la parte de atrás del santuario llegaron a un mapa del mundo enmarcado y colgado en la pared. En el mapa había pequeñas fotografías de personas, y Teresa preguntó, "¿Quiénes son estas personas?"

Matthew explicó, "Son misioneros que reciben apoyo financiero de nuestra iglesia."

Mirando más de cerca las fotografías en México y Centroamérica, a Teresa se le llenaron los ojos de lágrimas y se emocionó al ver una foto del pastor Frank Turner. Luego exclamó, "¡Conocí a este misionero en Apizaco, México, y me explicó cómo confiar en Jesús para la vida eterna!"

Con una expresión de sorpresa en su cara, Matthew dijo, "¿Es cierto eso? ¡Qué asombroso!"

Matthew entonces llevó a Teresa a conocer al pastor de la iglesia, "Teresa, este es el pastor Ron Gilming."

Con un toque de timidez, Teresa se tapó la cara con la mano y dijo, "Es un gusto conocerlo, señor."

El pastor Gilming estrechó la mano a Teresa y respondió, "Bienvenida. Espero que estés contenta de rezar con nosotros hoy. ¿De dónde eres?"

Teresa sonrió. "Soy de Honduras."

Cuando escuchó esto, que dijo con su fuerte acento español, la reacción del pastor fue menos que entusiasta.

Matthew luego llevó a Teresa a conocer a su familia y dijo, "Mamá, Papá, Cynthia, quiero que conozcan a Teresa Amador. Teresa, esta es mi mamá, Martha, mi papá, Peter, y mi hermana, Cynthia."

Conversaban, con la ayuda de las aplicaciones en sus teléfonos para traducir sus palabras, y los padres de Matthew le dieron la bienvenida a Teresa. Cynthia no fue tan cordial, lo que llamó la atención de Matthew.

Volviéndose hacia Teresa, Matthew dijo, "Teresa, yo canto en el coro de la iglesia, así que te dejo aquí para que te sientes con mis padres y mi hermana. Después de cantar el coro, vendré a sentarme contigo."

Teresa respondió con inseguridad, una voz temblorosa, y una sonrisa tímida. "Está bien." Se sintió bastante intimidada de quedarse sola con la familia de Matthew.

Cuando Matthew se dirigía al coro, el pastor Gilming lo alcanzó, y le dijo, "Me gustaría hablar contigo después del servicio."

Con cierta sorpresa, Matthew se sentó en el coro, y, después de cantar el coro, fue a sentarse con Teresa.

Teresa disfrutó del servicio, y luego, ella y Matthew fueron a ver al pastor.

El pastor Gilming le dijo a Teresa, "¿Nos disculpas un momento, por favor?" Y cuando se alejaron, le preguntó a Matthew, "¿Sabes si Teresa es residente legal aquí?"

"Sé que no lo es. ¿Por qué es eso importante para ti?"

"Bueno, no estoy seguro de que podamos recibir a un inmigrante ilegal en nuestra iglesia. A muchos miembros no les gustaría."

Ofendido, Matthew miró al pastor Gilming, "Me sorprendes. ¿Qué tipo de compasión es esa hacia mi amiga Teresa?"

El pastor Gilming se cruzó de brazos, "No es una cuestión de compasión, es una cuestión de legalidad."

Matthew miró a Teresa y se le bajaron las cejas. Luego le dijo al pastor Gilming, "Un momento."

Se acercó a Teresa y le dijo, "Necesito mostrarle algo al pastor, y ya vuelvo."

Teresa se sentó en un banco en frente para esperar a Matthew.

Matthew regresó con el pastor, lo tomó del brazo, y le dijo, "Quiero mostrarte algo. Por favor, ven conmigo."

Fueron al mapa del mundo en la parte trasera del santuario de la iglesia. Matthew apuntó a la foto de Frank Turner y dijo, "Frank

Turner, un misionero que nuestra iglesia apoya, le ayudó a Teresa a aceptar a Jesucristo como Salvador, cuando se detuvo ella en Apizaco, México, durante su migración a los Estados Unidos. Así que, Teresa es nuestra hermana en Cristo, y creo, señor, que tú tienes la obligación de darle la bienvenida a nuestra iglesia."

Matthew continuó con una sonrisa forzada que enmascaraba su disgusto. "Teresa viene de una familia muy pobre en Honduras, y ha perdido familiares por la violencia de las pandillas. Después de escapar de la violencia de las pandillas en Honduras, sospecho que su breve encuentro con el misionero Frank Turner, durante su viaje por México, no le dio la oportunidad de ser bautizada. Por eso, Pastor Gilming, creo que deberías pensar en bautizarla en lugar de rechazar a tu hermana en Cristo. Te sugiero que pienses en eso." Dicho esto, Matthew se alejó.

El pastor miró la foto de Frank Turner y reflexionó sobre lo que Matthew le dijo.

Cuando Matthew regresó, Teresa pudo ver que estaba molesto por algo y le preguntó, "¿Estás bien?"

Como no quería que Teresa supiera acerca de las palabras desagradables del pastor, no pudo convencerla cuando soltó un suspiro exasperado, y dijo con una sonrisa de labios apretados, "Estoy bien."

Volvieron a encontrarse con los padres de Matthew y su padre les preguntó, "¿Quieren acompañarnos a almorzar?"

Tranquilizándose ahora, Matthew se volvió hacia Teresa y le preguntó, "¿Quieres almorzar con nosotros?"

"Me encantaría."

Peter le preguntó a Teresa, "Muy bien. ¿Te gusta la comida china?"

Al ver que Teresa no entendía, Matthew usó su teléfono para traducir y le repitió la pregunta.

"Por supuesto. Me encanta."

Todos fueron al restaurante Golden Dragon.

Mientras esperaban que la mesera trajera la comida, Martha, la madre de Matthew, preguntó, "Teresa, ¿De dónde eres?"

Con gran dependencia de la aplicación de traducir en su teléfono, Teresa respondió, "Soy de Tegucigalpa, la capital de Honduras. Matthew me dice que son ciudadanos canadienses."

Peter puso su taza de té en la mesa y respondió, "Sí. Nos mudamos aquí hace varios años desde Vancouver, Columbia Británica. Tenemos doble ciudadanía en los Estados Unidos y Canadá."

Con una ceja levantada y ojos que reflejaban una peculiar mirada rencorosa, Cynthia preguntó, "¿Cuánto tiempo hace que se conocen?"

Matthew entrecerró los ojos, inclinó la cabeza, miró a Cynthia por el rabillo del ojo, y respondió, "Nos conocimos ayer."

Cynthia miró con desprecio a Teresa y preguntó, "¿Cuánto tiempo llevas en Estados Unidos?"

Al notar la actitud hostil de Cynthia, Teresa evitó el contacto visual con ella y respondió, "Solo unos meses."

Con ojos deslumbrantes, Cynthia preguntó con un tono enojado, "¿Eres residente legal aquí?"

Molesto con el tono de su hermana, Matthew interrumpió. "¿Por qué haces esa pregunta?"

Cynthia se cruzó de brazos, subió la nariz, y miró por encima del hombro. Los lados de su boca se curvaron hacia abajo cuando respondió con desdén, "¡Porque no necesitamos más ilegales en este país!"

Avergonzada, Teresa miró hacia abajo, su tez palideció, y gotas de sudor se formaron en su frente.

Matthew le tocó la mano y dijo con voz amable, "Teresa, no tienes que responder a su pregunta." Y volviéndose hacia Cynthia, dijo con una mirada severa y con desprecio en su voz, "¡Déjala en paz!"

Martha preguntó, "Cynthia, ¿Por qué eres tan grosera?"

Haciendo caso omiso de la pregunta de su madre, Cynthia levantó la parte derecha de su labio superior con el ceño fruncido y dijo, "Así que, ella es ilegal aquí."

Luego, ahora con el ceño fruncido también, Matthew le apuntó con el dedo a la cara. "Te dije que la dejaras en paz." Matthew se volvió hacia Teresa y dijo, "Vamos, Teresa. No vamos a quedarnos aquí."

Mientras se levantaban para irse, Matthew se volvió, apuntó el dedo en la cara de Cynthia de nuevo, y le advirtió, "¡Si le causas problemas, nunca te perdonaré!" Y salieron.

Peter los siguió afuera y preguntó, "Matthew, ¿Por qué no pueden quedarse?"

"¿Me estás tomando el pelo? ¿Cómo podríamos quedarnos con la actitud tan grosera de Cynthia? Será mejor que hables con ella porque no toleraré su animosidad hacia Teresa."

Teresa, con lágrimas en los ojos, se encogió porque no entendió las duras palabras entre Matthew y su padre. Hubo un silencio sepulcral en el carro mientras Matthew conducía de regreso a su apartamento. Teresa se quedó mirando por la ventana lateral con una expresión en blanco en su cara.

De vuelta en su apartamento, dijo Matthew, "Quiero que sepas que nunca he visto a Cynthia ser tan grosera en mi vida. Lo siento mucho."

Teresa parpadeó, una lágrima brotó de su ojo, y se derramó por su mejilla. "¿Y qué hay de la discusión que tuviste con tu padre?"

Matthew respondió, "Él quería que nos quedáramos. Le dije que tenía que lidiar con Cynthia, y dejé en claro que no toleraría la animosidad de Cynthia para contigo."

Teresa comenzó a luchar para respirar, y se le subieron las cejas hacia arriba con miedo en los ojos. Su cara se puso pálida mientras luchaba con su teléfono para traducir y decir, "Tengo miedo de lo que pueda hacer tu hermana. Siento que todo se está derrumbando sobre mí. No tengo a nadie en este momento."

Matthew la sentó en el sofá, y luchó con su teléfono para traducir y decir, "Recordarás que mencioné que Cynthia es una estudiante. Tal vez te tranquilice saber que Cynthia volverá a la Universidad en Berkeley esta tarde. Tiene muy poca información sobre ti, y estará muy ocupada con sus estudios. Por lo tanto, no creo que pueda causarte muchos problemas. No sé qué pretendía Dios cuando nos reunió tú y yo ayer, pero me alegro de que lo hiciera. Me gustas y me gusta estar contigo. Y encuentro asombroso ver cómo hemos experimentado en un solo día los eventos dramáticos que nos unieron. Te oigo cuando dices que no tienes a nadie en este momento. Pero espero que llegues a sentir que yo soy alguien en tu vida. A mí, por mi parte, me gustaría ver qué pueda pasar entre nosotros."

Teresa miró a Matthew a los ojos y lo abrazó. Mientras se abrazaban, ella sintió una sensación agradable de seguridad con él. Matthew puso música, y estaban contentos de disfrutar del placer de estar juntos.

Durante la tarde, Teresa trataba de llamar a su madre para informarle sobre lo que pasó con sus tíos y Pepe, su hermano. Pero no logró comunicarse con ella.

Ya era la hora de cenar. Matthew dijo, "Ya que salimos del restaurante sin almorzar, ahora debes tener bastante hambre."

"Cuando vivía con mis padres en Honduras, era raro para nosotros tener más de una comida al día."

"Bueno, creo que al menos deberíamos tener una segunda comida hoy. Estaba pensando en mandar a traer una pizza. ¿Te parece bien?"

"¡Por supuesto!"

Mientras disfrutaban de su pizza, comenzaron a discutir dónde podría quedarse Teresa de manera permanente, después de su estadía temporal con Rosita. No se les ocurrió ninguna opción satisfactoria.

Después de que Teresa se acostó, Matthew reflexionó sobre los hechos ocurridos durante el fin de semana. Contemplaba la forma en que Teresa irrumpió en su vida, su súplica frenética, pidiendo ayuda para evadir la captura por parte de ICE, su vulnerabilidad desesperada por la repentina falta de vivienda, la separación de su familia, y el hecho de que había aceptado a Cristo como Salvador en México. Estaba contento de saber que ella estaba solamente unos metros de él en la otra recámara, y que estaba a salvo con él. Y quería que ella supiera que podía confiar en él. Él oró, *Querido Dios. Te agradezco que estuviera disponible cuando Teresa necesitaba a alguien para rescatarla. Me gustaría ver si hay un futuro para nosotros. Por favor, ayúdame a mantenerla a salvo. Amén.*

Esa noche, Teresa se arrodilló junto a la cama en su recámara y oró, *Dios mío. Te agradezco por introducir a Matthew en mi vida. Parece un hombre maravilloso. Necesito a alguien en mi vida, y estaría muy agradecida si pudiera ser él. Amén.*

Asuntos legales

Matthew y Teresa terminaron su desayuno y se sentaban a la mesa, bebiendo una segunda taza de café.

Con el teléfono en la mano para traducir, Matthew dijo, "Se supone que hoy debo estar en el campo de fútbol para entrenar con mi equipo, pero he decidido tomarme el día libre para pasarlo contigo. Espero que halles este plan aceptable."

A Teresa le resultó difícil encontrar las palabras correctas para expresarse en inglés, y usó su teléfono para decir. "Me encantaría pasar el día contigo. Espero que comprendas el riesgo que corres conmigo. Como dijiste anoche, los sucesos que nos unieron el sábado fueron bastante dramáticos. Debería ser claro para ti que vivo con el riesgo continuo de deportación en cualquier momento. ¿Estás seguro de que quieres correr tanto riesgo conmigo?"

Matthew y Teresa necesitaban sus teléfonos con cierta frecuencia para traducir entre el inglés y el español. Las aplicaciones que utilizaban en sus teléfonos ayudaron, pero a veces producían resultados extraños, ininteligibles, e incluso chistosos. Así que sus conversaciones eran algo tediosas, lo que sería frustrante si las conversaciones no ocurrían entre dos personas que querían estar juntos y que disfrutaban estar juntos. Eran conversaciones entre dos personas destinadas a enamorarse. Sin embargo, ese amor no era algo que pudieran prever todavía, como mariposas en la oscuridad. Cada vez que usaban sus teléfonos, se miraban a los ojos, buscando confirmar que se entendían.

Matthew frunció los labios mientras miraba a esta mujer que iluminaba su vida de una manera tan maravillosa. Tomó la mano de Teresa en la suya mientras su teléfono traducía sus palabras, "Es muy pronto saber qué tipo de relación podríamos tener. Si el amor está en nuestro destino, tal amor es un experimento. Por eso, nuestra decisión de aventurarnos hacia delante en busca de una relación posible es un riesgo en sí mismo. Conociendo los eventos trágicos de tu vida, incluso lo que te sucedió el sábado, yo quiero que te quedes en este país y que prosperes. Pero más que eso, hay algo en ti que me atrae en una forma que me agrada. Por eso, no es suficiente para mí que nada más te quedes en este país. Quiero que seas parte de mi vida. Así que sí. Estoy dispuesto a correr este riesgo contigo. ¿Cómo te sientes tú?"

Con lágrimas en los ojos, Teresa respondió, "Me rescataste y me cuidaste en un momento devastador en el que necesitaba desesperadamente a alguien que me cuidara. En solo dos días, nunca he sentido tanta ternura como tú me has mostrado. ¿Cómo podría no querer estar contigo?"

Con una sonrisa muy feliz en su cara, Matthew hizo que Teresa se pusiera de pie, se abrazaron, y él respondió, "Bueno, entonces. ¡Que continúe esta aventura!"

Teresa, con una sonrisa que llegaba a sus ojos, preguntó, "Entonces, ¿Qué quieres hacer hoy?"

"Bien. Empecemos con un paseo por la playa, disfrutaremos de un almuerzo tranquilo en algún restaurante, y esta noche, podemos cenar aquí."

Teresa se sorprendió. La idea de que ella y Matthew disfrutarían de un interludio tan romántico era algo que no había experimentado nunca. Y la posibilidad de un interludio así romántico era algo que ni siquiera había contemplado. Ella y Raúl nunca tuvieron un momento romántico como este, solamente porque no era una opción para ellos. Lágrimas de alegría corrían por su cara. Miró a Matthew con emociones que la abrumaron hasta el punto de que no podía hablar. Solo logró asentir con la cabeza y estiró los brazos para abrazarse con él.

Mientras se preparaban para partir, sonó el teléfono móvil de Teresa. Cuando contestó, un hombre dijo en español, "Mi nombre es Lorenzo Domínguez. El tribunal me ha designado como abogado para representar a Pablo y Norma, y también a su hermano, Pepe. ¿Tiene un momento para hablar?"

Una sombra se apoderó de Teresa ahora, su euforia la abandonó, se sentó, y replicó, "Por supuesto."

Matthew observó la expresión de ansiedad en su cara mientras hablaba.

Lorenzo dijo, "Antes de que hablemos usted y yo, quiero darle la oportunidad de hablar con su tía."

Cuando Norma contestó, Teresa estalló en llantos desgarradores y preguntó en español, "¡Tía Norma! ¿Cómo están tú y mi tío?"

"Como era de esperar, estamos en la cárcel. No estamos tan bien, como se puede imaginar. El abogado nos dice que hay una alta probabilidad de que el gobierno de los Estados Unidos nos deporte, y hay algunas cosas importantes que discutirá contigo. Te explicará que estamos en una situación en la que necesitaremos tu ayuda. Y tú. ¿Cómo estás?"

"Debes saber que estoy muy preocupada por ustedes dos y por mi hermano. Un hombre llamado Matthew Ward me dejó entrar en su carro, y me ayudó a escapar de la migra. Ha sido muy bueno conmigo. Incluso me llevó a su iglesia. Por lo tanto, estoy bien por el momento."

"Me alegra saber que estás bien. Solo espero que tengas cuidado con este hombre."

"No te preocupes. Sí me cuidaré."

Su oportunidad de hablar era limitada, y vino un guardia que devolvió a Norma a su celda en la prisión. Lorenzo volvió al teléfono y dijo, "Como lo que dijo su tía, hay una alta probabilidad de que Estados Unidos los deporte. Y hay algunas cosas que necesito discutir con usted. ¿Ahora es un buen momento?"

Teresa miró a Matthew con la cara llena de lágrimas y dijo, "Necesito hablar con este abogado."

Matthew respondió, "Adelante," mientras salía de la sala.

Comenzó Lorenzo. "Primero, necesito que identifique a una persona en la que confíe, que esté dispuesta a actuar como representante legal. Debe ser alguien que sea ciudadano o residente legal. Queremos trabajar con esta persona para vender la casa de sus tíos y transferirles las ganancias de la venta, cosa que no ocurrirá hasta después de su regreso a Honduras."

"En segundo lugar, debe encontrar un lugar donde vivir. No creo que pueda estar a salvo de la migra si se queda en la casa de sus tíos. Le sugiero que vaya a la casa temprano en la mañana para recoger sus pertenencias."

"En tercer lugar, pronto me pondré en contacto con Pepe, y espero coordinar una conversación telefónica entre usted y Pepe esta noche. Con respecto a Pepe, sugiero que nuestro objetivo debería ser identificar a una pareja casada que esté dispuesta a funcionar como padres de crianza. Los padres de crianza ideales deberían estar dispuestos a dejar que Pepe y usted se visiten. ¿Conoce a una pareja casada así?"

Con la esperanza de que Matthew pudiera ayudarla, Teresa respondió, "Puede que conozca a alguien. Tendré que ver."

"¿Tiene alguna pregunta para mí?"

"Sí. ¿Quiénes pueden funcionar como padres de crianza?"

"Los padres de crianza deben ser residentes legales de los Estados Unidos o ciudadanos, por supuesto. Deben tener recursos financieros adecuados. Una pareja casada es preferible, pero una persona soltera es elegible. También deben tener un vehículo confiable que esté asegurado, y que sirve para llevar al niño a citas necesarias. Además, deben tener disponible un servicio telefónico. ¿Alguna otra pregunta?"

"No. No en este momento."

"Muy bien. Intentaré volver con usted esta noche para que hable con Pepe."

Con una expresión abatida en su cara y una mirada perdida, Teresa respondió, "Gracias."

Cuando terminó la llamada, Matthew regresó a la sala. Al notar que Teresa estaba temblando, la llevó al sofá, se sentaron juntos, y le preguntó con voz preocupada, "Entonces, ¿De qué se trató todo eso?"

"Hablé con el abogado designado para representar a mi hermano y a mis tíos, y me dejó hablar con mi tía Norma."

"¿Cómo están?"

"Mis tíos están en la cárcel. Espero tener la oportunidad de hablar con mi hermano, Pepe, esta noche. El abogado dijo que hay una alta probabilidad de que el gobierno de los Estados Unidos deporte a mis tíos, y me dio algunas instrucciones que tengo que seguir. Tal vez puedas ayudarme."

Percibiendo que Teresa necesitaba algo de tiempo para componerse, Matthew respondió, "Estaré feliz de hacer lo que pueda. ¿Por qué no nos dirigimos a la playa? Tal vez eso te levante el ánimo. Podemos hablar más sobre esto mientras estamos ahí."

Mientras caminaban de la mano por la playa, las suaves olas cubrían sus pies descalzos, y una brisa suave los acariciaba mientras disfrutaban del clima cálido. Sin embargo, aunque saboreó este momento placentero, Teresa estaba muy preocupada.

Matthew preguntó, "¿Por qué no me cuentas más sobre tu conversación con el abogado?"

Hizo una pausa y miró a Matthew con una expresión sombría en su cara. "Como dije antes, el abogado me dijo que es muy probable que mis tíos sean deportados, y sugirió que yo pasara por su casa temprano en la mañana para conseguir mis pertenencias."

"¿A qué hora tienes que estar en el trabajo?"

"A las seis de la mañana."

"Bueno. Te llevaré a la casa mañana por la mañana. Puedes conseguir tus pertenencias. Luego te llevaré al trabajo y me dirigiré al campo de fútbol para mi entrenamiento. ¿Qué otra cosa?"

"El abogado también dijo que debería encontrar a alguien que sea ciudadano o residente legal aquí para actuar como representante legal para vender la casa de mis tíos y enviarles las ganancias a Honduras."

"Bueno, supongo que también soy elegible para hacer eso. Cuenta conmigo."

Con un suspiro de alivio y una lágrima en los ojos, se acercó a Matthew para darle un abrazo y le dijo, "Gracias."

Matthew preguntó, "¿Qué pasa con Pepe?"

"Esa es la parte difícil. El abogado dijo que debería tratar de encontrar a una pareja casada que estuviera dispuesta a ser padres de crianza para Pepe."

Matthew se frotó la barbilla mientras contemplaba las palabras de Teresa. "Eso es mucho más difícil."

Con el ceño fruncido, Teresa se encogió de hombros y preguntó, "¿Conoces a alguien que pueda estar dispuesto a ayudarme con eso?"

Matthew apretó los labios y tarareó mientras reflexionaba sobre su pregunta. "No lo sé en este momento. ¿Qué te parece ir a la iglesia conmigo de forma regular?"

"Me encantaría ir a la iglesia contigo. Lo único que me preocupa es tu hermana."

"Cynthia está de vuelta en Berkeley. Así que, no la veremos por algún tiempo. Ya que espero verte con cierta frecuencia, tengo la intención de tener una conversación seria con ella sobre nosotros. En cuanto a encontrar a padres de crianza para Pepe, espero que alguien en nuestra iglesia esté dispuesto a ayudarnos con eso. Si vas a la iglesia conmigo, tu presencia puede ayudar a persuadir a alguien para que se ofrezca como voluntario."

"Bueno, al menos puedo ver alguna esperanza posible para mi hermano."

Matthew tomó las manos de Teresa entre las suyas y dijo, "Oremos por esto. Querido Dios. Parece que entendemos un poco sobre lo que les pasará a los tíos de Teresa. Si deben regresar a Honduras, pedimos que las ganancias de la venta de su casa sean suficientes para que puedan establecer una vida aceptable allí. Ya sabes, Dios mío, cómo

Teresa anhela liberar a su hermano, Pepe, para volver a estar pronto con él. Ayúdenos a encontrar padres de crianza elegibles que estén dispuestos a hacer un hogar para Pepe, y pedimos que pronto Teresa y Pepe puedan estar juntos de nuevo. Ayúdenos a honrarte en todo lo que hacemos. Amén."

La oración de Matthew se prestó para aliviar los sentimientos de desesperación, y despertó en Teresa un sentido de esperanza. Así que Teresa dijo, "Estoy muy agradecida de que Dios te haya traído a mi vida."

Matthew besó a Teresa, la abrazó, y respondió, "Y le agradezco a Dios también por traerte a la vida mía."

Teresa volvió a besarlo, y continuaron su paseo por la playa.

De regreso al apartamento de Matthew, se detuvieron en un restaurante. Mientras disfrutaban de un almuerzo informal, Matthew preguntó, "Si pudiera visitarte en Honduras, ¿qué me gustaría conocer?"

"Debo decirte que, si te llevara al barrio donde yo vivía en Tegucigalpa, te sorprenderías. Mi madre, Susana, vive en una pequeña choza. Todo el mundo vive en una pobreza desesperada, y no estarías allí mucho antes de ver la violencia horrenda de las pandillas que ocurre allí. De hecho, no querrías quedarte allí mucho tiempo debido a la amenaza a la seguridad tuya. Por otro lado, estoy seguro de que mi madre, Susana, estaría encantada de conocerte y sé que ella te gustaría a ti. También me gustaría presentarte a mi mejor amiga, Leticia."

"Me encantaría conocer a tu madre y a tu amiga. Pero tengo que creer que hay algunos lugares bonitos en Tegucigalpa."

"Creo que disfrutarías del Parque Naciones Unidas El Picacho en las afueras de Tegucigalpa, ubicado en los cerros que rodean la ciudad. El parque tiene algunos senderos agradables para caminar, pero lo más impresionante es una estatua de Jesucristo de 20 metros de altura. Creo que también te fascinaría ver las ruinas mayas de Copán."

"Sí. Eso sería muy fascinante. ¿Qué restaurantes nos gustaría visitar?"

Teresa tuvo que pensar en esa pregunta. Ir a restaurantes era un lujo poco común en su vida en Honduras. "Te llevaría al Restaurante El

Patio, y querrías probar los pinchitos de chorizo y bistec. Solo he estado allí una vez." Después de buscar la palabra pinchitos en su teléfono, dijo, "La palabra en inglés para pinchitos es *shish kebab*. Son cubos de carne tierna ensartados y asados a la parrilla sobre un fuego de leña y sazonados con una salsa picante, que les da un delicioso sabor ahumado y picante. Entiendo que el restaurante también tiene buena música en vivo de mariachi los viernes y sábados por la noche, pero nunca logré oírlos tocar. Por lo tanto, el viernes por la noche sería el mejor momento para ir ahí."

Matthew comentó, "Tendremos que averiguar si hay algún restaurante hondureño en Los Ángeles."

De regreso al apartamento de Matthew, vieron una película en Netflix, y disfrutaron de una cena ligera de fiambres y queso.

A las siete de la noche, el abogado Lorenzo Domínguez llamó y dijo, "Tengo a Pepe aquí para hablar con usted."

Pepe estaba llorando cuando contestó y preguntó, "Teresa. ¿Cuándo vienes a buscarme? No me gusta estar aquí."

Teresa comenzaba a temblar, lloraba lágrimas amargas, y le dijo en español, "Te prometo que te sacaremos de allí lo antes posible. ¿Cómo te tratan?"

"Estoy en una jaula con otros niños. No nos dan lo suficiente para comer, así que tengo hambre. Hace demasiado calor durante el día y demasiado frío durante la noche. Solo tenemos mantas que parecen como papel aluminio. Solo nos dejan ir al baño tres veces al día, y a veces no puedo aguantar las ganas. Y no tengo otra ropa que ponerme. Con tantos niños aquí, hay mucha bulla. Todos lloramos y suplicamos que alguien venga a sacarnos de aquí."

"Pepe, haz lo mejor que puedas. Te quiero, y te sacaré lo antes posible."

Lorenzo volvió al teléfono y Teresa preguntó, "¿Con qué frecuencia puedo hablar con él?"

"Se supone que tienen un horario para que los niños hablen con sus seres queridos. Dígame cuándo es la mejor parte del día para tales llamadas, y les daré esa información."

"Las noches son lo mejor para mí."

Cuando terminó su conversación telefónica con Lorenzo, Matthew podía ver el dolor abrumador y la desesperación que experimentaba Teresa. La abrazó y dijo, "Haré todo lo posible para encontrar buenos padres de crianza para Pepe."

A través de sus sollozos, Teresa respondió, "Gracias."

Plegarias y confesiones

A las cinco de la mañana, Matthew y Teresa se detuvieron en la casa de sus tíos y ella fue a recoger sus pertenencias, que incluía sus tarjetas de identificación falsas. También recogió las pertenencias de Pepe y tomó la foto enmarcada de la choza de Pablo y Norma, que le mostró a Matthew y le dijo, "Esta choza da una idea de como es la choza donde vive mi madre."

Matthew se asombró al pensar que la gente llamaba hogar a estas chozas. Antes de dirigirse al campo de fútbol para su entrenamiento, Matthew dejó a Teresa en el Restaurante El Potrillo para el inicio de su turno a las seis en punto.

Antes de partir, Teresa le confirmó con Rosita el plan de quedarse en su apartamento. Luego salió al carro de Matthew, lo besó, y le preguntó, "¿Cuándo te volveré a ver?"

Matthew dijo, "Te llamaré esta noche."

Mientras lo veía alejarse, oró, *Querido Dios. Has traído algunas cosas buenas a mi vida, pero luego las quitaste. Te agradezco por traer a Matthew a mi vida. Por favor, qué no me lo quites. Ha sido tan bueno conmigo y necesito a alguien como él. Ayúdame a honrarte en todo lo que hago. Amén.*

Cuando comenzó su jornada laboral, Rosita preguntó, "¿Dónde te quedaste durante el fin de semana?"

Teresa respondió, "Matthew Ward, el hombre que me ayudó a escapar de la migra, me permitió usar la recámara de invitados en su apartamento."

Rosita dejó de llenar un salero y preguntó, "¿Matthew Ward, el futbolista?"

"Sí. Ese es él."

"¿Sabes que es uno de los mejores jugadores de la liga nacional de fútbol de los Estados Unidos?"

"¡Oh, Dios mío! Solo dijo que era un buen jugador."

"Obviamente es bastante modesto. ¿Se portó bien mientras estabas en su apartamento?"

"Sí. Fue muy bueno conmigo. Y fuimos a su iglesia el domingo."

Mientras hablaban, Andrés se acercó y dijo, "Buenos días, Teresa. ¿Estás bien?"

"Estoy bastante bien, dadas las circunstancias. Necesito hablar contigo. ¿Tienes un minuto?"

"Por supuesto. Dame un momento." Trajo dos tazas de café a una mesa, y él y Teresa se sentaron.

Teresa explicó la necesidad de encontrar padres de crianza para su hermano y dijo, "Mi amigo, Matthew Ward ..."

Andrés interrumpió, "Matthew Ward, ¿El futbolista?"

"Sí. Acaba de dejarme aquí."

"¿Cómo diablos lo conociste?"

"Él fue el tipo que me ayudó a escapar de la Migra el sábado, y lo conociste cuando me trajo aquí."

Andrés se dio una palmada en la frente. "No puedo creerlo. Matthew Ward estaba en mi restaurante la otra noche y ni siquiera lo reconocí. Entonces, ¿Qué me decías?"

Teresa continuó, "Seguramente sabes que el gobierno está poniendo a los niños inmigrantes en jaulas, y ahí es donde pusieron a mi hermano, Pepe. Su abogado quiere que encuentre a alguien que esté dispuesto a convertirse en padres de crianza para él. Como conozco a muy pocas personas, Matthew sugirió que comenzara a ir a la iglesia con él los domingos. Piensa que tal vez encontremos a alguien allí. Por eso, necesito saber si puedes programar mi tiempo libre para los domingos."

Andrés puso su taza de café en la mesa y asintió con una sonrisa traviesa en la cara. "Sí. Creo que te puedo ayudar con eso, pero te costará."

Teresa hizo una pausa, subió las cejas, y preguntó, "¿Cuánto?"

"No tienes que pagar dinero. Todo lo que quiero es el autógrafo de Matthew Ward."

Teresa sonrió, le dio un golpe en el hombro, y dijo, "Está bien. Creo que puedo lograr eso."

Después del trabajo, Teresa llamó a Susana, su madre, y le explicó, "Yo regresaba a casa del trabajo el sábado y vi mientras la migra capturaba a Norma, Pablo, y Pepe."

Susana clamó, "¡Dios mío!" Y preguntó con voz temblorosa, "¿Dónde están?"

"Metieron a Pepe en una jaula con otros niños inmigrantes…"

Susana interrumpió y volvió a gritar con más alarma, "¡En una jaula! ¿Está bien?"

"Es tan bueno como sea posible. Estoy haciendo lo que puedo para recuperar a Pepe, y te mantendré al día sobre su situación. Norma y Pablo están en la cárcel, y temo que los deportarán a Honduras. Es posible que necesiten tu ayuda si eso sucede."

"¿Cómo puedo ayudar a Norma y Pablo?"

"Bueno, si Estados Unidos los deporta de regreso a Honduras, sospecho que no sabrán adónde ir al llegar. Estoy seguro de que se sentirán aliviados al ver que estás esperando en el aeropuerto cuando lleguen."

"Por supuesto que planeo estar en el aeropuerto. ¿Algo más?"

"Por el momento, no lo sé."

"¿Cómo estás?"

"Estoy bien." Luego le explicó cómo Matthew la rescató de la migra y que ahora era su amigo.

"¿Quién es este Matthew?"

"Se llama Matthew Ward. Es de Canadá, pero ahora es ciudadano estadounidense. También es una estrella del fútbol profesional."

"¿Crees que puedes confiar en él?"

"Bueno, él me rescató, me compró algo de ropa, me llevó a su iglesia, y me presentó a sus padres. Así que, sí. Creo que puedo confiar en él."

"Parece como un buen hombre. Pero yo tendría cuidado si fuera tú."

"Creo que no tengo que preocuparme por él. Mi mayor preocupación, sin embargo, es su hermana, Cynthia. Cuando la conocí, era obvio que no le agradaba cuando descubrió que soy indocumentada."

"¿Ella puede causarte problemas?"

"Matthew me dice que ella es una estudiante en una universidad ubicada a cierta distancia de aquí. Está bastante seguro de que no podrá causarme problemas. Parece que Matthew y yo nos vamos a ver con cierta frecuencia, y él me asegura que planea tener una conversación seria con Cynthia."

"Bueno, como te dije, debes tener cuidado."

"No te preocupes; así lo haré, mamá. Te mantendré informada sobre mis tíos y Pepe también. Te quiero."

A la mañana siguiente, Teresa envió su cheque mensual de 200 dólares a Susana.

Matthew y Teresa hablaban por teléfono todas las noches durante la semana y planeaban verse durante el fin de semana. Durante una de sus conversaciones telefónicas, hablaban sobre el bautismo, y Matthew preguntaba, "Fuiste bautizada, después que el misionero, Frank Turner, te explicó como aceptar a Jesucristo como tu Salvador."

Teresa dijo, "Estoy confundida. Me bautizaron cuando era un bebé. ¿Por qué tendría que volver a bautizarme de nuevo?"

Matthew respondió, "Bueno, si lees sobre el bautismo en la Biblia, encontrarás que la iglesia primitiva bautizaba a los cristianos después que aceptaban a Jesucristo como su Salvador. Por eso, nuestra iglesia cree que bautizarse es una decisión que toman los nuevos cristianos, no sus padres."

No muy convencida, Teresa preguntó, "¿Y por qué es esto tan importante?"

"Nuestra iglesia ve el bautismo como la profesión de fe de uno que ocurre después de aceptar a Jesucristo para la salvación y como un símbolo de la entrada del nuevo creyente en la iglesia de Dios. Nuestra iglesia administra el bautismo por inmersión, y lo ve como una imagen de la muerte, sepultura, y resurrección de Jesús de entre los muertos. Cuando el nuevo creyente se sumerge en el agua, representa la muerte y el entierro de Jesús, y cuando el creyente sale del agua, representa la resurrección de Jesús."

"Las personas que se bautizaron cuando eran bebés, como tú, no son menos cristianas. Pero cuando los nuevos creyentes deciden por sí mismos bautizarse, es una experiencia de adoración muy conmovedora para ellos, y una experiencia que creo que tú apreciarías. Además, quiero que sientas que estás aceptada en nuestra iglesia. Y tu bautismo obligaría a los miembros de la iglesia a aceptarte porque nuestra iglesia considera que el bautismo es el requisito de Dios para la aceptación en la iglesia. Así que, ¿Qué opinas ahora?"

"Ahora que he escuchado lo que dices, creo que me gustaría bautizarme. ¿Cuándo puede ocurrir eso?"

"Llamaré al pastor Gilming para ver si puede bautizarte este domingo."

~ * ~

El miércoles, Matthew cenó con sus padres. Cuando llegó, encontró a su mamá y papá en la sala viendo las noticias en televisión.

El presentador de noticias dijo, "El presidente Trump hablaba el miércoles en una reunión con funcionarios en California que se oponen a la ley del santuario para inmigrantes. En esta reunión, se refirió a los inmigrantes indocumentados que cruzan la frontera sur de los Estados Unidos como animales, traficantes de drogas, asesinos, y violadores de mujeres."

Matthew cruzó los brazos sobre el pecho y comentó con desdén, "Bueno, ahora que conociste a Teresa el domingo pasado, espero que veas lo odioso que es para nuestro presidente clasificar a todos los inmigrantes indocumentados así como animales, traficantes de drogas, criminales, y violadores de mujeres."

Peter, el padre de Matthew, parpadeó, miró a Matthew, y comentó, "Ese es un punto interesante. ¿Qué sabes de esta mujer?"

Matthew les contó sobre las condiciones de pobreza en las que vivía Teresa en Honduras, los graves problemas de violencia de las pandillas, y cómo la violencia de las pandillas afectaba directamente a su familia. Luego explicó, "Para Teresa y sus hermanos, venir aquí era arriesgado y peligroso. Dada la violencia que sufría su familia por parte de los pandilleros, la familia decidió que enviar a Teresa y sus hermanos aquí era la mejor decisión entre las malas opciones que tenían."

Mientras Matthew le contaba la historia de Teresa, Martha tomó un pañuelo para secarse los ojos y luego preguntó, "¿Cómo llegó Teresa aquí?"

"Es posible que hayas visto en las noticias cuántos inmigrantes vienen de Centroamérica en un tren de carga mexicano llamado la *bestia*. También se le conoce como el *tren de la muerte*. Y estoy seguro de que han visto fotografías del gran número de migrantes sentados encima de vagones de carga mientras viajaban por México. Teresa y sus hermanos montaron en la bestia como parte de su viaje a la frontera de Estados Unidos." Y luego explicó como murió su hermano mayor al caerse del tren.

Después de contemplar lo que acababan de oír sobre Teresa, y que Teresa presenció la trágica muerte de su propio hermano de esta forma horrenda, Martha tapaba la cara con las manos y clamó, "¡Dios mío!"

Matthew continuó, "Teresa me dice que hay algunas personas malas que montan la bestia. Pero la mayoría son personas como ella que están huyendo de la pobreza extrema y la violencia de las pandillas. Y muchas de las personas que viajan en la bestia son cristianas. Teresa era miembro activo de la Iglesia Católica en Tegucigalpa, donde vivía."

"Después de la muerte trágica de su hermano, Teresa decidió abandonar la bestia cerca de la ciudad de México con su hermano, Pepe, de seis años. Se encontró con unos cristianos en un pueblo llamado Apizaco, y se quedó con ellos por un par de semanas. La invitaron a asistir a la iglesia de ellos, donde conoció a Frank Turner, uno de los misioneros que nuestra iglesia apoya, y él la ayudó a Teresa aceptar a Jesucristo como Salvador."

Peter, el padre de Matthew, comentó, "Eso es asombroso."

"Cuando llegaron a los Estados Unidos, Teresa y Pepe vivieron con sus tíos, Pablo y Norma, hasta la semana pasada, cuando los agentes de ICE los arrestaron. Teresa regresaba del trabajo y observó mientras los agentes de ICE los detenían. Un agente persiguió a Teresa, ella corrió hacia mi carro, y golpeó la ventana de la puerta. Cuando vi lo asustada que estaba, la dejé entrar y la ayudé a escapar. Y ahora es posible que sus tíos sean deportados."

Martha preguntó, "¿Y Pepe?"

"Ahora lo tienen encerrado con otros niños inmigrantes en una jaula. Es posible que hayan visto noticias en la televisión sobre muchos de esos niños que nuestro gobierno puso en jaulas. Un abogado hizo posible que Teresa hablara con Pepe por teléfono por un rato. Teresa quedó angustiada al escuchar cómo Pepe le rogaba que viniera a buscarlo. Podía escuchar los gritos de muchos otros niños que estaban en la misma jaula abarrotada con Pepe. Teresa me explicó más tarde que las condiciones son asquerosas. Hace frío por la noche y calor durante el día. Pues las condiciones son crueles y horribles."

Con lágrimas en los ojos, Martha preguntó, "¿Qué va a pasar con Pepe?"

"Buena pregunta. El abogado le dijo a Teresa que lo mejor para Pepe sería encontrar padres de crianza que lo aceptaran, y le mandó a que buscara a alguien que tenga interés."

Martha siguió, "¿Dónde vive Teresa ahora?"

"La dejé usar mi recámara libre durante el fin de semana. Ahora tiene un lugar temporal para quedarse con una amiga suya. Por lo tanto, se necesita encontrar una solución permanente para ella."

Peter respondió, "¡Esto es trágico! Entonces, ¿percibo que volverás a ver a Teresa?"

"Después de experimentar con ella la calamidad que ocurrió el fin de semana pasado, he llegado a tenerle mucho cariño y veo la posibilidad muy real de tener una relación íntima con ella. Es una mujer maravillosa, y planea asistir a la iglesia conmigo. Yo quisiera traerla aquí para almorzar el próximo domingo."

Martha respondió, "No hay problema. Nos encantaría conocerla mejor."

"Estoy seguro de que los dos también se encariñarán mucho con ella. Sin embargo, estoy muy preocupado por Cynthia."

Peter dijo, "Bueno, no estará en casa durante un buen rato. Tendremos que cruzar ese puente cuando lleguemos a él."

Mientras se sentaban a la mesa para cenar, Peter oró, "Querido Dios. Te agradecemos por esta comida y tus muchas bendiciones. Oramos por Teresa, su hermano, Pepe, y sus tíos. Bendícelos. Líbralos de las tragedias que han experimentado. Y pido que ICE no le capture a Teresa, y que la ayudes en sus esfuerzos de encontrar padres de crianza para Pepe. Ayúdanos a honrarte en todo lo que hacemos. Amén."

Después de la cena, Matthew llamó a Teresa mientras iba en camino para su apartamento. Cuando ella contestó, hablaron sobre los eventos del día y Matthew dijo, "Hablé con mis padres sobre invitarte a cenar después de la iglesia el domingo. Y tienen ganas de conocerte mejor."

Después de una pausa significativa, Teresa preguntó, "¿Cynthia estará allí?"

"Para nada. Recordarás que te dije que regresó a la universidad de Berkeley."

"Entonces, esperaré con ganas también la cena con tus padres el domingo."

"¡Qué bien! El viernes jugaré un partido de fútbol. ¿Quieres asistir al juego?"

"Eso sería maravilloso. Eso me recuerda. Andrés, el dueño del restaurante donde trabajo, quiere tu autógrafo. Entiendo que eres una verdadera estrella del fútbol."

Con un toque de timidez, Matthew no dijo nada sobre su fama, pero dijo, "No hay problema. ¿Qué tal si le llevo un boleto para el juego?"

"Estoy seguro de que estaría encantado. ¿También podríamos conseguir boletos para mi amiga Rosita y su marido?"

"No hay problema. ¿Cuándo puedo recogerte en el trabajo?"

"Empiezo a las seis de la mañana y termino a las dos."

"Bueno. Te recogeré a las dos de la tarde."

A la mañana siguiente, Teresa le dijo a Andrés que Matthew vendría el viernes a recogerla, y dijo, "Matthew te dará su autógrafo cuando venga. También planea traer boletos para el partido del viernes por la noche para ti, Rosita, y su marido."

Se le abrieron mucho los ojos y Andrés exclamó, "¡Vaya! ¡Qué bien! Tendré que mandar a mi gerente a que me reemplace el viernes por la noche."

Teresa explicó que Matthew la llevaría al estadio inmediatamente después de su turno a las 2:00 de la tarde. Sin entender que los boletos del juego especificaban dónde se sentarían, hizo arreglos para que Andrés, Rosita y su esposo se reunieran con ella para que pudieran sentarse juntos durante el juego.

Matthew se presentó en el Resaurante El Potrillo el viernes para recoger a Teresa. Andrés compró una pelota de fútbol nueva para el autógrafo de Matthew. Pero tenía que esperar su turno porque numerosos clientes se agolparon alrededor de Matthew, quienes también querían autógrafos. Teresa se sorprendió al ver cómo Matthew atraía a la multitud. Matthew también trajo cuatro boletos de primera categoría, una para Teresa, Andrés, Rosita y su esposo.

A Teresa le sorprendió ver lo grande que era el estadio. Nunca había asistido a un partido de fútbol profesional. Matthew y Teresa llegaron mucho antes de que comenzara el juego para que él pudiera alistarse. Cuando estaba a punto de irse, Matthew dijo, "Por cierto, llamé al pastor Gilming, y te bautizará durante el servicio de adoración este domingo."

Teresa respondió, "Después de pensar en lo que dijiste, me fascina la idea de bautizarme."

"Me alegra oírte decir eso. Creo que será una experiencia memorable para ti."

Teresa se aburrió hasta que llegaron Andrés, Rosita, y su esposo, Esteban. Mientras los espectadores entraban al estadio, se oía un murmullo cada vez mayor de las conversaciones de la gente.

Teresa se fijaba en el mar de gente en el estadio y exclamó, "Nunca había visto tanta gente junta en un solo lugar. Estoy un poco asustada."

Andrés respondió, "Espera hasta que comience el juego. Aún no has visto nada."

Teresa vio a Matthew en el campo mientras él y sus compañeros de equipo se preparaban para el juego. Fue asombroso ver su agilidad en el campo de fútbol. Luchó por contener las lágrimas mientras comenzaba a contemplar la realidad de que alguien como Matthew estaría interesado en ella. Ella tenía buenos recuerdos de Raúl, y siempre los tendría. Pero ahora se estaba enamorando de Matthew, y le preocupaba que su relación pudiera ser una ilusión, una falsa promesa de felicidad. Hasta ahora, en su vida, todos los destellos de felicidad habían terminado en tragedia, como brisas suaves que solo traían nubes de tormentas con vientos dañinos. En su mente rezó: *Querido Dios, que sea diferente esta vez.*

Llegó el momento en que el balbuceo de la multitud disminuyó, y los equipos se posicionaron para el comienzo del juego. Teresa observó mientras todos los jugadores de ambos equipos se alineaban, se pasaban entre sí, y se palmeaban las manos como gesto de saludo.

El juego ahora comenzaba. Cada vez que un equipo tenía la pelota dentro del alcance de un gol, la multitud en el estadio se ponía de pie, y sus balbuceos se convirtieron en un rugido ensordecedor, que fue tan fuerte que su poder fue casi abrumador para Teresa.

A medida que progresaba el juego, Matthew avanzaba por el campo de fútbol como si se precipitara a la batalla, y Teresa vitoreó cuando

Matthew ganó el primer gol. El alboroto de la multitud se hizo aún más intenso, una intensidad que infligió a Teresa como una enfermedad contagiosa. Todos los fanáticos del LA Galaxy se movieron al unísono para formar una ola humana impresionante que se extendía por todo el estadio. El ritmo de los tambores y los sonidos de trompetas se podían escuchar por encima del alboroto de la multitud.

El partido se acercaba a su fin y el puntaje era de 2 a 2. Con solo unos segundos para el final, uno de los árbitros sancionó una penalidad contra el equipo contrario, y Matthew se preparó para patear lo que los aficionados esperaban ser el gol ganador. La multitud se quedó en silencio. Matthew pateó la pelota y pasó al portero para ganar el gol de la victoria. La multitud se volvió loca cuando LA Galaxy ganó el juego. Y Teresa, ronca ahora, vitoreó junto con los demás espectadores.

El juego terminó y la multitud comenzó a salir del estadio. También partieron Andrés, Rosita, y Esteban. Aproximadamente cuarenta y cinco minutos después, apareció Matthew muy emocionado. Con una amplia sonrisa en su cara, abrió los brazos, y dijo, "¡Ganamos!"

Teresa brincó de emoción y corrió a sus brazos abiertos, exclamando, "¡Eres increíble!."

Mientras se alejaban, Matthew dijo, "¿Por qué no pasas el fin de semana conmigo?"

Teresa se mostró cautelosa con la sugerencia de Matthew, pero sonrió de manera juguetona y preguntó, "Me dejarás cerrar con llave la puerta de mi recámara, ¿verdad?"

Matthew le devolvió la sonrisa juguetona y le aseguró. "No lo haría de otra manera."

Pasaron por el apartamento de Rosita, y Teresa recogió algunas cosas que necesitaría, como un hermoso vestido para usar en la iglesia. Matthew llevó a Teresa a un restaurante local para una cena tranquila, y llegaron al apartamento de Matthew a las diez de la noche. Después del té y la conversación, terminaron la velada con un abrazo y un tierno beso. Teresa se encerró en su recámara por la noche y oró: *Querido Dios. Nuevamente te agradezco por traer a Matthew a mi vida. No puedo detener el amor que está tomando el control de mi corazón, y no quiero hacerlo. Por favor, querido Dios, que él sea una parte permanente de mi vida. Amén.*

El sábado, fueron a un parque local para hacer un pícnic. Eligieron un lugar para hacer el pícnic cerca de un arroyo quieto. Era lo suficientemente aislado como para darles un poco de privacidad íntima, pero no tan aislado como para que Teresa se sintiera incómoda. Eran más o menos las 10:30 ahora, muy temprano para el almuerzo. Extendieron una manta en el suelo y se sentaron juntos, uno al lado del otro.

La corriente del arroyo fluía sobre algunas rocas cercanas para producir un agradable sonido melódico de agua corriendo, que embellecía su disfrute mutuo. El dosel de árboles filtraba el sol de una manera deslumbrante, lo que creaba un espectáculo de luces resplandecientes que brillaban y bailaban sobre el agua. Dos arrendajos los entretuvieron mientras llamaban él uno al otro. Flores azules y amarillas decoraban la loma con distintos tonos de hierba verde donde estaban sentados. Las flores eran tan suaves como sueños de dulce amor.

Por encima de la zona rocosa, el flujo del arroyo era quieto con aguas tranquilas, y Matthew arrojó una piedra plana que saltó varias veces sobre la superficie del agua. Con el uso del traductor en su teléfono, luchó por decir, "Teresa, entiendo bien que te fuiste de Honduras para huir de la violencia de las pandillas y la pobreza extrema. Pero debes tener algunos recuerdos agradables de tu vida allí."

Teresa se quedó mirando al vacío con una cara que reflejaba melancolía, y pronunció su respuesta en el traductor de su teléfono. "Lo que más extraño es el grupo de baile organizado por la iglesia a la que asistía. Recordarás que te hablé de mi novio, Raúl, que fue asesinado por pandilleros. Él era mi compañero de baile. El grupo practicaba tres bailes típicos hondureños, que realizamos en ocasiones especiales. Uno de ellos es un baile colonial llamado jarabe yoreño. Tanto los hombres como las mujeres visten coloridos trajes tradicionales, proporcionados por la iglesia. Cuando comienza el baile, las mujeres rechazan los avances de los hombres. Entonces, los hombres actúan como si estuvieran desanimados y que perdieran el interés. Pronto las mujeres comienzan a coquetear con los hombres y los convencen a participar en el baile. Fue mi baile favorito."

Al escuchar a Teresa pintar el aire con sus palabras, y al ver que hablaba con ojos que reflejaban nostalgia, Matthew se acercó a ella y la besó tiernamente. Mirándose a los ojos, preguntó, "¿Crees que podría verte hacer este baile algún día?"

Con una mirada triste en su cara, Teresa respondió, "No lo sé. Me encantaría enseñártelo. ¿Y tú? Cuéntame algo sobre tu vida en Canadá."

Con su brazo alrededor de ella, y Teresa, con la cabeza en su hombro, Matthew respondió, "Donde vivíamos en Vancouver, Columbia Británica, nuestra casa estaba ubicada cerca de un bosque enorme. Cuando era niño, mis amigos y yo pasábamos mucho tiempo en el bosque. Solíamos construir pequeñas chozas y fingimos ser soldados. Soñaba con adentrarme más en el bosque para construir una cabaña de troncos con el objetivo de vivir sin depender de nadie."

"Debe ser un lugar hermoso."

Matthew, mirando hacia el arroyo, respondió, "Oh sí. Me encantaría llevarte allí algún día."

Cambiando de tema, Teresa miró a Matthew, vaciló, y dijo, "Tengo algunos asuntos que necesito discutir contigo. ¿Te molesta que el color de mi piel sea más oscura que la tuya?"

La pregunta tomó a Matthew por sorpresa. La miró, estudió su cara y le tomó la mano. Levantó su mano y ambos pudieron ver el contraste en el color de su piel. Matthew luego miró a Teresa a los ojos y dijo, "El hecho es que creo que el color de tu piel es una parte importante de tu belleza. Así que, no. La diferencia en el color de nuestra piel no me molesta en absoluto."

Los ojos de Teresa reflejaban timidez. Con una lágrima en los ojos, apartó la mirada y el rubor en su cara borró su color canela. La respuesta de Matthew alivió esta persistente preocupación que la afligía desde que se conocieron. Ella y Matthew se abrazaron.

Entonces Teresa vaciló de nuevo y miró a Matthew a los ojos. Con una mirada preocupada en su cara, se frotó la ceja. "Tengo un tema más difícil del que hablar contigo, y debo ocuparme de él ahora antes de que nuestra relación avance más."

Matthew inclinó la cabeza hacia un lado, y la miró con una mirada de curiosidad.

"Ya sabes que el pastor Frank Turner me ayudó a aceptar a Jesucristo como mi Salvador en Apizaco. Pero me pasó algo más en Apizaco, que creo que debes saber." Una lágrima llenó su ojo y se derramó sobre la mejilla, y Teresa miraba hacia abajo con vergüenza mientras le contaba a Matthew cómo Mario la violó.

La cara de Matthew palideció al escuchar sus palabras y, consternado, empezó a hablar.

Teresa lo detuvo, lo miraba con las cejas subidas, y con la cara ahora bañada en lágrimas, y dijo, "Hay más."

Anticipando lo peor, Teresa vaciló, y luego dijo, "Como resultado de la violación, quedé embarazada. Y poco después de llegar a Los Ángeles, mandé a abortar al bebé, que fue la decisión más difícil de mi vida. Así que, ¿Puedes perdonarme? Y, ¿Estás seguro de que quieres continuar nuestra relación ahora que sabes sobre esto?"

En su interior, Matthew se tambaleó ante esta revelación devastadora. Su vacilación produjo una profunda desesperación en Teresa. Pero luego tomó a Teresa en sus brazos y dijo, "Déjeme tranquilizarte. Veo esto como otro evento trágico que te ha afligido. Si bien me entristece escuchar sobre la violación y tu decisión de abortar tu bebé, hay mucho más sobre ti lo que me conmueve a quererte en mi vida. Así que, créeme cuando te digo que no veo nada que perdonar."

Ya era hora de almorzar y Matthew oró, "Querido Dios. Gracias por este día maravilloso y la comida que estamos a punto de disfrutar. Por favor, dale paz a Teresa sobre estos temas, que le han causado dolor y angustia en su corazón. Sospecho que Teresa estaría de acuerdo conmigo cuando te pido que bendigas esta relación nuestra, que está todavía en su infancia. Amén."

Matthew y Teresa se abrazaron con fuerza. Los llantos profundos de Teresa produjeron una catarsis para ella, y sus lágrimas empaparon el hombro de Matthew. No dejaron de abrazarse hasta que sus sollozos se calmaron. Nunca jamás volverían a hablar de esto.

Para el almuerzo, comieron sándwiches, ensalada de papas, y sandía. Mientras sacaban la comida, sus manos se tocaban de vez en cuando, un toque que ambos saboreaban. Luego se volvieron a abrazar, un abrazo cálido que fue como el calor de la manta que Teresa recibió de la enfermera en Apizaco, y que la envolvió para producir una tranquilidad serena. Charlaron hasta bien entrada la tarde. En el camino de regreso al apartamento de Matthew, se detuvieron en un restaurante local para comer pescado y papas fritas.

De vuelta en el apartamento de Matthew, vieron una película, y luego, cada uno se fue a sus recámaras separadas, listos para abrazar una almohada, pero con ganas de abrazarse el uno al otro.

Teresa visita a los padres de Matthew

En camino a la iglesia, Peter le comentó a Martha, "Estaba pensando en nuestra plegaria el otro día cuando Matthew almorzó con nosotros. Se me ocurre que tal vez seamos la respuesta para la parte de nuestra plegaria en la que le pedimos a Dios que ayudara a Teresa a encontrar padres de crianza para su hermano, Pepe. ¿Qué te parece?"

Martha se frotó la barbilla y miró a Peter. "¿Estás sugiriendo que deberíamos asumir la responsabilidad de ser padres de crianza para Pepe?"

Peter se encogió de hombros. "Eso es exactamente lo que estoy sugiriendo."

Martha miró por la ventanilla del carro, apretó los labios, y tarareó en contemplación. Luego miró a Peter y preguntó, "¿Queremos asumir una carga tan grande?"

"No estoy tan seguro de que sería una carga tan grande. Con nuestras cinco recámaras, tenemos espacio suficiente en la casa. Recordarás que Matthew nos dijo que Teresa necesita un lugar permanente para vivir. Aparte de nuestra recámara y la recámara que uso como oficina, tenemos tres recámaras disponibles: una, donde Teresa podría quedarse, otra para Pepe, y otra para Cynthia cuando venga."

Martha jugó con su cabello y tarareó de nuevo. "Así que, ¿Estás sugiriendo que también deberíamos darle posada a Teresa?"

Peter se encogió de hombros. "Bueno, solo tiene sentido. Si Pepe viene a quedarse con nosotros, entonces él y Teresa podrían estar juntos. Creo que sería maravilloso para ellos. Y estoy seguro de que la presencia de Teresa aliviaría gran parte de cualquier carga que tendríamos si aceptáramos convertirnos en los padres de crianza para Pepe."

"Pero no sabemos nada de Teresa."

"Sabemos que aceptó a Jesucristo como su Salvador en una iglesia en México, pastoreada por un misionero que recibe apoyo financiero de nuestra iglesia. Sabemos que Matthew la quiere, y parece que se sienten igual el uno por el otro. Como dije, se me ocurre que podemos ser la respuesta a la plegaria que hacíamos por Teresa y Pepe."

Martha frunció los labios, respiró hondo, y dijo, "Supongo que no me opongo a la idea. Ella y Matthew vendrán a almorzar hoy. Veamos cómo va eso."

Cuando llegaron a la iglesia, Peter dijo, "Vamos a orar sobre este asunto antes de entrar en la iglesia."

Martha puso su mano sobre la de Peter, y ellos inclinaron la cabeza. Peter oró, "Querido Dios. Por favor, danos sabiduría sobre este asunto. Si es tu voluntad de que nos convirtamos en padres de crianza de Pepe, pedimos que nos des paz y confianza sobre cómo proceder. Ayúdanos a honrarte en todo lo que hacemos. Amén."

Esperaban en el vestíbulo la llegada de Matthew y Teresa, y observaron cuando salieron del carro. Teresa lució un elegante vestido blanco. Matthew vestía pantalón azul oscuro y una camisa blanca con rayas grises.

Martha comentó, "Se ven bien como pareja."

Peter respondió, "Estoy de acuerdo."

Matthew y Teresa se detuvieron al lado del carro. Teresa parecía estar nerviosa. Matthew la tomó de ambas manos y ella lo miró con ojos de adoración. Peter y Martha vieron que Matthew le decía algo que la tranquilizó. Teresa sonrió, y su cara se iluminó.

Cuando entraron, Matthew saludó a sus padres, pero Teresa se acercó, los abrazó a ambos, y dijo con su fuerte acento español, "Estoy tan feliz de verlos. Espero con ganas ir a su casa a almorzar después de la iglesia."

Tanto Peter como Martha se sorprendieron por su conmovedora demostración de afecto. Entraron juntos al santuario. Matthew explicó, "Teresa, como hicimos la semana pasada, siéntate aquí con mis padres, y yo vendré a sentarme contigo después de cantar en el coro."

Teresa se sentó, y Martha le tocó la mano y le preguntó, "¿Cómo fue tu semana?"

Aunque era un poco tímida, dependía de su teléfono para traducir, y respondió, "Tengo entendido que Matthew te contó lo que pasó con mi hermano y mis tíos. Trabajaba toda la semana, lo cual fue bueno porque el trabajo me quitó de la mente esto de nuestro dilema." Luego se animó de una manera encantadora, casi infantil, y dijo, "Matthew me llevó al estadio para verlo jugar al fútbol. ¡Nunca había experimentado algo así! Fue increíble."

Apenas comenzó el servicio de adoración, y Peter comentó, "Me alegra que te hayas pasado bien en el partido de fútbol."

El director musical anunció el número de página de la primera canción congregacional, y Martha abrió un himnario a la página correcta y se lo entregó a Teresa.

Teresa sonrió de oreja a oreja y respondió, "Gracias."

Mientras cantaba la congregación, era evidente que el inglés limitado de Teresa no le permitía cantar. Miró a Martha, se encogió de hombros, sonrió, y volvió a colocar el himnario en el estante del banco frente a ella. Luego palmeaba al ritmo de la música con entusiasmo. Tanto Peter como Martha se miraron y sonrieron. Aunque palmear al ritmo de la música no era costumbre en su iglesia, encontraron que su alegre participación era divertida y placentera.

El director musical luego dio el número de la página de otro himno, y el pastor instruyó a la congregación a saludarse. Peter y Martha presentaron a Teresa a la gente que los rodeaba, y observaron cómo Teresa saludaba a todos con exuberancia cordial y una sonrisa.

Después de cantar el coro, Matthew se sentó con Teresa. Se tomaron de la mano durante el resto del servicio, y Martha notó que no podían resistir el impulso de mirarse el uno al otro con cierta frecuencia.

Peter y Martha se sorprendieron cuando el pastor Gilming anunció que, después de su sermón, bautizaría a Teresa.

Un diácono se paró con ojos que reflejaban ira, con una expresión de desprecio en su cara enrojecida, y dijo, "Pastor Gilming, antes de que bautice a esta mujer, quiero saber si es legal aquí."

El pastor Gilming apretó los labios, respiró hondo, y preguntó, "¿Y qué tiene eso que ver con una persona que ha aceptado a Jesucristo como su Salvador, y que ahora quiere obedecerle y ser bautizada?"

El diácono respondió con un tono enojado y un labio fruncido, "Sospecho que ella es una inmigrante centroamericana e ilegal aquí, y nuestro presidente nos dice que tales inmigrantes ilegales son animales, traficantes de drogas, asesinos, y violadores de mujeres."

Cuando escuchó esto, Teresa hundió la cabeza en el hombro de Matthew y, entre sollozos, dijo, "Por favor, sácame de aquí."

Matthew, rodeándola con el brazo, susurró, "No te culpo por querer marcharte. Pero no nos apresuremos. Veamos cómo el pastor Gilming maneja este asunto."

El pastor Gilming respondió, "Es cierto que algunos inmigrantes indocumentadas que llegan a los Estados Unidos desde Centroamérica puedan ser narcotraficantes, asesinos, y violadores de mujeres. Pero la mayoría de ellos son, de hecho, personas decentes y honradas que están escapando de la pobreza extrema y la violencia de las pandillas. Y ... "

Apuntando el dedo al pastor Gilming, el diácono interrumpió y dijo: "Eso puede ser cierto, pero todos están aquí ilegalmente, lo que los convierte a todos en criminales."

El pastor Gilming luchó por controlar su ira y respondió, "Bueno, en primer lugar, Saulo, en el libro de los hechos, acosaba a los cristianos, y fue cómplice del asesinato de al menos un cristiano, que era también un diácono, cuyo nombre era Esteban. Hoy, consideraríamos a Saúl como un criminal, culpable de asesinato. Si estuviéramos vivos en tiempos apostólicos, ¿Nos habríamos opuesto al bautismo de Saulo, quien se convirtió en el apóstol Pablo? No lo creo."

Al escuchar la respuesta del pastor, el diácono salió de la iglesia, pisando fuerte, y cerró de un tirón duro la puerta detrás de él.

El pastor Gilming se volvió hacia Teresa y, cuando la llamó por su nombre, ella lo miró con la cara manchada de lágrimas. "Teresa, mi hermana en Cristo, me entristece escuchar los comentarios tan odiosos sobre ti que dijo este diácono. Ha llamado a inmigrantes provenientes de Centro y Sudamérica narcotraficantes, asesinos, y violadores de mujeres. ¿Estoy en lo cierto al entender que no eres ninguno de estos?"

Llena de vergüenza y sollozos, estaba demasiado angustiada para responder y, para confirmar que el pastor estaba en lo cierto, asintió con la cabeza para decir, "Sí."

Luego, el pastor Gilming contó la historia de cómo los pandilleros en Honduras mataron a su padre y a su novio, cómo la amenazaron a ella y a su hermano José, y cómo José cayó a su muerte desde el tren de carga en México, conocido como la bestia. Entonces, dijo a la congregación, "Si tuvieran que elegir entre el peligro continuo de la violencia de las pandillas o el peligro de huir como un extranjero indocumentado para venir a los Estados Unidos, tengo que creer que decidirían que la mejor de sus malas opciones sería venir a los Estados Unidos. Es cierto que venir a los Estados Unidos como inmigrante indocumentado es ilegal. Pero robar pan también es ilegal. Y les pregunto. ¿Cuántos de ustedes castigarían a un hombre que roba pan porque no tiene dinero para alimentar a su familia hambrienta? Creo que perdonaríamos a un hombre así, y trataríamos de ayudarlo a mejorar su situación desesperada de la vida."

Muchos en la congregación ahora tenían lágrimas en los ojos.

El pastor Gilming continuó, "¿Por qué, entonces, no perdonaríamos a Teresa aquí, quien también enfrentó la desesperación y el peligro? Hablé con Frank Turner, el misionero en México que ayudó a Teresa para aceptar a Jesucristo como su Salvador, un misionero que recibe apoyo financiero de esta iglesia. Declaró que Teresa y su hermano Pepe son buenas personas. Y fue nuestro misionero quien me contó la historia de su situación desesperada. E incluso ahora, Pepe, de seis años, y el hermano inocente de Teresa, está preso en una jaula con otros niños inmigrantes."

Con lágrimas en sus ojos, el pastor Gilming ahora concluyó, "Si la iglesia estaba dispuesta a bautizar al apóstol Pablo, a pesar de sus odiosos crímenes en contra de los cristianos, entonces me siento obligado a bautizar a Teresa, mi hermana, hoy. Y mi convicción es tal que, si nosotros, como iglesia, no estamos dispuestos a extender nuestros brazos para abrazarle, darle la bienvenida, y protegerle a mi hermana Teresa, entonces me temo que tendré que renunciar como su pastor."

Otro diácono se puso de pie y dijo, "Pastor, estamos con usted. Por favor, bautice a Teresa ahora."

Cuando vio cómo todos en la iglesia se paraban y aplaudían, las lágrimas de vergüenza de Teresa se convirtieron en lágrimas de alegría.

Una mujer acompañó a Teresa a un camerino donde se puso una prenda bautismal, y el pastor Gilming la invitó a descender al bautisterio.

Matthew se acercó para sacar fotografías, y el pastor Gilming repitió a la congregación mucho de lo que Matthew le explicaba a Teresa sobre el bautismo. Luego le preguntó, "Teresa, ¿Has aceptado a Jesucristo como tu Señor y Salvador?"

Aún con la cara manchada de lágrimas, Teresa respondió con una sonrisa alegre, "Si señor."

Luego le indicó a Teresa que se tapara la nariz y la boca. Levantó su mano derecha sobre su cabeza y dijo, "Ahora te bautizo, hermana mía, en el nombre del Padre, del Hijo, y del Espíritu Santo." Cuando la bajó al agua, dijo, "Enterrada a semejanza de la muerte de Jesús." Y cuando la sacó del agua, dijo. "Subida a semejanza de su resurrección para andar en una nueva vida."

El agua bautismal lavó su cara manchada de lágrimas, la iglesia se regocijó con un aplauso animado, y Teresa se conmovió con más lágrimas de alegría. Martha y Peter también tenían lágrimas en los ojos, al igual que Matthew y casi todos los demás en la Iglesia.

Inmediatamente después de que terminó el servicio de adoración, y mientras Teresa se vestía, el pastor Gilming se acercó a Matthew y le dijo, "¿Tienes un momento? Quiero hablar contigo."

"Por supuesto."

Apartándose de la gente, el pastor Gilming habló en voz baja con Matthew, en un esfuerzo de ser discreto. "Primero, perdóname por mis comentarios anteriores sobre Teresa."

Matthew respondió, "No hay problema. Gracias por bautizarla. Espero que llegues a reconocerla como la mujer maravillosa que es."

"Puedes contar con eso. Como me escuchaste decir, llamé a Frank Turner, el misionero en Apizaco, México. Solo tenía cosas buenas que decir sobre Teresa. Explicó cómo llegó a confiar en Cristo como su Salvador, y también estuvo de acuerdo con la convicción de que yo debería bautizarla."

"Me alegra escuchar eso. Anticipo que Teresa continuará viniendo a la iglesia conmigo. ¿Crees que eso es posible sin poner en peligro su seguridad?"

"Bueno, no puedo garantizar nada, pero tendré una buena conversación con el diácono enojado de hoy. Después de los eventos de hoy, creo que nadie más en esta iglesia se atreve a traicionarla."

~ * ~

Matthew y Teresa llegaron a la casa de Peter y Martha, y Teresa exclamó, "¡Vaya! ¡Qué casa más hermosa tienen!"

Después de agradecerle a Teresa por su cumplido, Martha abrazó a Teresa y le dijo, "No te habría culpado por salir hoy de nuestra iglesia, y me alegra que te quedaste. Espero que te quede claro que la iglesia en su conjunto te da la bienvenida para ser parte de nuestra congregación."

Teresa respondió, "No solo tenía ganas de irme por la vergüenza que experimenté, sino también por temor de que alguien me denunciara al ICE. Todavía estoy preocupada por el hombre enfadado que salió de la iglesia."

Matthew respondió, "El pastor Gilming me aseguró que hablará con el diácono, y está seguro de que puede convencer al diácono para que también te dé la bienvenida como miembro de nuestra iglesia."

Teresa replicó, "Espero que el pastor tenga éxito."

En la sala, Teresa vio los cuadros de Matthew colgados en las paredes y colocados en las mesas. Su sonrisa llegó a sus ojos y le dijo a Martha, "¡Por favor, cuéntame sobre estas fotos de Matthew!"

Llena de orgullo, Martha contó cómo Matthew jugaba en el bosque cuando vivían en Canadá, sobre sus actividades de Boy Scout, viajes de pesca y, por supuesto, su participación sobresaliente con los equipos de fútbol de su escuela, desde la escuela primaria hasta la universidad.

La timidez de Matthew lo llevó a apartar la mirada mientras su madre se jactaba con Teresa sobre la historia de su vida. Pero Teresa no pudo escuchar lo suficiente sobre Matthew. Entonces Martha dijo, "Bueno, si vamos a almorzar, será mejor que vaya a la cocina."

En respuesta, Teresa dijo, "¡Oh! ¡Déjeme ayudar!"

"No. No tienes que hacer eso. ¿Por qué no te sientas aquí en la sala con Matthew?"

Pero Teresa insistió, "No. Quiero ayudar."

"Bueno. Está bien. Vamos."

Cuando entraron a la cocina, Teresa exclamó, "¡Oh, Dios mío! Nunca había visto una cocina tan hermosa. ¡Es tan grande! Creo que su cocina es más grande que toda la casa de mi mamá."

Martha trató de imaginar cómo una casa entera podría ser más pequeña que su cocina y respondió. "Gracias. ¿Quieres hacer puré de papas?"

"Por supuesto."

Después de terminar con las papas, Teresa se acercó a revolver los frijoles en la estufa. A Martha le impresionó ver lo eficiente que era Teresa en la cocina.

Mientras Martha agregaba un poco de harina a la salsa que estaba haciendo, preguntó, "Dime, ¿Qué es lo que sientes por mi hijo?"

Teresa estaba sentada a la mesa de la cocina, y añadía azúcar al té helado. Grabó su respuesta en español en su teléfono. Luego, después de mirar a su alrededor para ver si alguien más estaba escuchando, reprodujo la versión en inglés. "No estoy lista para que Matthew sepa esto todavía, pero estoy empezando a enamorarme de él. Su hijo es un hombre maravilloso, y puedo ver que usted está muy orgullosa de él. Y estoy muy orgullosa de estar con él. No solo me rescató, sino que me hizo sentir tan especial. ¿Cómo no iba a enamorarme de un hombre así? Por favor, no le diga que le dije estas cosas. Tal vez podría usted pedir que Dios nos muestre lo que quiere para nosotros."

Una lágrima brotó del ojo de Martha, se acercó a Teresa, y la abrazó. Teresa rodeó la cintura de Martha con los brazos. Martha oró, "Querido Dios. Te agradezco por traer a Teresa a la vida de Matthew. Sé que ha enfrentado muchos desafíos en su vida y pido que Matthew sea bueno para ella. También estoy feliz de ver cómo Matthew se anima cuando Teresa está con él. Y pido que nos muestres cuál será su futuro juntos. Amén."

Teresa agradeció a Martha y ambas mujeres ahora tenían lágrimas en los ojos. Este fue el momento de concretar su cariño mutuo entre las dos.

Martha se secó los ojos y dijo, "Bueno, creo que será mejor que sirvamos este almuerzo. Estoy seguro de que Peter y Matthew ya deben tener bastante hambre."

Se sentaron a almorzar y Peter dijo, "Matthew, ¿Por qué no pides la bendición de Dios por nuestra comida?"

Todos inclinaron la cabeza y Matthew oró, "Querido Dios. Gracias por esta comida y tus muchas bendiciones. Estoy agradecido de ver a Teresa unirse con nosotros, y pido que siempre se sienta bienvenida aquí. Amén."

Peter se puso de pie, todos le pasaron los platos, y él les sirvió una ración de carne asada. Teresa sirvió té helado a todos.

Mientras pasaban los frijoles, el puré de papas, y la salsa para las papas, Peter preguntó, "Teresa, ¿Qué te pareció nuestro servicio hoy en la iglesia?"

"Aparte de la discusión que ocurrió antes de que el pastor Gilming me bautizó, disfruté del servicio. Ojalá pudiera cantar con todos los demás."

Martha untó con mantequilla su pan y preguntó, "¿Entendiste algo que el pastor dijo en su sermón?"

"Muy poco. Pero sí entendí algunas cosas."

Matthew puso un poco de salsa en sus papas, y preguntó, "¿Qué tan diferente es nuestro servicio en comparación con la iglesia a la que asististe en Apizaco?"

"Los servicios eran muy parecidos, pero no tenían coro en Apizaco, excepto en Navidad. En Apizaco todo el mundo palmeaba con la música, usaban panderetas, y las canciones se parecían más a baladas mexicanas."

Después de la cena, Teresa ayudó a Martha a recoger la mesa y observó mientras Martha ponía los platos en el lavaplatos. Sorprendida, dijo, "No puedo creer que tenga un lavaplatos. Nunca había visto un lavaplatos en una casa."

Martha, con una mirada de sorpresa en su cara, dijo, "No puedo imaginar mi vida sin un lavaplatos. Odio lavar los platos. No recuerdo la última vez que lavé y sequé los platos."

"¡Qué maravilloso! Algún día, espero tener un lavaplatos también."

Después de limpiar la cocina, Teresa se reunió con Matthew en la sala para ver una película, y Peter y Martha dijeron que iban a tomar una siesta.

Arriba, en su recámara, Peter preguntó, "Entonces, ahora que hemos conocido a Teresa un poco mejor, ¿Cuál es tu impresión?"

Martha se iluminó con una sonrisa con hoyuelos y exclamó, "Ella me encanta; creo que es maravillosa. Y sé lo que vas a preguntar, y mi respuesta es sí. Estoy totalmente de acuerdo con tu idea. Después de nuestra siesta, vamos a decirles que Pepe puede tener un hogar con nosotros."

Una hora más tarde, Peter y Martha bajaron, y vieron la última parte de la película.

Peter luego dijo, "Quiero sugerirles una idea a ustedes dos. Martha y yo lo hemos hablado, y hemos decidido que estamos dispuestos a ser padres de crianza para Pepe."

Con una mirada muy perpleja en su cara, Teresa frunció el ceño y preguntó, "Matthew, ¿Qué nos dijo?"

Matthew la tomó de las manos y dijo, "Mi mamá y papá quieren que Pepe venga a vivir aquí. ¿Te parece bien?"

Teresa gritó y empezó a sollozar, lo que sorprendió a todos. Corrió y abrazó a Martha, y dijo, "¡Oh! Se lo agradezco. Gracias. Que Dios los bendiga. Esto es tan maravilloso. ¡No sé qué decir!"

Peter dijo, "Aún no te hemos contado el resto. Teresa, queremos que tú también vivas aquí."

Teresa volvió a gritar con aún más emoción, se volvió hacia Matthew, lo abrazó, hundió la cara en su hombro, y siguió sollozando. Todos sollozaban con ella ahora, y todos se regocijaban.

Matthew dijo, "Bueno, solo son las 3:30. ¿Qué tal si Teresa y yo vamos a buscar sus pertenencias para que pueda pasar su primera noche aquí?"

Peter respondió, "Cómo no."

A las siete de la noche, Teresa se había mudado a su recámara.

Matthew y Teresa se sentaron frente a una computadora portátil, y averiguaron qué autobuses tenía que tomar Teresa ahora para llegar a su trabajo. Se alegró de ver que solo era necesario hacer una transferencia una sola vez a un autobús diferente de ida y vuelta.

Era hora de que Matthew regresara a su apartamento. Teresa lo acompañó a su carro y, antes de marcharse, la besó, la abrazó, y le dijo, "Con toda esta gran noticia, espero poder decir algo más que podamos celebrar."

Teresa lo miró con los ojos enrojecidos y la cara manchada de lágrimas. "No sé si puedo aguantar más. Esto es demasiado bueno para ser verdad."

"Bueno, supongo que podría decirte más tarde que me he enamorado de ti."

Teresa volvió a llorar de alegría, abrazó a Matthew, lo besó y dijo, "Oh, yo también te amo. ¡Este es el mejor día de mi vida!"

El día del juicio

Ansiosa por iniciar el proceso para sacar a Pepe de su jaula, Teresa sintió que su turno de trabajo le tomaba una eternidad. Cuando regresó a su nuevo hogar, Martha le preguntó, "¿Cómo averiguamos qué debemos hacer para convertirnos en padres de crianza?"

Contenta de que Martha tomara la iniciativa, Teresa respondió, "No aguantaba la gana de llegar a casa para llamar al abogado. Lo llamaré de inmediato."

"No hay problema, estaré en la cocina cuando necesite hablar conmigo."

Una secretaria pasó la llamada de Teresa al licenciado Lorenzo Domínguez, y él le preguntó, "Teresa, ¿Cómo estás?"

"Estoy bien. Encontré a un matrimonio que tiene interés en ser padres de crianza para Pepe. ¿Podemos hablar de eso?"

"Por supuesto. Háblame de las personas que están interesadas."

"Estoy saliendo con Matthew Ward, el jugador de fútbol, y son sus padres quienes están dispuestos a ser padres de crianza."

"¡Estás saliendo con Matthew Ward! Bueno, sabes que tendrás que conseguirme algunos boletos de fútbol."

"Estoy seguro de que eso no será ningún problema."

"¿Alguno de sus padres está disponible para hablar?"

"Sí. Esa sería la madre de Matthew. Se llama Martha. Déjeme buscarla."

Cuando Martha contestó, Lorenzo se presentó y dijo, "Teresa me dice que usted y su esposo se han ofrecido para ser padres de crianza de su hermano, Pepe."

"Eso es correcto."

"Estoy seguro de que Teresa está muy agradecida de que estén dispuestos a hacer esto. Déjeme explicarle el proceso. Deben obtener una licencia para operar un hogar de crianza. Voy a programar un trabajador social para reunirse con usted y su marido. ¿Cómo se llama él?"

"Peter."

"Permítame explicar las calificaciones para ser padres de crianza. Deben ser ciudadanos o residentes legales de los Estados Unidos. También deben demostrar que tienen recursos financieros adecuados. Además, deben tener un vehículo confiable que está asegurado, para que puedan llevar al niño para citas rutinarias. Oh. Y deben tener un servicio telefónico que funcione. ¿Tiene alguna pregunta?"

"Creo que cumplimos con todos esos requisitos. ¿Cuánto costará la licencia?"

"Nada. Olvidé explicar que, como padres de crianza, recibirán un pago mensual para alimentar a Pepe, vestirlo, y satisfacer sus necesidades materiales."

"¿De verdad? No contaba con eso."

Hubo una pausa en el teléfono, y Lorenzo preguntó, "Por casualidad, ¿Hablan español?"

"No. Pero Teresa me dice que Pepe habla algo de inglés. Además, Teresa ahora vive aquí con nosotros, y estará aquí cuando no esté trabajando. ¿Anticipa alguna complicación?"

"No anticipo ninguno. Estoy seguro de que no tengan ningún problema."

"¿Cuánto tiempo lleva el proceso para la licencia?"

"El proceso normal tarda entre dos y cuatro meses. Dada la lamentable situación en que se encuentra Pepe, creo que puedo reducirlo a un par de semanas."

"Para un niño atrapado en una jaula, todavía es mucho tiempo."

"De acuerdo. Haré todo lo posible para acelerar el proceso. ¿Tiene otra pregunta?"

"No en este momento. Gracias."

"Puede obtener mi número de teléfono de Teresa. No dude en llamarme si tiene preguntas adicionales. Me pondré en contacto con usted lo antes posible para coordinar la cita con el trabajador social. Por cierto, querrá asegurarse de que Peter también esté disponible para la cita con el trabajador social. Permítame hablar con Teresa de nuevo, por favor."

Cuando Teresa volvió al teléfono, Lorenzo dijo, "Creo que el juicio de Pablo y Norma se acerca pronto. ¿Has identificado a alguien para que sea su representante legal?"

"Sí. Ese será Matthew Ward."

"Bueno. Sospecho que hay algo especial entre tú y Matthew."

Teresa se animó y respondió, "Sí. Estamos en una relación prometedora."

"Me alegra escuchar eso. Con respecto a la representación legal, necesitaré algo de información y luego comenzaré los trámites para Matthew."

"Déjeme buscar a Martha de nuevo." Teresa fue a la cocina, le entregó su teléfono a Martha, y Martha le dio a Lorenzo la información que necesitaba para Matthew.

Al final de la semana, Lorenzo coordinó la cita para obtener la licencia para padres de crianza. También llamó a Matthew para explicarle cómo funcionaría su responsabilidad como representante legal.

Matthew preguntó, "¿Cuándo querremos poner la casa en venta?"

"No queremos hacer eso hasta que obtengamos la decisión del tribunal con respecto a Pablo y Norma, los tíos de Teresa. Si, por alguna razón, el tribunal acepte que se queden en los Estados Unidos, la necesidad de vender su casa ya no será necesario."

~ * ~

Pablo y Norma comparecieron en el tribunal durante la semana siguiente, el miércoles. El caso fue entre el Departamento de Seguridad Nacional versus Pablo y Norma Gómez.

El juez de inmigración comenzó a grabar el juicio y dijo, "Estamos aquí para una audiencia con el señor Pablo Gómez y la señora Norma Gómez, hoy, miércoles, 8 de marzo de 2017, en el Palacio de Justicia de Los Ángeles. Soy el juez, Clyde Blankenship. El abogado Lorenzo Domínguez representa al señor Pablo Gómez y a su esposa, la señora Norma Gómez. El abogado William Peterson representa al gobierno de los Estados Unidos. La señorita Maritza López ha sido juramentada y será la secretaria del tribunal e intérprete."

Volviéndose hacia el señor y la señora Gómez, el juez les preguntó, "¿Qué idioma hablan mejor?"

Aunque hablaban bien inglés, Pablo y Norma respondieron, "Español, su señoría."

"¿Qué idioma hablaron durante su niñez?"

"Español."

El secretario del tribunal dijo en español, "Por favor, levanten la mano derecha. ¿Juran que el testimonio que están a punto de dar es la verdad, toda la verdad, y solamente la verdad?"

Con las manos levantadas, tanto Pablo como Norma respondieron, "Sí, juramos."

El juez preguntó, "¿Cuáles son sus verdaderos nombres?"

"Pablo Gómez."

"Norma Sánchez de Gómez."

Después de verificar el número asignado al aviso de comparecencia por escrito, el juez preguntó, "¿Recibieron una copia de este aviso?"

Tanto Pablo como Norma respondieron, "Sí, su señoría."

El juez marcó el aviso de comparecencia como anexo 1 y explicó, "Aparecen aquí hoy porque se les acusa de residir ilegalmente en los Estados Unidos. ¿Entienden esta acusación en su contra?"

Tanto Pablo como Norma respondieron, "Sí, su señoría."

El juez dijo, "Por la presente les informo que todas las formas de alivio disponibles para ustedes se perderán por un período de 10 años, si alguno de ustedes miente o no se presenta a las próximas audiencias, incluidos los ajustes de estado, cambios de estado, cancelaciones de remoción, salidas voluntarias, y registros."

Dirigiéndose a la secretaria del tribunal, el juez dijo, "Por favor, asegúrese de que el registro escrito oficial refleje que el abogado Lorenzo Domínguez representa al señor Pablo Gómez y a su esposa, la señora Norma Gómez."

El juez miró al señor y la señora Gómez y les preguntó, "¿Entienden los cargos en su contra?"

Ambos respondieron, "Sí, su señoría."

"¿Admite o niega los cargos?"

El abogado Domínguez dijo, "Mis clientes no niegan los cargos."

El juez preguntó, "¿Tienen sus clientes algo que decir o presentar en su defensa?"

El abogado Domínguez dijo, "Sí, tienen."

"Por favor continúa."

El abogado Domínguez se puso de pie y comenzó, "Su señoría, el señor Pablo Gómez y su esposa, la señora Norma Gómez, han vivido en Los Ángeles durante veinte años. Son dueños de la casa en la que viven y les quedan diez años de hipoteca. He presentado un documento de la compañía hipotecaria, que demuestra que nunca se ha atrasado en los pagos mensuales. No hay registros que demuestren que alguna vez hayan recibido asistencia pública de alguna entidad gubernamental. El señor Gómez ha trabajado como camionero durante muchos años. He presentado declaraciones de sus vecinos que testifican que tienen en alta estima a la familia Gómez. Tampoco tienen antecedentes de problemas con la policía, ni civiles ni penales. Aparte del hecho de que son inmigrantes indocumentados, son personas honestas, trabajadoras, y honorables. Su señoría, con el debido respeto, mis clientes solicitan que les conceda una exención de la deportación."

Mientras el abogado Domínguez presentaba su caso a favor del señor y la señora Gómez, el juez apoyaba la cabeza en su mano, bostezaba, y miraba su reloj con frecuencia. Parecía que el juez ya había decidido el caso y no estaba prestando atención a lo que dijo el abogado

Domínguez. Era como si el abogado Domínguez estuviera discutiendo con una estatua.

Cuando el abogado Domínguez terminó de presentar el caso en favor de la exención de deportación, el juez Clyde Blankenship se aclaró la garganta, miró hacia su escritorio, y declaró sin hacer contacto visual, "Se rechaza su solicitud de exención de deportación, se sostiene el cargo en su contra, ustedes serán deportados."

Tanto Norma como Pablo se sobresaltaron cuando el juez golpeó su escritorio con su mazo. Norma se echó a llorar y Pablo la agarró para que no se cayera al suelo. A Pablo le tembló el labio inferior, y también se le llenaron los ojos de lágrimas.

Después de que se alejaron del juez, Lorenzo dijo, "Lo siento mucho. Debo decirles que si no fuera por la represión del presidente Trump en contra de los inmigrantes indocumentados, el juez probablemente les habría otorgado un alivio. Creo que fue obvio para ustedes que el juez tomó su decisión antes de que comenzara la audiencia. Espero que entiendan que hice lo mejor que pude por ustedes."

Un agente de ICE los llevó de regreso a sus celdas. En las próximas dos semanas, pondrían a Pablo y Norma en un avión, y los enviarían de regreso a Honduras. Ni tendrían la oportunidad de ver a Teresa antes de su partida.

Después de que Lorenzo le dio a Teresa esta triste noticia, ella colgó y llamó a Matthew de inmediato. Su voz casi inaudible reflejaba resignación. Entre sollozos, dijo, "El juez falló en contra de mis tíos. Los Estados Unidos pronto los deportará de regreso a Honduras."

Matthew dijo, "Lamento mucho oír eso. ¿A dónde tendrán posada cuando lleguen a Honduras?"

"No estoy segura. Hablé con mi mamá antes para hacerle saber que había una alta probabilidad de que mis tíos fueran deportados, y que pudieran necesitar la ayuda de mi mamá. Tan pronto como colgamos, llamaré a mi mamá de nuevo."

En su conversación telefónica con su madre, Teresa explicó que Norma y Pablo llegarían pronto a Honduras. También dijo, "Los padres de mi novio se pusieron de acuerdo para convertirse en padres de crianza para Pepe, y también me invitaron a vivir con ellos. Así que, Pepe y yo volveremos a estar juntos pronto, y estaremos a salvo."

Susana, la madre de Teresa, respondió con voz temblorosa, "Me alegra mucho saber esta buena noticia de ti y de Pepe. Estaba tan preocupada por ustedes dos. ¿Cómo están lidiando Norma y Pablo con la decisión del juez?"

"Debo creer que están devastados. No puedo verlos y creo que no lograré verlos en absoluto, ni siquiera en el aeropuerto cuando salgan del país."

"¡Qué cruel! Por favor, mantenme informada sobre Norma y Pablo."

Mientras tanto, Peter y Martha obtuvieron su licencia para ser padres de crianza, y el abogado Lorenzo Domínguez aceleró la liberación de Pepe de su jaula. Lorenzo llevó a Peter y Martha para recoger a Pepe. Cuando llegaron y vieron a los muchos niños apiñados en la jaula con Pepe, Martha tapó la cara con las manos y comentó, "Dios mío. No puedo creer que esto suceda en los Estados Unidos."

Lorenzo entró para que liberaran a Pepe. Cuando regresó con Pepe, Peter y Martha lo vieron mejor. Era un niño sucio y sin lavar. Pepe los miró con ojos que reflejaban miedo, y sus músculos se tensaron, como si estuviera listo para huir. Su única muda de ropa estaba hecha jirones. Olía a orina. Su aspecto demacrado y enfermizo revelaba que la comida que le ofrecían era inadecuada.

Lorenzo se agachó al nivel de Pepe y dijo, "Estos son el señor Peter Ward y su esposa, la señora Martha Ward. Te llevarán ahora a ver a Teresa, tu hermana. Te quedarás con la familia Ward, y Teresa estará allí contigo."

Aun después de explicarle estas cosas, Pepe se aferró a Lorenzo y sus llantos desgarradores rompieron el corazón de Peter y Martha.

Lorenzo le dijo, "No te preocupes. Ahora estás a salvo, y muy pronto verás a Teresa."

Cuando se acercaban a la casa, Martha llamó a Teresa para avisarle que llegarían pronto. Y Teresa estaba parada en la puerta cuando llegaron a casa.

Lleno de emoción, Pepe saltó del carro y corrió a los brazos de Teresa. Sollozaron juntos durante un buen rato.

Había una recámara con una cama para Pepe, pero esa noche no usó su cama. En cambio, se acostó con Teresa y, después de la inseguridad que soportó durante su cautiverio, su sueño reparador fue a la vez sano y dulce. Si bien su confinamiento enjaulado lo dejó traumatizado, recuperó su alegría anterior en unos días, y su frecuente sonrisa infantil robó los corazones de Peter y Martha.

Pablo y Norma, de regreso en Honduras

Los agentes de *Control y Aplicación de la Ley de Inmigración* (ICE) esposaron a Pablo y Norma de pies y manos, los subieron a un autobús, y los llevaron, con otros inmigrantes, al aeropuerto internacional de Los Ángeles. En el aeropuerto, agentes de ICE los escoltaron hasta un avión que los llevaría al aeropuerto internacional Toncontín en Tegucigalpa, Honduras. Todos los inmigrantes fueron encadenados, y ocuparon todos los asientos del avión.

Cuando el avión despegó, Pablo y Norma experimentaron emociones conflictivas y preocupantes. Ambas todavía con grilletes, Norma apoyó la cabeza en el hombro de Pablo y, con las cejas subidas, y los ojos mirando al aire, su voz tembló cuando preguntó, "¿Qué será de nosotros?"

Por un lado, sus ojos enrojecidos y llenos de lágrimas, y la expresión abatida de sus caras reflejaban su desesperación y su dolor por dejar atrás su hogar de veinte años y sus muchos amigos. También les preocupaba perder la inversión en su casa. Y estaban ansiosos de la incertidumbre que se apoderó de ellos, ya que no tenían idea de lo que les esperaba al llegar a Honduras. También había la cuestión de dónde vivirían, y cómo ganarían la vida. La amenaza de violencia de pandillas, que no era una amenaza tan frecuente cuando salieron de Honduras, los llenó de miedo. No tenían ninguna oportunidad para comunicarse con miembros de la familia en Honduras. La inseguridad que sintieron fue abrumadora.

Por otro lado, también hubo una anticipación curiosa por estar nuevamente en su país natal después de su larga ausencia. Tenían familiares y amigos que no habían visto en veinte años, y experimentaron un recuerdo nostálgico de la vida que dejaron cuando emigraron a los Estados Unidos. Aunque vivieron una vida de pobreza en Honduras, siempre guardaron buenos recuerdos y extrañaron su tierra natal durante el tiempo que vivían en los Estados Unidos, veinte años en los que regresar a Honduras fue imposible sin sacrificar la prosperidad que lograron en los Estados Unidos.

El avión aterrizó en Tegucigalpa. Los voluntarios de una organización benéfica escoltaron a Pablo, Norma, y otros inmigrantes indocumentados a un área de procesamiento en el aeropuerto, donde cumplieron algunos trámites necesarios.

Teresa llamó a Susana el día antes de la partida de sus tíos. Así que, Susana tomó un taxi para el aeropuerto, y ahora los estaba esperando. Susana vio a Pablo y Norma al salir del área de procesamiento y gritó, "¡Norma!"

Sorprendida al escuchar su nombre, Norma miró a su alrededor hasta que vio a Susana, y corrió a abrazarla. Después de no verse durante veinte años, las dos hermanas hundieron la cabeza en los hombros de la otra mientras lloraban. A Pablo también se le brotaban las lágrimas de sus ojos mientras se regocijaba de ver la reunión feliz de Norma y Susana. La presencia de Susana alivió la incertidumbre de los dos, sabiendo que ahora no estaban desamparados para luchar de la nada. La reunión feliz entre Norma y Susana fue alegre y emotiva.

Con su brazo alrededor de Norma, Susana dijo, "Mi pequeña choza no es mucho, pero pueden quedarse conmigo hasta que logren conseguir su propia casa."

"Gracias, Susana. No tienes idea de lo aliviados que estamos de verte aquí."

Tomaron un taxi para la choza de Susana. Tanto Pablo como Norma se sorprendieron al ver las malas condiciones en las que vivía

Susana, trayendo de vuelta sus recuerdos de las malas condiciones en las que vivieron ellos. Pero estaban agradecidos de tener un lugar donde quedarse. Después de instalarse, ayudaron a Susana con los burritos que hacía y vendía en el pueblo. Después de su larga ausencia, una vez más tenían que acostumbrarse a una sola comida al día, que era todo lo que podían permitirse.

Mientras tanto, Matthew y Teresa trabajaron en la casa de Pablo y Norma en Los Ángeles para ponerla en el mercado. En dos semanas, recibieron una oferta de 480.000 dólares por la casa.

Cuando Pablo y Norma compraron la casa hace veinte años, pagaron 90.000 dólares por una casa que requirió bastante trabajo. Ellos mismos hicieron la mayor parte del trabajo, y la convirtieron en un hogar cómodo.

Después de que Matthew cumplió los trámites para la venta de la casa, Teresa llamó a Susana y pidió hablar con Pablo. Cuando respondió, Teresa dijo, "Tío Pablo, me alegra decirte que la casa se vendió en 480.000 dólares. Después de pagar la hipoteca de 48.600 dólares, la comisión del agente de bienes raíces de 28.800 dólares, y otros gastos, su ganancia de la venta es algo más de 400.000 dólares."

Norma y Susana vieron cómo las lágrimas brotaban de los ojos de Pablo. Con las cejas subidas, Norma se llevó las manos a las mejillas y preguntó, "¿Son malas noticias?"

Teresa escuchó la voz temblorosa de Pablo cuando respondió, "¡No! Recibiremos 400.000 dólares por la venta de la casa."

Norma exclamó, "¡Gracias a Dios!"

Después de coordinarse con Pablo, Matthew le transfirió el dinero a su cuenta bancaria en Honduras.

Pablo y Norma compraron una casa cómoda en uno de los mejores barrios de Tegucigalpa. Pablo también invirtió en un camión, lo que le permitió establecer un negocio para transportar mercancías.

Durante una conversación telefónica con Teresa, Susana le contó sobre la nueva casa de Pablo y Norma y dijo, "La casa tiene cuarto de criada con baño, y me han invitado a vivir en ese cuarto con ellos. El cuarto de criada es más grande que mi choza, e incluso tengo una cama para dormir en lugar de una hamaca. La calle está asfaltada. No hay basura en las calles. El barrio es tranquilo. Y no hay mucha actividad de pandillas aquí. Lo único malo es que todavía tengo problemas para dormir en una cama."

Con lágrimas de alegría, Teresa respondió, "Estoy tan feliz por ti, mamá."

El negocio de Pablo pronto tuvo éxito y Susana y Norma continuaron haciendo y vendiendo burritos.

Disneylandia

Poco después de que Pepe se acomodara con los padres de Matthew, apareció Matthew un día con una pelota de fútbol y dijo, "Pepe, ¿Por qué no pateamos esta pelota por un rato?"

Eso inició una relación cariñosa, que se haría más fuerte con el tiempo. Pepe mostraba cierto talento para el fútbol. Y verlos jugar fue una fuente de alegría para Teresa. Matthew y Pepe se estaban formando una conexión importante, y ambos disfrutaron el tiempo que pasaron juntos.

Matthew aseguró de que Teresa y Pepe tuvieran asientos en el estadio de fútbol para todos los partidos en casa. También viajaban con Matthew a algunos de los partidos fuera de casa cuando los partidos no interfirieran con el trabajo o la escuela.

La habilidad con el inglés mejoraba cada vez más para Teresa y Pepe. Matthew también aprendía algo de español. La necesidad de usar la aplicación de traducción en sus teléfonos disminuyó, y solo se requirió de vez en cuando.

Matthew y Teresa llevaban a Pepe a la iglesia todos los domingos, y Pepe formaba buenas amistades allí. Un día, Matthew se sentó con Pepe y le preguntó, "¿Sabes lo que significa aceptar a Jesucristo como tu Salvador?"

"En la escuela dominical, la maestra nos explicó cómo Jesús murió en la cruz para salvarnos de nuestros pecados. ¿Es a eso que te refieres?"

"Sí. ¿Tu maestra de la escuela dominical también te explicó qué es el pecado?"

"Dijo que la razón por la que a veces hacemos cosas malas, es porque somos pecadores. Y los pecadores no pueden ir al cielo si no son salvos."

"Eso es cierto. ¿Te gustaría ser salvo?"

Con una mirada de preocupación en su cara, Pepe respondió, "Sí. ¿Qué tengo que hacer?"

"Todo lo que tienes que hacer es decir una oración en la que le pidas a Dios que te salve. Puedo ayudarte con esta oración. ¿Lo hacemos ahora?"

Pepe miró a Matthew y asintió con la cabeza.

Matthew rodeó a Pepe con el brazo, le dijo que repitiera sus palabras, y oraron juntos, "Querido Dios, mi maestra de la escuela dominical me enseñó que soy un pecador y que los pecadores no pueden ir al cielo si no se salvan. Quiero ir al cielo cuando muera, así que acepto a Jesucristo como mi Salvador, y prometo vivir una vida que te agrade. Amén."

Luego Matthew preguntó, "¿Orabas sinceramente cuando hiciste esta petición?"

Pepe respondió, "Sí."

"Bien. Eso significa que ahora tienes vida eterna, e iras al cielo cuando mueras. Sabes, tu hermana aceptó a Jesucristo para su salvación cuando ustedes dos estaban en México. Y no hace mucho que Teresa se bautizó. Así que, eso es lo siguiente que debes hacer."

"¿Mi hermana se bautizó? ¿Cuándo sucedió eso?"

"El pastor Gilming la bautizó mientras que tú todavía estabas encerrado en la jaula. ¿Qué te parece sobre eso de bautizarte?"

Pepe asintió con la cabeza, y respondió con las cejas levantadas, "Me da algo de miedo."

"Bueno, te digo. Yo tenía algo de miedo cuando me bauticé, y también tu hermana. Pero a veces tenemos que hacer algunas cosas, aunque tengamos miedo."

"Recuerdo que tenía miedo cuando Teresa me mandó a la escuela. Pero fue entonces cuando conocí a mi amigo, Lucas."

"Así que, descubriste que no era necesario preocuparte tanto, ¿Verdad?"

"¡Sí!"

"Si voy contigo. ¿Podrías bautizarte sin miedo?"

"Por supuesto."

"Bien. Llamaré al pastor Gilming y le pediré que te bautice este domingo. ¿Está bien?"

Aún un poco incómodo con la idea, Pepe respondió con voz temblorosa, "Está bien."

El domingo, Matthew fue con Pepe a prepararlo para su bautismo. Teresa, Peter, y Martha observaron con alegría mientras el pastor Gilming confirmaba que Pepe había profesado su fe en Jesucristo como su Salvador, y luego lo bautizó. Matthew sacó fotografías del bautismo, y Teresa se las envió a Susana y a sus tíos. Luego llamó a su madre, ansiosa por darle todos los detalles sobre el bautismo.

Siempre que Matthew venía a ver a Teresa, Pepe venía corriendo y lo abrazaba. Matthew lo recogía, y le preguntaba, "¿Cómo estás, chico? ¿Cómo te va en la escuela?"

Pepe siempre estaba animado por mostrarle lo que estaba haciendo, y Matthew estaba interesado en escucharlo.

La relación de Teresa y Martha se fue estrechando con el tiempo, y un día, mientras preparaba una ensalada para el almuerzo, Martha comentó, "Teresa, tú y Pepe, al igual que mi hijo, se parecen cada vez más como una familia."

La sonrisa de Teresa reflejaba una alegría feliz cuando respondió, "Estoy tan contenta de ver a Matthew y Pepe jugar al fútbol y de verlos pasar tanto tiempo juntos. Nunca había visto a Pepe tan feliz en mi vida."

Martha y Teresa se sentaron a la mesa de la cocina para almorzar. "Entonces, ¿Cómo van las cosas entre tú y Matthew?"

"Nunca he sido tan feliz en mi vida."

~ * ~

La temporada de fútbol llegó a su fin en mayo. Matthew, Teresa, y Pepe salieron a comer pizza después del último partido de la temporada. Matthew tomó un sorbo de su Coca-Cola y preguntó, "Pepe, ¿Qué tal si vamos a Disneylandia algún día de estos?"

Teresa se animó y miró a Pepe para escuchar lo que diría. Pero preguntó, "¿Qué es Disneylandia?"

Asombrado, Matthew preguntó, "¿No sabes qué es Disneylandia?"

Pepe se encogió de hombros, "No. ¿Qué es?"

"Bueno, es un lugar divertido. Supongo que no hay mejor manera de saber qué es Disneylandia que ir a verlo por ti mismo."

Teresa comentó, "Pepe cumplirá siete años pronto. ¿Por qué no vamos a Disneylandia para celebrar su cumpleaños?"

"Me parece buena idea."

El cumpleaños de Pepe fue el 15 de junio. Martha, la madre de Matthew, preparó un pastel de cumpleaños e invitaron a algunos amigos de Pepe. Matthew, Martha, y Peter cantaron *Happy Birthday* en inglés y Teresa cantó *Las Mañanitas* en español. Comieron pastel y helado, y observaron con entusiasmo mientras Pepe arrancaba el papel de color de los muchos regalos que recibía. Después, se reunieron junto a la piscina y vieron mientras Pepe y sus amigos atacaban una piñata con palos hasta que derramara sus caramelos. Teresa, Matthew, y sus padres se rieron de alegría mientras los niños luchaban por recoger todos los caramelos posibles.

El sábado, Matthew, Teresa, y Pepe fueron a Disneylandia. Cuando entraron al parque, lo primero que vieron fue a Mickey Mouse y Minnie Mouse de pie frente a un castillo.

Pepe rodeó la cintura de Matthew con los brazos y gritó, "¡Tengo miedo!"

Matthew respondió, "No hay nada de que tener miedo. Observemos para ver qué pasa."

Pepe observó mientras otros niños se reunían en torno a Mickey Mouse y Minnie Mouse, y vio cómo todos disfrutaban de un buen rato.

Todavía un poco tímido, Pepe le preguntó a Teresa, "¿Quieres ir conmigo?"

"Por supuesto," y tomó a Pepe de la mano y lo acompañó para conocer a Mickey Mouse y Minnie Mouse.

Cuando se acercaron, Minnie Mouse se arrodilló al nivel de Pepe y dijo, "Hola. Soy Minnie Mouse. ¿Cómo te llamas?"

"Pepe."

"Me gusta ese nombre. ¿Cuántos años tienes?"

"Tengo siete años. Mi cumpleaños fue el jueves."

"¡Jueves! Bueno, feliz cumpleaños, Pepe," y le dio una bolsa de caramelos.

Pasaron el día yendo a los juegos mecánicos, escuchando música, viendo desfiles de robots, y otras cosas fantásticas. Disfrutaron de *Adventure Land, Fantasy Land, Main Street USA, Mickey's Toontown*, entre otras diversiones. Teresa sacó muchas fotos con su teléfono.

Al ver mientras Pepe montaba en un elefante volador, Teresa notó cómo se lo pasaba tan bien y le dijo a Matthew, "Te agradezco mucho por traer a Pepe aquí hoy y por el tiempo que pasas con él. Ya veo cómo se anima cuando está contigo. Estoy tan feliz de que seas una parte de su vida."

Matthew rodeó a Teresa con el brazo y respondió, "Bueno, la verdad es que me encanta jugar con él. Me agrada saber que le gusta estar conmigo. Creo que tiene potencial para ser un buen jugador de fútbol algún día."

Después de pilotear el elefante volador, y mientras Pepe montaba a caballo en el *King Arthur Carousel*, Matthew llevó a Teresa a un lado y le dijo, "Tengo algo que quiero darte."

Sin saber qué esperar, sonrió y preguntó, "¿Qué cosa?"

Entre a una pequeña multitud, Matthew se arrodilló frente a Teresa y sacó una cajetita de su bolsillo. Teresa y la pequeña multitud ahora sabían lo que estaba a punto de suceder. La multitud se calló y se acercó. Teresa se tapó la cara con las manos mientras le brotaban lágrimas de los ojos.

Matthew sacó un anillo de compromiso de la cajetita y dijo, "Teresa, sería el hombre más feliz del mundo si aceptaras ser mi esposa."

Brincando con alegría infantil ahora, extendió su mano izquierda, y exclamó, "¡Oh, sí!"

Mientras la multitud estallaba en aplausos, Matthew colocó el anillo en el dedo muy dispuesto de Teresa, se puso de pie, y le dio un beso apasionado. El entusiasmo de los aplausos de la multitud aumentó en intensidad, y la gente felicitó a la pareja ya comprometida. Usando el teléfono de Teresa, una persona entre la multitud sacó varias fotos que capturaron el abrazo y mostraron el anillo en su dedo. Matthew se arrodilló de nuevo para obtener una foto que mostrara el momento en que le propuso matrimonio a Teresa.

Pepe terminó su paseo y, mientras caminaban hacia *Big Thunder Ranch*, la última parada del día, parecía que Teresa flotara en el aire con júbilo.

Disfrutaron de pollo a la parrilla para cenar y llegaron a casa alrededor de las seis de la tarde. Cuando entraron por la puerta, Martha dijo, "Entonces, Pepe, cuéntame todo sobre Disneylandia."

"Me encanta Disneylandia. Cuando llegamos allí, Mickey Mouse y Minnie Mouse me saludaron, y Minnie Mouse me regaló esta bolsa de caramelos por mi cumpleaños. Fuimos a *Adventure Land* y viajamos en un bote que nos llevó a una casa construida en un árbol. Había algunos pájaros en la casa del árbol que cantaban canciones. Luego fuimos a *Fantasy Land*, y monté en el lomo de un elefante volador, y vimos a Pinocho."

"Entonces, ¿Qué es lo que más te gustó?"

"Me gustaba Pinocho. Era divertido."

"¿Y entonces qué?"

"Vimos un desfile, y me trepé en un camión de bomberos. Dimos un paseo en una nave espacial. Y había un niño que tocaba la guitarra y cantaba canciones en español. Se llama Pepe, ¡Igual que yo!"

"¿Hubo algo que no te gustó?"

"Sí. Nos fuimos demasiado pronto. Quería quedarme más tiempo."

"Entonces, supongo que te gustaría volver algún día."

Pepe asintió con la cabeza de arriba y abajo con una amplia sonrisa en la cara.

Pepe se fue a jugar, y Matthew dijo, "Mamá, hay algo que debo decirte a ti y a papá."

Entraron en la sala donde Peter estaba leyendo. Cuando levantó la vista de su libro, Matthew extendió la mano izquierda de Teresa y dijo, "Mamá, papá, estoy feliz de anunciar que Teresa ha aceptado ser mi esposa."

Peter se puso de pie para estrechar la mano a Matthew mientras rodeaba a Martha con el brazo y decía, "Felicitaciones."

Martha se acercó a Teresa, la abrazó, y le dijo, "Bueno, debo decirte. Esto no es una sorpresa para nosotros. Anticipábamos que ustedes dos pronto anunciarían su compromiso. Estamos emocionados y felices de ver llegar este día."

Peter dijo, "Déjeme ver más de cerca ese anillo."

La sonrisa de Teresa no podía ser más alegre mientras mostraba su anillo.

Antes de anochecer, Teresa llamó a su mamá.

"¡Teresa! ¿Cómo estás, hija mía? Y ¿Cómo está, Pepe?"

"Pepe está bien. Lo llevamos a Disneylandia para celebrar su cumpleaños, y disfrutó de un tiempo maravilloso."

"Qué bueno. ¿Puedo hablar con él? Quiero desearle un feliz cumpleaños."

"Claro, mamá. Pero tengo una noticia importante que contarte. Matthew me ha propuesto matrimonio."

"Oh, hija mía, me alegra mucho. Felicitaciones. ¿Han fijado una fecha?"

"Todavía no. Apenas nos comprometimos hace unas horas, y aún no hemos hecho ningún plan. Pero te avisaré lo antes posible."

Teresa pudo oír mientras Susana, con voz alegre, les contaba a Pablo y Norma, "¡Teresa se ha comprometido!"

Teresa también escuchó como Pablo y Norma reaccionaban, "¡Felicidades, Teresa!"

Teresa llamó a Pepe al teléfono para hablar con su madre, y él le contó todo sobre su aventura en Disneylandia.

Susana anhelaba ver a su hijo. Lloró al escuchar sus palabras, y dijo, "Feliz cumpleaños, hijo mío. Te amo."

"Yo también te amo, mamá."

Después de hablar un rato, Susana dijo, "Bueno, quiero que seas un buen chico. Que escuches a tu hermana."

Los ojos de Pepe se abrieron en grande, y se echó a llorar. Su labio inferior sobresalió cuando respondió, "Lo haré, mamá."

"No estás en la escuela ahora mismo, ¿Verdad?"

"No. Son las vacaciones de verano."

"Cuando comience la escuela, quiero saber que estás estudiando mucho. ¿Me escuchas?"

"Sí, mamá. Lo prometo."

Después de la breve conversación adicional de Teresa con Susana, ella prometió enviar las fotos que sacaron. Esta conversación con sus hijos en este día especial hizo que Susana se diera cuenta de lo mucho que extrañaba a sus hijos, y se echó a llorar por un tiempo.

A la mañana siguiente en la iglesia, Peter habló con el pastor Gilming para informarle que Matthew y Teresa ahora estaban comprometidos.

Durante los anuncios, el pastor Gilming dijo, "Es un gran placer para mí anunciar que Matthew Ward le ha propuesto matrimonio a Teresa Amador, y ella ha aceptado ser su esposa."

La congregación aplaudió. Y cuando llegó el momento de saludarse, muchos se agolparon alrededor de Matthew y Teresa para felicitarlos e insistieron en que Teresa les mostrara su anillo.

Teresa estaba desesperada por ir a trabajar el lunes, y no dejó de enseñar su anillo a Andrés, Rosita, y a todos los demás, para celebrar con ella que ya estaba comprometida. Todos compartieron su emoción, y la felicitaron. Rosita la abrazó, y le dijo, "Estoy tan feliz por ti."

Cynthia vuelve a casa; Teresa se va a casa

Era viernes y terminó el semestre en la Universidad de California en Berkeley. Después de un vuelo de una hora y quince minutos, el avión de Cynthia aterrizó en el aeropuerto internacional de Los Ángeles. Martha, la madre de Cynthia, llegó al aeropuerto con Pepe para recogerla.

Después de reclamar su equipaje, Cynthia se encontró con Martha, quien la abrazó, y le dijo, "Hola hija. Es bueno tenerte en casa."

Cynthia miró hacia abajo, vio a Pepe, y preguntó, "¿Quién es este?"

Pepe, con una sonrisa animada en la cara, dijo, "¡Soy Pepe!"

Sin prestarle atención, Cynthia le preguntó a Martha, "¿Qué está haciendo él aquí?"

Martha contestó, "Vive con nosotros. Somos sus padres de crianza."

Pepe preguntó con curiosidad juvenil, "¿Te gustó volar en el avión?"

Cynthia lo miró con desprecio, pero por lo demás lo ignoró de nuevo y preguntó, "¿Por qué harías semejante cosa?"

Avergonzada por la frialdad de Cynthia hacia Pepe, Martha explicó, "Recordarás, cuando estuviste aquí antes, que Matthew nos presentó a Teresa. Pepe es el hermano de Teresa. Lo rescatamos de la jaula a la que lo envió el gobierno cuando arrestaron a los tíos de Teresa. Sus tíos ahora han sido deportados de regreso a Honduras. Así que, Teresa también vive con nosotros, para que ella y Pepe puedan estar juntos. Y Matthew y Teresa ahora se han comprometido."

Con una mirada de asombro en su cara, Cynthia preguntó, "¿Estás bromeando? Así que, ¿Estás dejando que una mujer criminal viva en nuestra casa?"

El labio inferior de Pepe sobresalió y luchó por contener las lágrimas cuando dijo, "Teresa es mi hermana. ¡Ella no es un criminal!"

Cynthia lo ignoró de nuevo.

Martha se enojó y dijo, "Ya me cansé de tu actitud odiosa. ¡Tienes que superarlo ahora!"

Mientras Martha los llevaba a casa, el silencio en el carro era hostil y severo. Llegaron a casa a las diez de la mañana. Cynthia agarró su maleta y, con actitud de desdén, fue directamente a su recámara.

Con ojos tristes, Pepe preguntó, "No le agrado a Cynthia. ¿Verdad?"

Martha se arrodilló a su nivel y lo abrazó, "No te preocupes. Ella lo superará."

Al mediodía, Martha pidió a Cynthia y Pepe que bajaran a almorzar. El silencio frío continuó con la misma tensión hostil. Pepe terminó su almuerzo y salió a jugar.

Martha comentó, "No sé cuál es tu problema. Pepe es un buen niño, y nos gusta tenerlo aquí. Ni siquiera conoces a Teresa, y no tienes idea de las dificultades que ha soportado. Tu padre y yo también estamos contentos de tenerla aquí para que ella y su hermano puedan estar juntos, y nos complace que ella y Matthew se hayan comprometido."

Otra vez con desdén y un ceño fruncido, Cynthia respondió, "¡Comprometida! ¿Cómo es posible que quisiera casarse con una mujer latinoamericana? Tengo que creer que hay numerosas mujeres blancas que les encantaría estar en una relación con una estrella del fútbol."

"Así que, tienes prejuicios contra los latinoamericanos. ¿También tienes prejuicios contra los negros?"

Cynthia se limpió la boca y tiró la servilleta sobre la mesa. "El hecho es que soy indiferente. Déjalos vivir en su mundo, y déjame vivir en el mío. Voy a volver a mi recámara." Y ella se marchó pisando fuerte.

Mientras estaba en su recámara, Cynthia llamó a varias de sus amigas, y las invitó a una fiesta en la piscina. Al mismo tiempo, Martha llamó a Matthew y le dijo, "Recogí a Cynthia en el aeropuerto esta mañana, y fue muy grosera con Pepe. Supongo que tendremos que lidiar con una situación bastante volátil ahora que Cynthia sabe que Teresa y Pepe viven con nosotros. Debes venir a visitarnos esta noche."

Las palabras de Martha le causaron a Matthew una gran angustia. Respiró hondo e hizo una pausa antes de responder. "Gracias por hacérmelo saber. Vendré después de que termine mi día de entrenamiento."

A las 3:30 de la tarde, Teresa regresó del trabajo y entró por la puerta de entrada. Martha la estaba esperando. "Tú y yo necesitamos hablar."

Cynthia escuchó cuando Teresa entró por la puerta principal, y fue evidente para ella que Teresa regresaba del trabajo en el autobús.

Teresa fue con Martha a la cocina y Martha preguntó, "¿Puedo prepararnos un té?"

Teresa miró a Martha con cautela. "Sí. Disfrutaría de una taza de té."

Con una mirada de preocupación en su cara, Martha dijo, "Teresa, sabes que Cynthia está ahora de vuelta en casa, y me temo que está furiosa de encontrarlos a ti y a Pepe viviendo aquí."

Aunque sabía que Cynthia había llegado a casa, las cejas de Teresa se subieron y se sintió vulnerable debido a esta repentina revelación sobre la actitud hostil de Cynthia. El miedo se apoderó de ella, y se encogió de hombros mientras preguntaba, "Entonces, ¿Qué va a pasar?"

"Matthew vendrá y, cuando Peter llegue a casa, anticipo que tengamos un enfrentamiento."

Mirando hacia el suelo, los ojos de Teresa se llenaron de lágrimas y preguntó, "¿Tendremos que irnos Pepe y yo?"

Martha puso su taza de té sobre la mesa. "Creo que eso no sucederá. Peter y yo tenemos una responsabilidad como padres de crianza para Pepe con la que debemos cumplir, y no permitiré que tú y Pepe se separen. Estoy muy decepcionada con mi hija. Por lo que sepa, puede que decida ella que no quiere quedarse aquí."

Una inseguridad aún mayor invadió el corazón de Teresa y dijo, "¡Dios mío! ¡No quiero ver a tu familia dividida por mí y por Pepe!"

El comentario de Teresa tocó el corazón de Martha y la abrazó. "Conociéndote, no me sorprende que te preocupes por algo así. Pero no nos apresuremos ahora."

Mientras hablaban, Cynthia bajó la escalera y, cuando Teresa la vio, dijo con el tono más amable posible, "Bienvenida a casa, Cynthia."

Cynthia subió la nariz al el aire, se dio la vuelta, y volvió a subir a su cuarto.

Ahora llegaron Matthew y Peter, y la cena estaba casi lista. Teresa y Martha estaban terminando en la Cocina. Al entrar en la cocina, Matthew besó a Teresa; Peter besó a Martha, y preguntó, "¿Dónde está Cynthia?"

Martha respondió, "Ha estado en su recámara, prácticamente desde que llegó. Me temo que vamos a tener problemas con ella. Ha sido francamente desafiante en su oposición de que Teresa y Pepe vivan con nosotros."

Peter frunció los labios mientras contemplaba las palabras de Martha. "Recuerdo que fue muy grosera cuando conoció a Teresa en la iglesia antes de regresar a la universidad. ¿Tienes idea de cuál es su problema?"

"Creo que tiene prejuicios contra las personas de color."

Matthew estaba molesto y preocupado. "Espero que no haga algo estúpido, que podría perjudicarle a Teresa."

Peter dijo, "Bueno, veamos si podemos gozar de una cena tranquila, y hablaremos de este asunto después."

Peter subió la escalera y llamó a la puerta de Cynthia. Cuando abrió la puerta, Peter la abrazó y le dijo, "Bienvenida a casa. Ven. La cena está lista."

Cynthia alzó un lado de su labio superior, y preguntó con un tono desafiante en su voz, "¿Están esas dos personas ahí?"

Peter luchó por dominar su ira y respondió, "Por supuesto. Son parte de nuestra familia. Ahora, ¿Vienes o no?"

"Comeré mi cena aquí."

La mirada helada de Peter mostraba una ira en erupción. Él asintió con la cabeza, su cara ahora reflejaba ira y consternación, y respondió con los dientes apretados, "Bien. Pero tendrás que ir a buscar tu comida." Y se dio la vuelta y bajó la escalera.

Cuando Peter terminó su oración para agradecer la comida, Cynthia pasó por el comedor con su actitud pésima, fue a la cocina, recogió su comida, volvió arriba, y cerró la puerta con un tirón. La tensión electrizante en el comedor negó a todos en la mesa de una cena agradable de comida deliciosa.

Después de la cena, Peter le dijo a Cynthia que bajara.

Cynthia frunció el ceño y dijo, "¡Diablos! ¡No!"

Peter exigió, "Vendrás o habrá consecuencias. ¿Me escuchas?"

Cynthia pasó por en frente de Peter, y bajó la escalera. Peter luchó por controlar su ira, e hizo un esfuerzo deliberado por desacelerar su paso mientras bajaba la escalera hacia la sala. La tensión intensa en el comedor hizo que todos se estremecieran. Teresa luchó por contener las lágrimas. Los músculos faciales de Matthew se tensaron. Martha se quedó mirando al vacío. Peter apretó la mandíbula. Cynthia se sentó con la nariz en el aire. Pepe se acercó a Teresa, y su cara palideció. Esta no era una familia feliz.

Peter habló con una voz suave, pero seria, "Cynthia, tu madre y yo, como padres de crianza, hemos traído a Pepe aquí para vivir con nosotros. Reconocimos que era nuestro deber cristiano traer a Teresa aquí también para que ella y su hermano pudieran estar juntos. Lo que al principio era nada más un deber, ahora es una alegría para nosotros. Tanto Pepe como Teresa se han ganado nuestro cariño, los queremos, y son bienvenidos aquí. Creo que sabes que Matthew y Teresa se han enamorado, y ahora están comprometidos para casarse. Tu madre y yo nos alegramos de verlos juntos porque vemos su felicidad. Quiero que entiendas lo que voy a decir. Te amamos. Pero Teresa y Pepe son miembros bienvenidos de esta familia y no se van a ninguna parte. Así que tienes dos opciones: O abrazarlos y amarlos como miembros de nuestra familia, o puedes marcharte. Pero repito. Ellos van a quedarse aquí."

Al oír este ultimátum, se le brotaron las lágrimas a Cynthia y, con desdén en su voz, gritó, "¡Así que, ellos son más importantes para ustedes que yo!"

"¡Para nada!" Peter apuntó a Cynthia con el dedo y declaró, "Como miembros de nuestra familia, son tan importantes para nosotros como tú. Y tienes la opción de aceptar eso o marcharte."

Abundantes lágrimas bañaron las mejillas de Cynthia, y la rabia se apoderó de ella mientras corría escaleras arriba y cerraba la puerta de su recámara con un tirón fuerte.

Después de este enfrentamiento, Teresa estaba angustiada. Matthew la acompañó a la piscina, la abrazó, y dijo, "No sé qué va a pasar ahora. Te amo. Y oíste a mi papá afirmar que mis padres también te quieren, y te ven a ti y a Pepe como miembros de nuestra familia. Estoy decidido que no voy a permitir que Cynthia nos separe como familia."

Teresa miró a Matthew con ojos de adoración y dijo, "Te amo mucho, Matthew."

Matthew regresó a su apartamento. Teresa soportó una noche de insomnio. A pesar del esfuerzo de Matthew de asegurarle que ella era parte de la familia, se sentía sola, y se sentía como una intrusa.

El sábado, Teresa se sentó en el salón con Pepe. Pepe veía en televisión los programas de caricaturas animadas del sábado por la mañana. Llamaron a la puerta, y Cynthia pasó junto a ellos como si no estuvieran allí. Abrió la puerta, y entraron tres de sus amigas que siguieron a Cynthia para la piscina.

Mientras descansaban alrededor de la piscina, una de las tres mujeres, Priscila, preguntó, "La mujer en la sala, ¿Es una sirvienta?"

Cynthia respondió, "¡Ojalá! Su nombre es Teresa. El chico que está con ella es su hermano, y ambos son inmigrantes ilegales en nuestro país. Mis padres funcionan como padres de crianza para el niño, e invitaron a Teresa a vivir aquí, para que ella y su hermano puedan estar juntos. La peor parte es que mi hermano, Matthew, le ha pedido a Teresa que se case con él. ¡Y mis padres me tratan como una ciudadana de segunda clase!"

La amiga de Cynthia, Linda, puso los ojos en blanco, inclinó la cabeza hacia un lado, y comentó con un tono de arrogancia, "¡Qué horrible!"

Cynthia comenzó a llorar y dijo, "No sé qué hacer. Ni siquiera me siento bienvenida en mi propia casa."

Deborah dijo, "Bueno. Sé lo que haría yo. Los entregaría a ICE."

Cynthia respondió como si se le encendiera una luz en un cuarto oscuro, "¡Sí! ¿Por qué no pensé en eso?"

Las cuatro mujeres se apiñaron juntos para discutir cómo entregar a Teresa a ICE.

Cynthia dijo, "Tengo entendido que Teresa viene de su trabajo en autobús para llegar a casa. Podría pedirle a ICE que la agarren cuando se baje del autobús. Entonces, ¡Problema resuelto!"

Al día siguiente, todos fueron a la iglesia, excepto Cynthia. Buscó en la Internet y encontró información sobre cómo entregar a un inmigrante indocumentado a ICE. Descubrió que era muy sencillo. Nada más tenía que comunicarse con el Departamento de Seguridad Nacional al 1 866-DHS-2ICE.

El lunes, Cynthia observó mientras Teresa iba a trabajar. Fue a la cocina y se preparó una taza de café. Cuando su mamá entró, Cynthia preguntó, "¿A dónde fue Teresa esta mañana?"

Martha respondió, "Ella va a trabajar como mesera en el Restaurante El Potrillo."

"¿A qué hora llega a casa?"

"Llega entre las 3 y las 3:30 de la tarde."

"¿Siempre está libre los domingos?"

"Sí. Le dan los domingos libres para que pueda ir a la iglesia con nosotros."

"¿Es ese el único día libre que tiene?"

Martha se preguntó por qué el horario de Teresa era tan importante para Cynthia y preguntó, "¿Por qué tantas preguntas?"

De espaldas a Martha, Cynthia miró por encima del hombro con una sonrisa maliciosa, fingió un aire de curiosidad, y respondió, "Solo preguntaba."

Mientras Martha estaba en la cocina, Cynthia fue a su recámara con la cara contraída por la rabia, y marcó el número telefónico de ICE. Cuando se contestó la llamada, dijo una mentira despiadada, "Tenemos una sirvienta que trabaja para nosotros a tiempo parcial. El autobús la trae aquí alrededor de las 3:30 de la tarde. Sospechamos que nos está robando, y estoy bastante segura de que es una inmigrante ilegal. ¿Pueden investigar eso?"

El agente respondió, "Claro." Y procedió a obtener la información adicional que necesitaba.

El miércoles, Teresa no llegó después del trabajo. Pasó una hora, y Martha comenzó a preocuparse. Marcó el teléfono móvil de Teresa, pero no había respuesta. Llamó al restaurante, y le preguntó a Andrés, "¿Teresa salió del trabajo a tiempo hoy?"

"Sí. Ya debería estar en casa."

"Pero no ha llegado."

Andrés preguntó, "¿Por casualidad te había dicho que tenía algo que hacer antes de llegar a casa?"

"No."

"Mmm. Eso no suena bien."

Martha colgó, le envió un mensaje de texto a Matthew, y le pidió que la llamara.

Cuando recibió su llamada, Martha dijo, "Estoy preocupada. Teresa aún no ha vuelto del trabajo. Llamé a Andrés, y me confirmó que salió del trabajo a tiempo."

Matthew tembló cuando escuchó esto y dijo, "Déjeme hacer una llamada telefónica."

Cuando el abogado Lorenzo Domínguez contestó el teléfono, Matthew dijo con voz temblorosa, "Algo le ha pasado a Teresa. ¿Puedes averiguar si ICE la tiene?"

"Déjeme averiguar. Me temo que normalmente averiguar algo así toma un par de días para conseguir una respuesta. Así que avíseme si Teresa aparece. "

Matthew volvió a llamar a Martha y, cuando contestó, le preguntó, "¿Alguna señal de ella?"

"No. Nada."

"Llamé al abogado Lorenzo Domínguez. Me dice que tomará un par de días para averiguar si ICE la ha agarrado. Voy ahora para verte."

Mientras conducía a la casa de sus padres, oró, *Querido Dios. Pido que Teresa esté bien. Por favor, que aparezca pronto. La amo tanto. Que no la pierda. Amén.*

A pesar de su fe en Dios, comenzó a temer lo peor.

Esa noche, durante la cena, como un gato satisfecho por haberse tragado un ratón, Cynthia, con ojos maliciosos, preguntó, "Bueno, ¿Dónde está Teresa? Debería haber llegado aquí hace tiempo."

Fue muy sorprendente que Cynthia mostrara algún interés en Teresa, y, por eso, Matthew comenzó a sospechar de ella. Mirándola, respondió, "No lo sé, y estoy muy preocupado por ella."

A última hora de la tarde del viernes, Lorenzo llamó a Matthew y le dijo, "He confirmado que ICE si tiene a Teresa. No se ve bien para ella. Creo que la van a deportar."

La preocupación se apoderó de su corazón, y la voz de Matthew temblaba cuando preguntó, "¿Tienes otros detalles?"

"Bueno, se supone que ICE no debe revelar esto, pero parece que alguien les pidió que agarraran a Teresa."

Matthew llamó a su madre, "ICE tiene a Teresa bajo custodia. Me temo que la deportarán."

Martha clamó, "¡Oh Dios! ¡No!"

"El abogado me dice que alguien le avisó a ICE."

Martha se sentó. "¿Quién haría tal cosa?"

"Bueno, lamento decir esto, pero solo puedo pensar en nada más una persona."

Sin que él lo dijera, Martha supo de inmediato que Matthew se refería a Cynthia.

Matthew preguntó, "¿Te importa si vengo a cenar con ustedes? No quiero estar solo en este momento."

"Por favor, ven."

Martha vio que Cynthia estaba dormida en una silla desplegable cerca de la piscina. Su teléfono estaba en una mesa a su lado, y Martha se acercó de puntillas y recogió el teléfono. Al revisar la lista de números marcados recientemente, vio un número 866 para llamadas sin cargos de larga distancia, y lo volvió a marcar. Cuando un agente de ICE contestó, Martha colgó el teléfono, habiendo confirmado la traición de su hija.

Luego gritó con rabia, "Cynthia."

Cynthia se movió, se estiró, y despertó.

Martha la confrontó. "Matthew confirmó que ICE agarró a Teresa. Y volví a marcar el número de teléfono de ICE en tu teléfono. Así que, sé que la traicionaste, y traicionaste a tu familia también. ¿Tienes alguna idea de lo que has hecho?"

Cynthia se puso de pie y agitó la mano en desafío con una mirada de rabia. "¡Sí! Me deshice de una mujer que cometió el crimen de entrar a nuestro país como inmigrante ilegal, una mujer que se aprovechaba de mi hermano y mis padres para evadir la captura."

Martha se estremeció de angustia y rabia, y apuntaba su dedo en la cara de Cynthia. "¡No! Lo que has hecho es separar a una mujer cristiana del único hermano que le queda. ¿Por qué harías algo tan cruel? No tienes idea del horror que ha experimentado Teresa. Teresa no solo huyó de la pobreza extrema en Honduras, sino que también huyó de las atrocidades de las pandillas viciosas. Estas pandillas mataron a su padre y a su novio, y la amenazaron a ella y a su hermano, José. Su madre, viuda, tomó la angustiosa decisión de poner a sus hijos, Teresa, José, y Pepe, en el infame tren de carga mexicano, que viaja por México. Este tren, conocido como la bestia, les ayudó a llegar a Estados Unidos."

Cynthia, sacudida por este enfrentamiento, respondió, "No tenía ni idea."

"Oh, pero eso no es todo. Cuando José se cayó de la bestia, lo cual es una tragedia común, lo partió en dos, y lo mató. Teresa y Pepe lograron llegar a Estados Unidos, donde sus tíos les ofrecieron posada. Pero ICE deportó a sus tíos y pusieron a Pepe en una jaula con otros niños inmigrantes. Y conocer a Pepe es reconocer que ICE infligió un castigo cruel e inusual a un querido niño inocente. Matthew rescató a Teresa de los agentes de ICE que la acosaban, y es, sin duda, la persona más maravillosa que Teresa ha tenido en su vida torturada. Y Teresa es la persona más maravillosa que Matthew ha tenido en la vida suya. ¡Y todo eso no fue suficiente! Tu traición vergonzosa es otro puñal en la espalda de Teresa."

Martha le arrojó el teléfono a Cynthia y se fue. El corazón de Cynthia se aceleró con una fuerza tan dolorosa que la asustó, y la llenó de náuseas, sin saber qué consecuencias podría enfrentar por su traición.

Martha se acercó a Pepe y lo puso a sentarse. "Pepe, me temo que las mismas personas que capturaron a tus tíos ahora también capturaron a tu hermana. Lamento decirte que no la verás pronto."

Pepe se echó a llorar y Martha lo abrazó.

Pepe preguntó entre sollozos, "¿Qué me va a pasar a mí?"

"Haremos todo lo que podamos para mantenerte aquí con nosotros, y estoy seguro de que también serás una parte importante en la vida de Matthew."

Con los ojos muy abiertos, y la cara manchada de lágrimas, las esquinas de la boca de Pepe revelaban su profunda tristeza. "Pero quiero que mi hermana vuelva."

"Yo sé, Pepe. Yo también quiero que vuelva."

Cuando llegó Matthew, Pepe se le vino corriendo. Matthew se arrodilló y lo abrazó, y Pepe clamó. "¿Cuándo volveré a ver a mi hermana?"

Llorando también con gemidos bajos, como un violín tocando una canción triste, Matthew miró la cara asustada de Pepe con sus ceños tristes, que reflejaban su profunda desesperación, mientras las lágrimas le caían por la barbilla. Matthew lo abrazó de nuevo y dijo, "Lamento que haya pasado esto, y extraño a Teresa tanto como tú. No quiero que te preocupes. De una forma u otra, traeré de vuelta a Teresa. ¿Entiendes?"

Matthew lo miró de nuevo. Pepe asintió con la cara manchada de lágrimas, y con el más mínimo rayo de esperanza.

Matthew pasó la noche, y dejó que Pepe durmiera con él. Pepe se aferró a él durante toda la noche.

ICE no permitió que Matthew ni nadie más viera a Teresa, y la deportaron a Honduras dos semanas después.

Boda en Honduras

Aunque Susana, la mamá de Teresa, estaba triste al ver llegar a su hija, deportada de los Estados Unidos, ella, y los tíos de Teresa, Pablo y Norma, estaban encantados de volver a verla. Las lágrimas fluyeron sin cesar cuando Susana y Teresa se abrazaron.

Al no haber visto a su mamá durante varios meses, Teresa notó cuánto había envejecido su mamá en el poco tiempo desde que ella y sus hermanos se despidieron, cuando partieron de Honduras para los Estados Unidos. La frente arrugada de su mamá y las líneas alrededor de los ojos y la boca se habían profundizado; su cabello estaba mucho más blanco que antes. La tragedia y la soledad no le habían caído bien a su mamá.

Mientras Teresa estaba en los Estados Unidos, le preocupaba que no volvería a ver a su madre nunca más. Así que, Teresa estaba muy contenta de estar con ella nuevamente; sin embargo, también estaba devastada y llena de desesperación. Sentada sola en la terraza de la casa de sus tíos, las preguntas en su mente, que la atormentaban, eran: *¿Volveré a ver a Matthew? ¿Qué pasará con Pepe? Y, ¿Por qué, oh Dios, debo enfrentar esta nueva tragedia en mi vida? ¿¡Por qué!?* Los recuerdos traían a su mente el dulce amor que ella y Matthew compartían. Se estremeció al pensar que su amor era otra pérdida que tendría que soportar. Le parecía que, cada vez que la felicidad aparecía en el horizonte, alguna fuerza diabólica siempre venía para arrancársela.

Cuando la prensa internacional se enteró de que Teresa Amador era el prometido de Matthew, el titular fue: *Matthew Ward, la estrella profesional del fútbol, fue separado de su prometida, una inmigrante hondureña indocumentada que fue deportada por ICE.* La noticia apareció en todas las cadenas de televisión en los Estados Unidos, y Teresa lloró al ver la noticia en Honduras.

~ * ~

Cynthia se presentó frente a su familia mientras expresaban lo avergonzados que estaban de que ella los traicionara. Peter, su padre, le preguntó, "Dime, ¿Por qué alguno de nosotros debería perdonar tu traición a nuestra familia?"

Matthew frunció el ceño, "¿Qué clase de hermana eres? ¿Eres una persona tan odiosa? ¿Es esto lo que eres?"

Con profundo remordimiento, Cynthia se emocionó, reconoció el daño que había hecho, y respondió, "Tienen razón. No merezco su perdón. Matthew, sé que mis acciones te han devastado a ti y a Pepe más que a nadie. Si pudiera deshacer lo que hice, créanme, lo haría. Lo siento mucho."

Peter continuó, "Es solo porque entendemos que Dios nos enseña a perdonarte para que encontremos en nuestro corazón el darte el perdón. Te sugiero que hagas todo lo posible para hacer la restitución necesaria."

A partir de ese momento, Cynthia trataba a Pepe como si fuera su propio hermano y llegó a amarlo. Por extraño que parezca, después de su odioso prejuicio, se convirtió en una sustituta peculiar para la hermana de Pepe. Sin embargo, era una sustituta inadecuada e insatisfactoria, lo que era una fuente incesante de culpa para ella.

Matthew pasó mucho tiempo con Pepe, y Pepe llegó a confiar en Matthew como una fuente crucial de seguridad muy necesaria. Llevaba a Pepe al estadio de fútbol donde entrenaba, y sus compañeros nombraron a Pepe como miembro honorario del equipo. Matthew le compró un uniforme del equipo, que Pepe lucía con orgullo.

También fueron a Disneylandia de nuevo. Mientras gozaban de un gran tiempo, la ausencia de Teresa robó lo mejor del encanto de Disneylandia. Ambos anhelaban volver a tener a Teresa en sus vidas.

Matthew hizo los arreglos para que Teresa consiguiera un teléfono móvil en Honduras, y hablaban casi todos los días. Después de cada conversación, Matthew revivía muchos momentos preciosos con Teresa, que ahora eran solo recuerdos agridulces. Devastado, echaba de menos su inocencia desinhibida, y anhelaba tenerla en sus brazos de nuevo. Con determinación inquebrantable, planeó viajar a Honduras lo antes posible.

Con anticipación de que los Estados Unidos podría prohibir el regreso legal de Teresa al país, Matthew llamó al hermano de su padre en Vancouver, Canadá, Wilbur Ward, el tío de Matthew.

Cuando Wilbur respondió, Matthew dijo, "Tal vez hayas escuchado en las noticias que mi prometida, Teresa Amador, ha sido deportada a Honduras. Estoy decidido a casarme con ella y traerla de regreso a los Estados Unidos. Debido al hecho de que ella vivió aquí como una inmigrante indocumentada, es posible que no se permita su regreso directo a los Estados Unidos."

"Sí. Escuché el informe en las noticias. ¿Qué piensas hacer?"

"Por eso te llamo. Espero que puedas ayudarme. Como soy ciudadano canadiense, es posible que sea más fácil traer a Teresa a Canadá. Si esa es una opción, ¿Puedo traerla para que se quede con ustedes por un período corto de tiempo mientras hago los trámites para que emigre a los Estados Unidos desde Canadá?"

Wilbur respondió, "Claro. No veo por qué no. Si decides traerla aquí, cuenta con que se quede con nosotros. No hay problema."

Un par de semanas después, luego de evaluar sus opciones en mayor detalle, Matthew llamó a Teresa, y le dijo con una voz que reflejaba una determinación inquebrantable, "Vengo a buscarte. Quiero casarme contigo allí con tu familia presente, y de una forma u otra, regresarás conmigo."

Con lágrimas de alegría, Teresa respondió, "Te amo Matthew. Una boda aquí con mi familia presente sería un sueño hecho realidad para mí. ¿Pero qué hay de la familia tuya?"

"Lamento que mi familia no pueda estar presente, pero lo que más lamentaría sería perderte. Y no voy a dejar que eso suceda. Además, estaré encantado de ver tu sueño hecho realidad. Supongo que podemos tener una recepción de boda para mi familia y amigos aquí, después de que regreses conmigo a los Estados Unidos."

Matthew hizo una reservación en la aerolínea Copa. Comprobó su equipaje en el aeropuerto internacional de Los Ángeles y llevaba tanto su pasaporte canadiense como el estadounidense.

Cuando el personal de la aerolínea reconoció quién era Matthew, alertaron al personal de la agencia de Copa en Tegucigalpa que Matthew Ward, la estrella de fútbol, llegaría al aeropuerto internacional de Toncontín. Uno de los agentes en Tegucigalpa filtró la noticia a los medios de noticias en Tegucigalpa, quienes hicieron planes para estar presente cuando llegara el vuelo de Matthew. Antes de que su vuelo partiera, Matthew llamó a Teresa. "Mi vuelo llega a Tegucigalpa hoy a las tres en punto."

"Estaremos en el aeropuerto cuando llegues. Qué Dios permita que tu vuelo llegue bien."

~ * ~

La tripulación de vuelo les avisó a los pasajeros que la torre del aeropuerto internacional de Toncontín los autorizó para el aterrizaje, y Matthew se apretó el cinturón de seguridad. Rodeado de terreno montañoso, el aeropuerto internacional de Toncontín tiene la fama de ser uno de los aeropuertos más peligrosos del mundo.

El avión experimentó una turbulencia significativa durante su descenso. Debido al terreno difícil alrededor del aeropuerto, el piloto hizo un giro brusco, pero necesario, cuando el avión estaba a punto de aterrizarse. Esta maniobra fue defectuosa, y el piloto tomó una acción evasiva para acelerar el avión, subir, evitar un choque.

Matthew vio con horror que el ala de su lado del avión casi chocaba con el suelo, lo que le asustó a Matthew y provocó el pánico entre todos los pasajeros. El avión dio la vuelta al aeropuerto, e hizo otro intento de aterrizar, que esta vez fue exitoso.

El aeropuerto internacional de Toncontín solo tiene cuatro puertas para los vuelos que llegan, y solo dos de las puertas tienen pasarelas de abordaje, las cuales estaban ocupadas cuando aterrizó el vuelo de Matthew. Por eso, el personal del aeropuerto colocó una escalera a la puerta de salida del avión. Así que era necesario que los pasajeros se bajaran del avión a la pista, y luego caminaban a la terminal. Matthew llegó en el mes más caluroso del año y, como nunca había estado en Centroamérica, no estaba acostumbrado a las temperaturas sofocantes y la humedad cercana al 100 por ciento. Cuando salió del avión, la alta humedad lo hizo toser, y casi enseguida el sudor empapó su ropa.

Después de pasar por la aduana y reclamar su equipaje, salió y se encontró con una multitud de personas, incluso reporteros de noticias, que lo rodearon, tomaron fotografías, y compitieron para hacer le preguntas. Y también, había fanáticos frenéticos que se apresuraron a pedirle autógrafos. Cuando vio a Teresa, terminó un autógrafo, devolvió la pluma y el papel al fanático, y luchaba para escapar de tantas personas que le rodeaban. La multitud abrió un camino, y Teresa corrió a sus brazos. Abundantes lágrimas de alegría brotaron de los ojos de Teresa, y, durante un apasionado beso, la multitud estalló en aplausos, y los fotógrafos se peleaban entre sí para captar el beso.

Teresa y Matthew ya estaban juntos de nuevo.

Mientras salían del aeropuerto, Matthew conoció por primera vez a Susana, la madre de Teresa, y los tíos Norma y Pablo. Susana abrazó a Matthew y lo besó en ambas mejillas. Pablo y Norma le dijeron, "Bienvenido a Honduras."

Un taxi los llevó a la casa de los Gómez, y Pablo le enseñó a Matthew donde era su recámara. Como él ocupaba la recámara de Teresa, Susana compartía su cuarto de sirvienta con Teresa.

Pablo le dio las gracias a Matthew por organizar la venta de su casa en Los Ángeles, y dijo, "El dinero de la venta nos permitió comprar esta casa, mi camión, y me dio la oportunidad de abrir un negocio de transporte. Por primera vez en nuestras vidas, estamos libres de deudas."

Matthew respondió, "Cuanto me alegra saber que han prosperado aquí."

Teresa, Norma, y Susana empezaron a preparar la cena. La casa no tenía aire acondicionado. Empapado en sudor, Matthew pidió, "¿Puedo darme una ducha antes de comer?"

Pablo respondió, "Claro," y le dio una toalla.

En el baño, Matthew descubrió que tanto la ducha como el lavabo tenían un solo grifo; no había agua caliente. El clima húmedo combinado con el agua helada de la ducha fue un gran shock para Matthew, quien nunca antes se había duchado con agua fría. Se estremeció durante la ducha muy corta, y nunca pudo sumergir todo su cuerpo bajo el chorro de agua fría. Sin embargo, se sintió mucho más cómodo durante unos quince minutos, hasta que el calor y la humedad lo abrumaron nuevamente.

Mientras cenaban, Norma dijo, "Hablamos con el padre Santiago, el sacerdote de la iglesia donde solía ir Teresa, y él realizará la ceremonia del matrimonio. Tú y Teresa deben ir mañana a la Dirección Ejecutiva de Ingresos para obtener su licencia de matrimonio."

Matthew no entendía, y preguntó, "¿Qué lugar es este donde obtenemos la licencia de matrimonio?"

Pablo respondió, "Esa sería *Department of Revenues* en inglés."

Después de la cena, todos vieron las noticias en la televisión, que informaron en español:

El señor Matthew Ward, una estrella del fútbol con el equipo LA Galaxy en Los Ángeles, California, llegó hoy al aeropuerto internacional Toncontín para reunirse con la señorita Teresa Amador, su prometida. Hace un par de meses, Estados Unidos deportó a la señorita Teresa, quien vivía en el país como inmigrante indocumentada. Los fanáticos rodearon al señor Matthew en busca de autógrafos, mientras que la señorita Teresa se abrió paso entre la multitud para unirse al hombre que ama. La multitud vitoreó y aplaudió cuando el señor Matthew besó y abrazó a la señorita Teresa, que se ve aquí, brotando lágrimas de alegría.

Cuando se le preguntó cuáles eran sus planes, el presentador de noticias tradujo la respuesta de Matthew al español, "Estoy aquí para casarme con mi prometida, Teresa, y llevarla conmigo a Los Ángeles."

Por supuesto, aparte de la mención de nombres y sus propias palabras, Matthew no entendió nada y se sorprendió al verse en la televisión en Honduras.

Temprano en la mañana, los gallos de todo el vecindario comenzaron a cantar, otra nueva experiencia que despertó a Matthew mucho antes de lo que le agradaba. Pronto escuchó los sonidos de una transmisión de radio, y suponía que estaban anunciando las noticias. Mientras escuchaba la transmisión en español, la cual no entendía nada, se sorprendió al escuchar su nombre. El locutor informaba que Matthew Ward, la estrella del fútbol, había llegado a Tegucigalpa.

Para el desayuno, Norma preparó huevos, salchichas, yuca, jugo de naranja, y café.

Matthew besó y abrazó a Teresa, y se sentó a la mesa con su familia para desayunar. Pablo oró en español, "Querido Dios. Pido que todo vaya bien para la boda de Matthew y Teresa, y que puedan superar cualquier obstáculo que impida su regreso juntos a los Estados Unidos. Que conozcan la felicidad en su matrimonio y, por favor, bendícelos con hijos que los enorgullezcan. Amén."

Teresa tradujo la oración de Pablo al inglés, y le dio a Matthew su plato de comida. Cuando vio la yuca, preguntó, "¿Qué es esto?"

Teresa sonrió y explicó, "Es yuca. Es una verdura de raíz. Hallarás que se parece a la papa, pero es algo fibrosa."

Cuando probó su comida, comentó, "No puedo creer cuánto más sabroso es todo. Los huevos tienen más sabor. Nunca he probado salchichas como esta. Es más llena de sabor que otras salchichas que he comido. Me gusta la yuca. Pero, lo mejor de todo, es este café. Es más fuerte de lo que estoy acostumbrado, pero no amargo. Me encanta."

Con un sentimiento de orgullo, Teresa respondió, "Me alegra que te guste todo. Si bien hay muchos problemas en Honduras, la comida aquí suele ser más deliciosa porque se cultiva orgánicamente."

Después del desayuno, Matthew y Teresa tomaron un autobús para dirigirse a la Dirección Ejecutiva de Ingresos para que pudieran obtener su licencia de matrimonio. Las temperaturas de la mañana eran más agradables y no tan sofocantes. Matthew notaba que todos los autobuses urbanos eran autobuses escolares de segunda mano, importados de Estados Unidos, y Teresa explicó que eran de propiedad privada. Los autobuses estaban todos pintados de colores únicos, que, en la mayoría de los casos, incluían pintura roja, blanca, y azul. Era costumbre que la puerta de salida de emergencia en la parte trasera de los autobuses retratara a una mujer hermosa, vestida provocativamente con ropa mínima. La mayoría de los autobuses tenían enormes bocinas de aire montadas en la parte superior, que estaban en uso continuo.

En el interior del autobús, en el que viajaban Matthew y Teresa, había detallados paisajes tropicales pintadas por encima de las ventanas, separados por nombres de mujeres, escritos en letra cursiva. Las luces navideñas colgadas en todo el interior del autobús agregaron un toque festivo. El sistema sofisticado de sonido del autobús emitía música de salsa, merengue, y mariachi a todo volumen, lo que inspiraba a los pasajeros a moverse al ritmo de la música.

La gente ocupaba todos los asientos y muchos se paraban en el pasillo del autobús. Cuando Matthew y Teresa subieron, era todo lo que podían hacer para meterse dentro. Cuando la gente quería bajarse del autobús, tenían que empujarse alrededor de Matthew, Teresa, y otros para llegar a la puerta de salida. Matthew y Teresa pronto lograron conseguir asientos, no juntos, pero lo suficientemente cerca como para poder conversar.

Matthew observaba, "Parece que viajar en autobús es como ir a una fiesta aquí."

La risa de Teresa fue como una canción feliz. "Viajar en autobús aquí es mucho más divertido que viajar en los autobuses aburridos de Los Ángeles."

Se bajaron del autobús y se aventuraron por las tumultuosas calles abarrotadas. Además de las tiendas y los restaurantes, había quioscos que se colocaban a lo largo de las aceras, y vendían una amplia variedad de productos, servicios, y alimentos. Los productos y servicios incluyeron, entre otras cosas, relojes, ropa íntima para mujeres, perfumes, artefactos electrónicos, teléfonos móviles, boletos de lotería, y servicios de peluquería. El aroma de los quioscos de comida reveló la disponibilidad de carnes a la parrilla, caramelos, café, y otras delicias. Matthew decidió que tenía que probar la carne suculenta a la parrilla, que tenía un delicioso sabor ahumado y picante.

Las aceras, que estaban muy estrechas debido a los quioscos, estaban llenas de peatones, y Matthew se sintió algo intimidado cuando Teresa lo ayudó a abrirse paso entre la multitud. Teresa le advirtió sobre los carteristas. Matthew descubrió que él era como un imán para todos los mendigos a lo largo de la acera, que veían a este estadounidense como un posible donante rico. Los vendedores gritaban los productos que vendían, y sus voces, amplificadas por megáfonos, competían con la bulla continua de las bocinas de los carros y autobuses.

Cuando llegaron a la Dirección Ejecutiva de Ingresos, la temperatura ya había subido, y el sudor formó manchas húmedas en la camisa de Matthew, y sintió que gotas de sudor le corrían por la espalda y el pecho.

Después de obtener la licencia de matrimonio, fueron a un restaurante para almorzar. Se sentaron a una mesa cerca de un abanico, y Matthew sintió un alivio leve del calor sofocante y la humedad. Era el único estadounidense en el restaurante. Mirando nerviosamente alrededor del restaurante, se sintió algo intimidado al descubrir que era el único hombre blanco, una minoría de uno.

Habiendo visto a Teresa y Matthew, la estrella del fútbol, en televisión durante su abrazo en el aeropuerto, muchos de los clientes del restaurante rodearon su mesa, luchando, con los brazos extendidos, sosteniendo papel y bolígrafo, para conseguir el autógrafo de Matthew. Después del almuerzo, repitieron su expedición por las calles abarrotadas. La fiesta en otro autobús pintoresco los entretenía en camino a la casa.

Llegó el día de la boda. Matthew se puso un vestido con corbata. Pablo lo llevó a desayunar a un restaurante local, mientras Susana y

Norma preparaban a Teresa para la boda. Pablo y Matthew planearon llegar primero a la iglesia, y Susana, Norma y Teresa después. La boda se ocurriría en la misma iglesia del barrio donde vivía Teresa. El barrio estaba en el lado opuesto de la ciudad de donde vivían Pablo y Norma, y Teresa no había visitado el barrio desde su deportación de los Estados Unidos. Estaba ansiosa por ver quién del barrio asistiría a su boda. Entre otros, esperaba ver a su amiga, Leticia.

En camino al restaurante, Pablo y Matthew tenían que lidiar con la congestión del tráfico en las horas pico. Para Matthew, el sonido continuo de las bocinas era un tormento molesto, y notó que casi no había semáforos. Comentó, "Nunca había visto tráfico tan caótico. ¿Cómo se conduce aquí?"

Pablo explicó, "El secreto es lo que llamamos acomodación agresiva. Conducir en Honduras no es nada como conducir en los Estados Unidos, donde el flujo del tráfico, en su mayor parte, circula de manera muy ordenada. Aquí, cuando uno desee girar o cruzar una intersección, debe colocar una esquina de su carro frente de un carro que se aproxima en la calle adyacente; esa es la parte agresiva. Una vez que el carro se meta así, el otro conductor tiene que dejarlo entrar, esa es la parte de la acomodación."

"Todo el mundo comprende esta forma de conducir, y nadie puede ir muy rápido cuando se conduce así en este tráfico. De lo contrario, la acomodación agresiva nunca funcionaría. Te sorprendería saber que no hay tantos accidentes automovilísticos, a pesar de la forma caótica en que conducimos."

Después del desayuno, Pablo y Matthew llegaron a la iglesia. Amigos y familiares tomaron sus asientos, junto con varios fanáticos del fútbol y reporteros de noticias. Pablo acompañó a Matthew al altar de la iglesia, donde se reunieron con el padre Santiago.

El organista tocó la marcha nupcial. Teresa apareció en el portal de la iglesia con un vestido elegante de novia de color blanco y estilo español con velo. Llevaba un ramo de flores rojas en sus manos. El vestido blanco y las flores destacaban la belleza de su piel de color canela y su largo y sedoso cabello negro. Matthew quedó cautivado por esta encantadora y hermosa mujer latinoamericana que pronto sería su esposa. Susana y Norma la acompañaron hasta el altar de la iglesia. Cuando llegaron al altar, Norma le quitó las flores a Teresa, y Susana y Norma se sentaron. Lágrimas de alegría corrieron por sus caras, que secaron con pañuelos de seda.

Matthew tomó a Teresa de las manos y se enfrentaron cara a cara. El perfume de Teresa era como el aire que uno nunca se cansa de respirar. Teresa miró a Matthew con ojos de adoración y una amplia sonrisa de felicidad.

Matthew la miró con una sonrisa nerviosa y dijo, "Te ves preciosa, mi amor."

La sonrisa de Teresa se agrandó de alegría.

El padre Santiago preguntó, "¿Quién da a esta mujer para casarse?"

Susana, la madre de Teresa, se paró con lágrimas en los ojos y respondió, "Yo."

El padre Santiago luego le pidió a Teresa que aceptara sus votos matrimoniales, y Teresa respondió, "Sí. Acepto."

Lo único que Matthew entendió fue la respuesta de Teresa cuando dijo, "Sí." Luego, el sacerdote le pidió a Matthew que también aceptara sus votos matrimoniales, que él no entendió en absoluto. Pero, cuando el padre Santiago se detuvo, y miraba al novio, Matthew, después de una pausa, comprendió su parte y dijo, "Sí. I do."

El padre Santiago le dijo a Matthew que pusiera el anillo de bodas en el dedo de Teresa.

Hubo un silencio incómodo, y Teresa miró a Matthew con una expresión de desconcierto en su cara. Pablo le susurró en inglés, "Ya puedes poner el anillo de bodas en el dedo de Teresa." Lo que hizo.

El padre Santiago luego anunció que Matthew y Teresa ya eran marido y mujer, se volvió hacia Matthew, y le dijo, "Señor Matthew, ahora puede besar a su novia."

Matthew miró a su alrededor y se encogió de hombros. Teresa ladeó la cabeza con una sonrisa juguetona y una expresión de expectación en su cara. La gente de la iglesia estalló en una risa sutil y discreta.

Pablo susurró en inglés de nuevo, "Ya estás casado y puedes besar a tu novia." Lo que hizo.

Matthew y Teresa se volvieron hacia la congregación. Todos aplaudieron y Susana devolvió las flores a Teresa. Cuando salieron de la iglesia, Teresa se volvió y arrojó su ramo de flores sobre su cabeza. Cuando se dio la vuelta, se llenó de alegría al ver que su amiga, Leticia, lo había apañado.

En la recepción después, hubo música y comida con mucha alegría. Muchos invitados le pidieron el autógrafo a Matthew. Matthew, que estaba bañado en sudor, se quitó el saco y la corbata. Teresa hizo arreglos con la iglesia para cambiarse y ponerse su traje de baile, que incluía la falda ancha, de color azul cobalto, adornada con un material recogido y cosido en la falda, y acentuado con ribetes trenzados en zigzag. También incluía la blusa adornada, que hacía juego con el color de la falda.

Matthew comentó, "Vaya. Eres toda una belleza española."

La música incluyó una selección en la que Teresa interpretó el jarabe yoreño, la danza folclórica colonial, que era su favorita. Matthew no tenía idea cómo hacer de su parte del baile, lo que requería que tratara de bailar con Teresa sin éxito y luego actuar como si se rindiera y perdiera el interés. Eso no sucedió. En cambio, se quedaba parado, y admiraba a su novia con asombro. Teresa luego bailaba en círculos alrededor de Matthew con deleite, y coqueteó con él, agitando y extendiendo su falda ancha, como un pavo real, sacudiéndola de una manera sensual y energética. Y meneaba los hombros de un lado a otro, mostrando una sonrisa traviesa y atrevida, mientras miraba a Matthew por el rabillo del ojo.

Hechizado, Matthew la observaba con una sonrisa que llegó a sus ojos.

Después de la recepción, el señor y la señora Matthew Ward partieron en taxi para el Hotel Marriott de Tegucigalpa, donde tenían reservaciones, y donde disfrutaron del éxtasis de consumar su matrimonio.

~ * ~

El lunes, Matthew y Teresa fueron a la embajada estadounidense en la Avenida de la Paz. Allí, se reunieron con Roger, un oficial consular, para preguntarle cómo obtener una visa de inmigrante para Teresa.

Roger, un aficionado ávido del fútbol, reconoció a Matthew de inmediato y dijo, "Haré todo lo posible para ayudarte." Para confirmar lo que había escuchado en las noticias, preguntó, "¿Dónde conociste a Teresa?"

"Nos conocimos en Los Ángeles."

Nuevamente, para confirmar su comprensión, Roger preguntó, "Teresa, ¿Estabas en los Estados Unidos como residente legal?"

Temiendo que su respuesta pudiera impedir sus esfuerzos para obtener una visa de inmigrante, se secó las lágrimas que ya se brotaban de los ojos con un pañuelo, y dijo con el ceño fruncido y una voz llorosa, "No."

"Entonces, tengo entendido que fuiste deportada. ¿Es cierto?"

Teresa empezó a sollozar y asintió con la cabeza.

"¿Has entrado a los Estados Unidos sin autorización más de una vez?"

Con sollozos que no la dejaban hablar, Teresa negó con la cabeza, "No."

Roger se volvió hacia Matthew y preguntó, "¿Cómo sabemos que tu matrimonio con Teresa es legítimo? En otras palabras, ¿Qué evidencia existe para demostrar que tu matrimonio no es nada más que un plan de conveniencia para ayudar a Teresa a regresar a los Estados Unidos como residente legal?"

Matthew explicó cómo rescató a Teresa cuando ICE arrestó a su hermano y a sus tíos, y luego dijo, "Poco después, comenzamos a pasar tiempo juntos y nos enamoramos. ICE puso a su hermano, Pepe, en una jaula con otros niños inmigrantes, y mis padres aceptaron convertirse en sus padres de crianza. Trajeron a Pepe a su casa para vivir con Teresa, y todavía vive con ellos. Teresa y yo llevamos a Pepe a Disneylandia para celebrar su cumpleaños, donde le pedí a Teresa que se casara conmigo. Entonces hace un par de meses, como creo que sabes, ICE arrestó y deportó a Teresa, y ahora vine a Honduras para casarme con ella. Mis padres y la familia de Teresa aquí pueden corroborar lo que te he dicho. Así que es obvio, Teresa y yo nos comprometimos porque realmente nos amamos, y eso ocurrió mucho antes de su deportación. Y ahora nos hemos casado."

Roger explicó, "Por favor, comprenda que tuve que hacerles estas preguntas. Les alegrará saber que la primera vez que una persona ingresa a los Estados Unidos como residente indocumentada, se considera un delito menor y, por lo tanto, no es un delito grave. Por eso, Teresa es elegible para solicitar una visa de inmigrante como esposa tuya. Hay un proceso de cinco pasos para obtener una tarjeta verde para miembros de una familia. Es importante seguir todos los pasos de este proceso para evitar retrasos."

La cara de Teresa se iluminó al escuchar esta noticia.

Matthew se inclinó hacia delante y preguntó, "¡Que bien! ¿Cómo procedemos?"

"¿Qué documentos trajeron?"

"Ambos tenemos nuestros pasaportes, nuestra licencia de matrimonio, y nuestro certificado de matrimonio."

Roger les mandó a llenar un formulario I-130, *Solicitud para un familiar extranjero*, y explicó, "Debemos presentar esta solicitud a los Servicios de Inmigración y Ciudadanía de los Estados Unidos. Debo decirles. Este proceso de solicitud puede tardar varios meses."

Matthew y Teresa negaron con la cabeza con expresiones de desesperación y frustración en sus caras. Matthew preguntó, "Así que, ¿Tengo que irme de Honduras sin mi esposa?"

"Tal vez no. También te ayudaré a preparar otra petición que, si se aprueba, te permitirá llevar a Teresa a los Estados Unidos mientras se procesa el formulario I-130. Normalmente, esta petición se aprueba en un par de semanas. Mientras tanto, Teresa debe someterse a un examen médico para confirmar que no tiene ninguna enfermedad infecciosa ni ningún trastorno mental o físico de gravedad. ¿Existe alguno de estos problemas médicos?"

Teresa respondió, "No, señor."

242

Roger le dio a Teresa una lista de las vacunas requeridas y dijo, "También necesitas obtener un registro de vacunas, que confirme que has recibido las vacunas en esta lista."

Matthew preguntó, "¿Anticipas algún impedimento?"

Roger respondió, "En tiempos normales, mi respuesta sería no. Pero con el clima político actual en los Estados Unidos, lamentablemente no hay certezas."

"¿Supongo que te pondrás en contacto con nosotros cuando tengas noticias pertinentes?"

"Por supuesto."

"Sabes, Roger, debo decirte que mi familia y yo nacimos en Canadá. Somos ciudadanos canadienses. Y no enfrentamos ninguna dificultad para emigrar y naturalizarnos como ciudadanos estadounidenses. Me parece triste que Teresa, y otras personas como ella, deban enfrentar tantos obstáculos para venir a Estados Unidos."

"Debo decir y lamentar que siempre ha sido así, pero desafortunadamente eso es la realidad. Y me entristece decir que es aún peor bajo la administración Trump."

Después de salir de la embajada, fueron a almorzar a un restaurante cercano y Teresa preguntó, "¿Qué hacemos si nuestras peticiones no son aprobadas?"

Matthew se frotó la barbilla, y se inclinó hacia delante. "Bueno, eso complicará las cosas. Sin embargo, también traje mi pasaporte canadiense y coordiné con mi tío Wilbur en Vancouver, Columbia Británica. Por lo tanto, mi plan alternativo es llevarte conmigo a Canadá si es necesario, y mi tío está dispuesto a darte posada, mientras hago los arreglos para llevarte a los Estados Unidos desde Canadá."

Teresa ladeó la cabeza. "¿Eso funcionará?"

Matthew se encogió de hombros. "Tengo que confesar, no lo sé, y espero que no tengamos que averiguarlo."

Tanto Matthew como Teresa se sintieron incómodos debido a la incertidumbre de su situación. Cuando la mesera trajo la comida, Matthew oró, "Querido Dios. Te damos las gracias por esta comida con la que nos has bendecido. Tú sabes lo importante que es para nosotros estar juntos como esposo y esposa, y pedimos que tengamos éxito con nuestros esfuerzos de conseguir una visa de inmigrante para Teresa. Ayúdenos a honrarte en todo lo que hacemos. Amén."

Durante las siguientes dos semanas, Teresa llevó a Matthew a muchos lugares fascinantes. Ella dijo, "Uno de los primeros lugares donde quiero llevarte es el barrio donde solía vivir mi familia. Pero debemos ir durante las horas de la mañana porque ese es el mejor momento del día para evitar posibles encuentros con pandilleros. Los pandilleros no son gente mañanera."

Matthew estaba interesado en ver dónde solía vivir Teresa, pero se puso nervioso cuando se mencionó la amenaza de encuentros con pandillas. Teresa miraba a su alrededor mientras el autobús se acercaba al barrio, con la esperanza de ver a personas y lugares que recordaba, pero también para confirmar que los pandilleros no estaban presentes. La choza de su familia todavía estaba allí, ahora ocupada por otra familia.

El shock lo llevó a cubrirse la boca con la mano cuando Matthew vio esta choza y le preguntó, "Así que, ¿Vivías aquí con tus padres y dos hermanos?"

"Sí. Así es."

"¡Caramba! ¡Creo que esta choza es más pequeña que el baño en la casa de mis padres!"

El hedor a basura podrida y el fango en la calle hizo que Matthew agarrara su nariz. Sacudió la cabeza con incredulidad al ver las condiciones de pobreza en las que la gente de este barrio vivía.

Se detuvieron en una cafetería en el área donde la familia de Teresa solía vender sus burritos, y pidieron café y tamales. Mientras comían, Teresa vio a su amiga Leticia y la llamó.

Cuando se acercó a la mesa, Teresa se puso de pie. Con lágrimas en los ojos, ella y Leticia se abrazaron.

Teresa dijo, "¡Leticia! Gracias por asistir a mi boda. Lamento que no tuviéramos la oportunidad de hablar. ¿Cómo estás?"

"Estoy bien. No podía quedarme para la recepción. Tenía que trabajar. Es tan bueno verte de nuevo."

Teresa le dijo a Matthew, "Esta es mi mejor amiga, Leticia. No he hablado con ella desde antes de migrar a los Estados Unidos."

Matthew respondió, "Hola, Leticia. Teresa me ha hablado de su amistad. Es bueno conocer a una amiga que es tan importante para ella."

Teresa tradujo el saludo de Matthew al español para Leticia.

Leticia luego dijo, "Bueno, cuéntame sobre este hombre con quien te casaste."

Teresa explicó cómo Matthew la rescató cuando ICE capturó a Pepe y a sus tíos.

"¡Qué historia! Escuché en la radio que Matthew es una estrella del fútbol."

Teresa se hinchó de orgullo. "Así es. Debías de haber visto a la multitud que se reunió a su alrededor para obtener su autógrafo cuando su avión llegó a Tegucigalpa."

Leticia preguntó, "¿Por cuánto tiempo van a estar aquí?"

Teresa respondió, "Más o menos dos semanas. Estamos haciendo los trámites necesarios para que yo pueda regresar a los Estados Unidos como residente legal. Creo que sabes que hace poco me deportaron. Por lo tanto, nos preocupa si Estados Unidos aprobará mi visa de residente."

"Eso parece bastante inseguro."

"Así es. Pero eso es a lo que nos enfrentamos."

Después de salir de la cafetería, recogieron algunas flores silvestres en el camino mientras iban al cementerio para visitar la tumba de su padre.

Teresa lloraba cuando le dijo a Matthew, "Recordarás que te conté cómo los pandilleros torturaron y mataron a mi padre."

Matthew rodeó a Teresa con el brazo mientras visitaban la tumba durante unos quince minutos.

También tomaron la arriesgada decisión de ingresar al territorio del barrio 18 para visitar la tumba de Raúl, el exnovio de Teresa y su compañero de baile.

Todavía esperando la aprobación del Departamento de Estado, Teresa llevó a Matthew a visitar otros puntos de interés en el área alrededor de Tegucigalpa, incluso el Parque Naciones Unidas El Picacho, donde disfrutaron de los senderos del parque y la estatua de Jesucristo de 20 metros de altura. Hicieron un viaje en autobús para visitar las ruinas mayas de Copán. Y visitaron muchos de los mejores restaurantes de Tegucigalpa, la mayor parte de los cuales Teresa nunca había visitado, incluso el Restaurante El Patio, donde Matthew disfrutó de la especialidad del restaurante, pinchitos de salchicha y bistec, que incluían yuca frita. Mientras estaban allí, también disfrutaron de música de mariachi en vivo.

Finalmente, Matthew recibió una llamada de Roger de la embajada estadounidense, quien dijo, "Me complace informarles que su permiso temporal está aprobada para llevar legalmente a Teresa a los Estados Unidos, mientras se procesa su solicitud de inmigración permanente. ¿Pueden venir hoy a recoger el papeleo que necesitarán?"

Matthew miró a Teresa, sonrió, y sopló las palabras, "¡Tenemos la aprobación!."

Teresa brincaba con lágrimas de alegría que llenaron sus ojos.

Matthew luego le dijo a Roger, "¡Vamos para la embajada ahora mismo!"

Después de recibir la documentación que Matthew y Teresa necesitaban, Roger dijo, "Felicitaciones. Así que, Matthew, todo lo que necesito de ti ahora es un autógrafo."

De regreso a Estados Unidos

En el aeropuerto internacional de Toncontín, con lágrimas, Teresa se despidió de su madre y de sus tíos. Luego, ella y Matthew abordaron su vuelo de regreso a Los Ángeles, donde Cynthia, la hermana de Matthew, esperaba a solas su llegada. Cuando Matthew y Teresa salieron del área de reclamo de equipaje, Cynthia corrió hacia Teresa con lágrimas que se derramaban por sus mejillas.

Su abrazo apasionado hizo que Teresa dejara caer su maleta, y sus ojos se abrieron por la sorpresa de esta bienvenida tan cordial e inesperada de Cynthia. Hizo una pausa antes de abrazar también a Cynthia, quien clamó, "Teresa, perdóname por las cosas odiosas que te hice. Lo lamento tanto. Y estoy muy feliz de verte regresar como esposa de Matthew."

Llorando ahora junto con Cynthia, Teresa apretó su abrazo y respondió, "Para mí es una felicidad perdonarte. Y estoy enterada y agradecida por la estrecha relación que se ha desarrollado entre tú y mi hermano, Pepe."

Esta reunión llena de lágrimas también trajo lágrimas a los ojos de Matthew. Abrazó a Teresa y Cynthia, y dijo, "Estoy muy feliz de ver que dos de las mujeres más importantes de mi vida ahora son amigas."

A partir de ese momento Teresa y Cynthia serían amigas íntimas.

Cuando Teresa y Matthew llegaron a la casa de sus padres, el lloroso reencuentro entre Pepe y Teresa hizo brotar abundantes lágrimas en los ojos de todos.

Peter y Martha organizaron una recepción de boda en su iglesia. Asistieron un gran número de miembros de la iglesia, y el pastor Gilming ofició en una ceremonia de boda donde Matthew y Teresa repitieron sus votos matrimoniales en inglés, que Matthew entendió completamente esta vez. Cynthia participó como dama de honor, Pepe fue el portador del anillo, y Andrés, dueño del Resaurante El Potrillo, ocupó el rol de padrino.

Después de un par de meses, Teresa recibió su visa de residente, y solicitó y recibió su tarjeta de Seguro Social, una tarjeta verdadera. Ahora era residente legal de Estados Unidos.

Matthew y Teresa compraron una casa. Tomaron medidas para adoptar a Pepe, y Teresa anunció que esperaba embarazada. Dio a luz a una hija y la llamó Isabel. La vida de Teresa, que antes estaba dominada por las lágrimas y la tragedia, ahora estaba llena de ternura y tranquilidad.

Si bien Teresa tenía muchos recuerdos tristes de su vida en Honduras, también había muchos buenos recuerdos. Como residente legal, ahora podía irse y regresar a los Estados Unidos como quisiera. Así que Matthew y Teresa viajaron en algunas ocasiones a Honduras, donde visitaron a su madre, Susana, sus tíos Norma y Pablo, Leticia, y otros familiares y amigos.

Después de recibir su licenciatura, con especialización en administración de empresas y también estudios para dominar el español, Cynthia fue a la facultad de derecho y se convirtió en abogada de inmigración. Ayudó a obtener una visa para traer a Susana, la madre de Teresa, a los Estados Unidos como residente legal.

Llegó el momento en que Matthew terminó su carrera futbolística y se dedicó a la política. Comenzando como miembro del concejo municipal, ocupó varios cargos electos, lo que lo llevó a su elección como senador de los Estados Unidos. La legislación que introdujo, proporcionaba la residencia legal a las personas, conocidas como soñadores, quienes, siendo niños inocentes, vinieron con familiares a los Estados Unidos ilegalmente. Tales soñadores no tenían voz en la decisión de convertirse en inmigrantes indocumentados. Antes de esta legislación, los soñadores vivían con la inseguridad continua debido a la amenaza de deportación.

Pepe, que llegó a Estados Unidos cuando tenía seis años, fue uno de los soñadores que se benefició de la legislación de Matthew, que le permitió convertirse en residente legal. Él, Teresa, y Susana vieron llegar el día en que celebraron su naturalización como ciudadanos estadounidenses.

Pepe, Teresa y su madre, Susana, abrieron una cadena exitosa de restaurantes de comida rápida llamada Los Pinchitos de Pepe, que ofrecía cocina hondureña. El plato más popular del menú eran los pinchitos de bistec con yuca frita.

Después de algunos años, Susana sufrió un derrame cerebral, y, mientras agonizaba en el hospital, sus nietos, sus hijos, Teresa y Pepe, Matthew, Cynthia, y sus padres, se reunieron alrededor de la cama de Susana. Teresa, con lágrimas en los ojos, le dijo a su mamá, "Estoy tan contenta de que pudiéramos estar juntos durante estos últimos años. Te quiero mamá." Cuando su madre murió, Teresa y todos los demás, a pesar de su tristeza, se regocijaron al saber que Susana ahora se había reunido con Pedro, su esposo, y José, su hijo.

Cynthia escribió una novela superventas que contó la historia de Teresa, y la novela finalmente se convirtió en una película.

End

www.ingramcontent.com/pod-product-compliance
Lightning Source LLC
Chambersburg PA
CBHW070915180626
46817CB00003B/1069